Lauri Oilinki

Aura ja
Suursaaren sukellusvene

Lauri Oilinki

Aura ja
Suursaaren sukellusvene

Seikkailu maalla, merellä ja merenpinnan alla

Kustantaja: BoD · Books on Demand, Mannerheimintie 12 B,
00100 Helsinki, bod@bod.fi

Kirjapaino: Libri Plureos GmbH, Friedensallee 273, 22763
Hampuri, Saksa

ISBN: 978-952-80-2637-2

1

Ei seepra pääse raidoistaan eikä kettu raudoistaan, hoki vanha salakuljettaja Laitinen itsekseen. Voldemar Laitinen, tuttujen kesken Volte, hienostuneemmat sanoivat Volde. Joistain vanhoista tavoista hän voisi kyllä luopua, ja pitäisi, kuten ylenmääräisestä juopottelusta.

Päätä särki ja janotti. Morkkiskin vaivasi aika pahasti.

Tuli taas rikottua lakia. Ainakin Suomen lakia. Ja Venäjän. Varmaan myös kansainvälistä merilakia. Oli rajarikettä, kulkua kielletyksi määrätylle alueelle, yhteydenpitoa vanhoihin venäläisiin salakuljettajiin. Ja lopuksi vielä salakuljetus.

Lulla pääsi nyt juuri siihen työhön, johon se oli rakennettu, salaa kuljettamaan. Veneen perässä vedettävä torpedomainen sukkula oli vanha salakuljettajien keksintö kaukaa kieltolain vuosilta. Lullan piti uida rajavartijoiden ja poliisien näkemättä. Pienet siivekkeet pitävät lullan veden sisässä. Lullia oli eri kokoisia alle metrisistä viisimetrisiin ja suurempiinkin. Koko riippui hankkijan varallisuudesta ja tarpeesta. Mitä isompi lulla, sitä voimakkaamman veneen se vaati. Mitä isompi vene, sitä rikkaampi ja mahtavampi omistaja.

Lulla oli uusi ja nyt oli sen ensimmäinen tämänluonteinen retki ja työ. Vähän lasti vihlaisi sydäntä. Tupakkaa, savukkeita aika monta kartonkia, ja muutama votkapullo. Kuinka monta kartonkia, ei sitä nyt muistanut eikä oikein jaksanut ajatella. Slava ja Viktor laatikoita olivat lullaan tunkeneet. Kaipa hän ne maksoi. Varmaan. Eivät kai olisi muuten päästäneet lähtemään.

Pitikö hänen nuo kartongit ottaa. Varmaan homma meni niin, että naapurin väki ei olisi ymmärtänyt, jos hän palaisi kotimaahan ilman kunnon lastia. Tulee toimia ammattiveljien tapaan. Votkapullot sitten, no nehän kuuluvat asiaan, ei sellaisia lasketa.

Mutta että tupakkaa. Kun ei itse polta, ja vaivoja ja sairauksia se vain tuo. Jotenkin homma vain meni niin, että savukkeiden tuonti Suomeen tuntui sillä humalan hetkellä hyvältä idealta. Pitäisikö kartonkeja kaupata tuttuihin kioskeihin, joista nuoret varsinkin niitä tietävät ostaa, tai muuten vaikeuksissa elävät. Toisaalta, nuorisolle ne hänen Ruotsista aikoinaan kuljettamat nuuskarasiat pääosin menivät. Kyllä hän sen tietää, mutta ei viisisi sitä ajatella.

Alkuperäinen ykköslulla oli ollut Volten isänisän rakentama. Tiivis lentokonealumiinista rakennettu lieriö, torpedon mallinen. Siivekkeet kyljessä painoivat lullan vedettäessä kulkemaan sukelluksissa. Kun lullaa taiten käytti ja täytti, pysyi vetotorpedo pysähdyksissäkin veden alla, näkymättömissä. Se oli siinä työssä ja ammatissaan tärkeää.

Alkuperäinen lulla oli menneissä myrskyissä kadonnut. Ainahan vahinkoja sattuu. Se lulla oli kadonnut, uponnut. Malli oli kuitenkin tallessa ja kiitollisuuden velkaan jääneet tutut valmistivat uuden lullan, toisinnon. Se oli työkasteen saatuaan nyt Vaasassa Volten perustamassa pienessä museossa. Salakuljetusmuseo, varpusia ja muita ihmeitä, luki museon esittelytekstissä. Museo oli kovasti kiinnostanut myös poliisin ja merivartiostojen väkeä. Museo kertoi menneistä salakuljetusajoista ja tavoista. Aito lulla oli tietenkin yksi vetonaula museoon. Esillä oli myös varpusia ja pirtukanistereita ja poliisilta saatuja luotiliivejä ja autojen pysäyttämiseen käytettyjä piikkimattoja. Yksi vanha moottoripaattikin oli päässyt suojaan sisätiloihin. Se vene oli muutaman kerran ollut osallisena salakuljetushommiin. Volten omiinko vai muiden, siitä Volte ei sanonut mitään. Hymähti vain.

Volte oli vetänyt lullassa viime vuosina vain nuuskaa Ruotsin puolelta Suomeen. Rasioita sitten ripotellen Pohjanmaan

rannikon kioskeihin. Isoja määriä ei mihinkään. Kioskien väki
piti Voltea lähinnä harrastelijana. Toki luotettavana. Pitkä kierros
toi nuuskarasioita pitkin rannikkoa halullisille ostettavaksi.

Uusimman eli nyt käytössä olevan lullan Volte oli hiljalleen
rakentanut verstaallaan. Oli pitkään harkinnut, että kannattaako.
Veri kuitenkin veti. Lulla numero 3 piti saada valmiiksi.

Museossa oleva lulla numero 2 oli aidoksi todettu. Volte oli
vartavasten alkukesän haaleina öinä tehnyt neljä hankintamatkaa
Ruotsiin Korkean rannikon pikkukaupunkien ja kylien
ruokakauppoihin, ostanut muutaman kymmenen nuuskarasian
pötkön sieltä, toisesta lisää ja vielä kolmannesta ja neljännestä,
kunnes oli tarpeeksi lullan täytteeksi.

Eipä tarvinnut valehdella, kun kehui lullan olevan aito ja
toimineen kuten se oli suunniteltu toimivaksi.

Paikallinen lehti oli innostunut salakuljettajan museosta ja teki
siitä parikin juttua. Se innosti sitten valtakunnan lehtiäkin
kiinnostumaan. Kävipä televisiokin paikalla. Salakuljetuksessa
oli ainakin rannikkoseudulla yhä kultaista hohtoa. Vanhat äijät
puhuivat museon pihalla tupakkapaikalla, kuinka tuo ja se ja
sekin talo on pirtuvedolla pystyyn saatu, ja tuo ja tuo isohko
kartano oli jollain kumman keinolla hankkinut suuret
metsäomaisuudet. Siihen toiset hymähtelivät. Joo, oli ne aikoja.
Kieltolaki oli voimassa, mutta viinaa kyllä riitti, ja hakijoita.
Virosta, Puolasta, muualtakin keskempää Eurooppaa pirtulaivoja
kulki. Ankkuroitui aluevesirajan tuntumaan. Sieltä kalastajat ja

muut veneelliset hakivat lastinsa. Vanhoja aikoja oli mukava muistella. Että minunkin isä kerran…, ja setämies...

Volte havahtui nykyhetkeen ja säikähti. Aamuyö alkoi hiljalleen muuttua varhaiseksi aamuksi. Nyt vasta kunnolla heräsi, havahtui tähän hetkeen. Oli ajanut pitkään omalla automaattiohjauksella, puolinukuksissa kuin kalastajan koira, levätä siinä sai, mutta olla koko ajan valppaana. Hätkähtää hereille, jos jotain outoa oli näkyvissä. Sellaisesta sanottiin, että nukkuu toinen silmä auki tai raollaan. Samahan on kapeassa vuoteessa nukkuessa. Vaikka kuinka syystä tai toisesta pyörii ja heittelehtii, aina vaisto pitää sängyssä. Kovasti humalassa, no jaa, silloin kyllä saattaa pudota sängystä.

Ensin piti varmistaa, oliko lulla perässä, oli. Edessä häämötti pienehkö luoto. Oli pakko ajaa kohti rantaa ja vetää lulla kiinni veneeseen. Suurehkot kalliokivet muodostivat kuin pienen kanavan. Sitä ajaen syvemmälle suojaan. Varsinkaan nyt Volte ei kaivannut vieraita katsojia tai muita silminnäkijöitä.

Jakoavaimella lullan kannen pultit auki. Tupakkakartongit olivat kauniissa läjässä. Ainakin päällimmäinen oli koskematon. Velivenäläiset taisivat olla rehellisiä tai sitten uskoivat kauppojen jatkuvan tästä eteenkin päin, ei kannata pilata bisneksiä. Ja olihan siinä vierailussa mukana ammatillista kohtaamista.

Onneksi satelliittinavigaattori toimi. Ai helvetti, hän on yhä ulkomailla, Venäjän puolella, Suursaaren lähellä. Oli mielessään toivonut ehtineensä ajaa kauemmas, mieluummin Suomen puolelle. Edessä saaren silhuetti häämötti, vaikka aika sakea sumu haittasi näkymistä. Suursaari, entisiä Suomen kuuluja saaria, sittemmin sodan kautta Venäjälle pakkoluovutettu. Muistoissa kaivattu, lauluissa itketty.

Ollaan siis ulkomailla, yhä, Volte mietti. Öinen hämärän hyssy ja voimistuva sumu rajoittivat näkemistä. Tuli tenkkapoo, uskaltaako ja voiko jatkaa matkaa nyt kun aamun valo kohta hiljalleen lisääntyy. Siinä on helposti vaarana tulla nähdyksi, vaikka sankkoja sumupilviä lillui edelleen merenpinnan päällä. Matkaa Suomen puolelle oli vielä melkoisesti. Tulla nähdyksi. Näinä sota-aikoina näillä seuduilla vakoilijaksi syyttäminen voi käydä kalliiksi, ehkä jopa hengen päälle. Suursaari kuuluu Venäjän rajajoukkojen valvontaan. Volten tietojen mukaan saarella on edelleen jonkin verran joukkoja. Kylmän sodan aikoihin Suursaarella palveli pari sataa rajamiestä, nykyistä määrää hän ei tiedä. Tuskin heitä useaa kymmentä enää on.

Mitä he olivat ryyppäämisen ohella puhuneet ja touhunneet. Joko Sergei tai Slava oli Ukrainan ystävä ja toinen taas aitovenäläinen. Mutta kumpi mitäkin. Ei se tainnut haitata yhdessä oloa. Ainahan piti väittelyn lopettamiseksi ottaa ryyppy. Ystäväyyttä ja ikuista toveruutta tuli vannottua kolmeen suuntaan, Suomen, Ukrainan ja Venäjän. Siinä treffisaaressa oli venäläisten salakuljettajien salainen pieni maja ja vieressä sauna. Kelpasi siellä juhlia ja ryypiskellä.

Ei oikein viitsi tai jaksa noita puheita muistella. Varmaan sovittiin uudesta tapaamisesta, mutta päivämäärää Volte ei muistanut. Voi olla että se tulee myöhemmin mieleen, jahka oma olo kirkastuu.

Volte kaiveli vanhan veneensä matalan hytin ruokakaappia. Olipa sentään savustettua taimenta jäljellä, eikä ainakaan vielä haissut. Oluttakin oli, mutta se ei nyt houkuttanut. Vesipullosta hörppy.

Saattaa olla viisainta jäädä paikalleen kivenlohkareiden väliin, piiloon. Laittaa maastoutumiskangas veneen suojaksi ja jäädä odottamaan uutta yötä ja sen tuomaa pimeyden suojaa. Kaipa vanha humalatila vielä auttaa päivällä nukkumaan. Siinä se aika rattoisammin kuluu. Humalakin vähenee hikoilun puolelle.

Mieleen välähti kuva kotipöydän kalenterimerkinnästä. Hän oli sopinut Lars Larsonin kanssa saunomisesta. Ei kai se ihan näinä päivinä ole. Olisi ikävää, jos Lars tulisi ja isäntä olisi karkuteillä ja sauna kylmänä. Eiköhän saunominen sovittu ensi viikolle.

Peitekangasta ripustaessaan Volte kuunteli tarkkaan. Jostain kaukaa kuului helikopterin säksätystä.

Tuli kiire peitteen kanssa. Peite oli kaupankäynnin perua, vieraan vallan eli Ruotsin armeijan tarvikkeita. Vuorikangas esti ulos ja ylös lämpösäteilyn. Pysyy lämpökameraltakin piilossa. Suojakankaita käytetään Ruotsin, ehkä muidenkin maiden sotajoukoissa vaikkapa pienempien partioveneitten peitteeksi. Kun moottorin sammuttaa ei kankaan läpi pääse ilmiantavaa lämpöviuhkaa. Pohjoismaisen mallin mukainen maastoutumiskuvio piti peitteen päivälläkin huonosti havaittavana. Siinä sulautuu ympäröivään luontoon.

Usvalauttoja seilasi vaihtelevalla nopeudella Volten ja kivikon, kallioiden ja suuren saaren ympärillä. Oli aika aavemainen olo. Sumulauttoja tuli ja meni, ne olivat välillä niin paksuja, että edessä oleva saari katosi näkyvistä. Peitteen alta maisemaa oli hyvä tiirailla. Kohta tuli ohuempi lautta ja saaren silhuetti näkyviin. Saattoi arvata että pian nouseva aurinko hälventäisi kummitusmaista näkymää. Alkanut ja voimistuva krapulakin taisi lisätä outoutta.

Kaukaa kuuluva hurina toi mieleen äskeisen likimain unitilan tuoman muiston, silloinkin oli kuuluut hurinaa, ääni oli kyllä kasvanut, mutta pysyi kaukana. Unihorteen mieli vahvistui, lentokoneen ääni se on, mutta ei hätää, kone ei kuulu tulevan lähemmäksi.

Uusi havahtuminen valpastutti.

Mikä tuo on?

Suursaaren etumaisen niemennokan takaa alkoi työntyä outo näky. Mikä se on. Jotain pyöreähkön laivan mallia, näyttää kaksikerroksiselta alukselta, iso se on, pyöreitä ikkunaluukkuja kahdessa rivissä allekkain. Pötkylän mallinen. Mitään valoja ei missään näy. Pimeä aavelaiva. Volte yrittää kuunnella, jotain outoa kohinaa ja kummallista huminaa kuuluu, ja meren aaltojen tavallista loiskintaa. Helikopterin säksätys on jo aikoja sitten kaikonnut. Mutta nyt kuuluu hurina, jonka korva vahvistaa lentokoneen moottorin ääneksi. Isompi kone, ehkä kaksimoottorinen. Konetta ei näy, ääni häviää. Mitä lie lentelevät.

Katse yrittää tarkentua. Lähes äänetön aavelaiva. Outo. Keula näyttää pyöreältä ja siinä näyttää olevan jotain rakoja, kuin pystyssä ikkunoita siinäkin.

Alus ajaa aika hitaasti. Alkoi selvemmin kuulua voimistuvaa huminaa. Kuullostaa kummalta. Aluksen kannella näyttää olevan jonkinlainen koroke ja siinä ympärillä joitain törökkäitä, kuin matalia mastoja. Mastot näyttävät keräävän usvapilviä ympärilleen. Usvalautat estävät välillä tarkemman näkymisen. Usvalautat näyttävät kerääntyvän aavelaivan ympärille. Näkymä peittyy välillä hyvin tiheiden sumulauttojen alle. Ikään kuin laiva, vai mikä kumma se on, itse aiheuttaisi vielä lisää lähes läpinäkymätöntä usvaa.

Mikä kumma tuo voi olla. Volte muistaa äkisti kameransa. Voi paska, siinä on tavallinen objektiivi paikallaan. Missä se pitkä putki on. No löytyi repusta. Putki paikalleen. Nopeasti kuvia räpsimään. Tarkennus on taas vaikea, kameran etsin ei meinaa saada otetta hämärästi näkyvästä kohteesta. Ei taida uskaltaa riskeerata ja etsiä manuaalisen tarkenuksen painiketta. Etsimisessä saattaisi mennä liikaa aikaa.

Varmaan muutama kuva on onnistunut. Sumulautat kyllä puskevat häiritsemään, seilaavat zoomin eteen. Näyttää vähän siltä, että aluksen kohdalla on muuta ympäristöä enemmän huurua, vähän kuin laite itsessään lisäisi sumua. Tulee varjomaisia kuvia.

Miten iso tuo alus on. Vaikea verrata mihinkään, ei ole mitään mittatikuksi sopivaa. Mutta isolta se näyttää.

Vedessä uiva ja likimain äänetön alus. Ainakin kaksikerroksinen, mutta varsinainen yläkansi puuttuu, on vain joku tasanteelta näyttävä, mutta pitkä se on kuten koko alus, ja yläkannella matalia mastoja.

Jos se on joku uusi venäläinen vakoilulaiva. Mistä sellaisen tunnistaisi. Vai joku isomman luokan rahtialus. Vaan mitä tuollainen pötkylältä vaikuttava goljatti kuljettaisi. Kaasuako. Pitää muistaa ottaa selvää, kuljetetaanko vetyä tuollaisissa pötkyissä. Tai jotain muuta kaasua.

Sumu näkyy lisääntyvän. Äkisti aavelaiva katoaa hetkeksi tyystin sumun sisään. Sumu peittää, on vaikea nähdä. Silti vaikuttaa kuin aavelaiva ikään kuin laskeutuisi portaita alas, meren syliin. Vai tekeekö sumu ja voimistumaan päin oleva krapula temppujaan. Pitäisikö lähteä perään katsomaan mikä kumma se on, ja pitäisikö jotenkin auttaa, vaikka hälyttää apua, jos kummituslaiva on uppoamassa. Ei kai. Jos olisi joku hätätila, kaipa laivalta olisi näkynyt jotain liikettä. Vai onko kyse jostain hallusinaatiosta. Miten se delirium tremens ilmenee. Näkee hulluja asioita, kai. Juoppohulluuskohtaus.

Varovaisuus voittaa. Järki neuvoo: ei kannata mennä paljastamaan itseään, paljastumaan. Vai haluttaako häntä päästä tutkimaan, miltä vaikka pietarilaisessa rajajoukkojen tutkintavankilassa sisältä näyttää. Siinä voisi saada riittävästi aikaa tutustua, vuosikausia.

2

Lars Larsonin piti hakea autosta suurennuslasi ja tiirailla Volte Laitisen tulostimella vedostettuja kuvia tarkemmin.

- Jo on, onpa todella oudon näköinen vempele, Larson sanoi.

- Kyllä nuo selvästi näyttävät ikkunoilta. Vanhoissa laivoissa käytettiin tuollaisia ymmyrkäisiä ikkunta-aukkoja. Eikö ne näytä jotenkin peitetyiltä, vai ovatko vain pimeinä. Taitaa mennä arvauksen puolelle.

- Kumma on. Vähän kuin nurinniskoin kääntynyt laiva. Miehistön hyteissä on ainakin vanhemmissa aluksissa tuollaiset ikkunat. Mutta kansi näyttää aika matalalta ja heppoiselta, vaikka kamalan pitkältä, Lars Larson vielä varmisteli.

Lars Larsson oli eläkkeelle kymmenisen vuotta sitten siirtynyt Supon eli Suomen suojelupoliisin virkamies. Vanha ammatti hieman kiusasi. Äsken aika komeissa löylyissä hikoillut Larson oli ikään kuin puoliksi kuuntelematta tai ainakaan ymmärtämättä Volte Laitisen kertomusta äskeisestä Venäjän reissusta. Larson ajatteli mielessään päättäneen Volten liioitelleen tai valehdelleen reissusta. Niinpä hänen ei tarvise ottaa puheita todesta eikä pyytää entisiä työtovereita tutkimaan asiaa. Eläkkeellä oleva on eläkkeellä. Ei häntä enää niin vahvasti sido vanhat valat, eivätkä humalaisen toilailailuista kertoneen kaverin puheet.

Sauna antoi miehille hyvät unet. Oluttakin kului vain pari pulloa per mies. Aamulla oli Larsonilla vankka olo lähteä ajelemaan Helsinkiin.

Mutta mikä kumma oli Volten näkemä ja kuvaama aavelaiva. Vanhaa tiedustelumiestä kuumotti. Larson oli pyytänyt ja saanut kopiot kuvista. Löytyisikö lähipiiristä tietäjää, joka osaisi tulkita kuvat.

Entisiä virkatovereita ei haluttanut häiritä. Nehän vain vähättelisivät, että mitä se vanha koira enää haukkuu. Löytisikö muita. Sotaväen puolella ei sellaisia tuttuja ole, ei ainakaan Suomessa.

Moskovassa asemapaikkaa pitävä Ison-Britannian sotilasasiamies, amiraali Sarah Towson oli lähetystön kertoman mukaan tullut Helsinkiin ostoksille. Vaikka Venäjällä vallitsi käytännössä sotatila, ei se diplomaattistatuksella liikkuvien kulkua estänyt.

Amiraaliin Larson oli tutustunut aiempina vuosina. Larsson tiesi korkean sotilasasiamiehen töihin vahvasti kuuluvan myös tiedustelu. Uskaltaisiko häiritä ja vieläkö tämä muistaisi. Salattu numero oli puhelimen muistissa.

Amiraali piti Larsonia tuttunaan ja vastasi Larsonin soittoon ilman kakisteluja.

Stockmannin yläkerroksen ravintola on monille diplomaateille tuttu kohtauspaikka. Tiedettiin että siellä seinillä ei ole korvia ekä kukkaruukuissa mikrofoneja. Mutta kun Larson vilautti puhelimestaan ensimmäistä aavelaivan kuvaa, tuli heille amiraalin käskyn mukaan kiire Britannian suurlähetystön suojiin.

Amiraali tutki lähetystön turvahuoneessa tarkasti aavelaivan suurennettuja kuvia. Iso kartta Suomenlahden itäosasista oli levällään pöydällä.

- Suursaari on vanha Suomelle kuulunut saari. Sodassa Suursaari jouduttiin luovuttamaan Neuvostoliitolle muutaman muun saaren kanssa. Se sijaitsee rajavyöhykkeellä, joten ulkomaalaisilta se on tyystin kiellettyä aluetta, Larson selitti.

- Tietojen mukaan saaressa asuu nykyään kymmenkunta henkilöä. Säätieteilijöitä, majakanvartijoita ja rajavartijoita.

Rakennukset ovat pahoin ränsistyneet. Nykyasunnot ovat saaren pohjois- ja eteläkärjissä.

- Jos on rajavyöhykettä, miten se suomalainen mies oli päässyt sinne, amiraali kysyi hieman hymyillen.

- No joo, sitä hän ei kertonut. Vähän vaikuttaa, että oli jollain salaperäiseksi luonnehditulla yksityisreissulla. Juopottelua ainakin oli harrastettu. Omalla vanhalla veneellä kertoi kulkeneensa. Mutta en siis kysynyt enkä voi todentaa miehen puhetta, ainakaan virallisesti, Larson sanoi.

- Well well, antaa sen olla. Mutta tunnet siis miehen ja arvelet tämän puhuneen totta, amiraali sanoi.

Larson selitti, että hän kyllä uskaltaa luottaa miehen arveluun paikasta. Amiraali arveli, että juuri paikalla saattaa olla merkitystä.

Amiraali naputteli hetken kannettavaa tietokonettaan.

- Lontoossa arvellaan, että Suursaaren ja Tytärsaaren seutu on pitkään ollut venäläisten kokeilu- ja tutkimusaluetta. Siellä tutkitaan ja testataan erilaisia laitteita. Suursaaressa on tehokkaat laitteet radiosignaalien häirintään tai tutkakuvien sotkemiseen. Miten suuri se suomalaismiehen vene on?

Larson arveli matalan meriläistyyppisen veneen pituudeksi noin kahdeksan metriä ja korkeudeksi veden pinnasta kovasti alle metrin. Että vene oli alunperin tehty huonosti havaittavaksi.

Veneessä oli lisäksi näkösuojana ruotsalaisten kehittämä maastoutumispeite. Taitaa olla tuttu myös briteille.

- Ja niin, merelle hyvin sopivan veneen mallia on varmaan käytetty aikoinaan salakuljetukseen, kuten amiraali varmaan on jo arvannut. Itse en sitä virallisesti tiedä, Larson sanoi.

Amiraali sanoi ymmärtävänsä Larsonin näkökannan ja myös laivaston esikunnan välittämän arvelun, että koko alueella on tehokas vartiointi, ainakin on ollut. Mutta ehkä rajavartijat eivät halunneet tai osanneet kiinnittää huomiota niin pienen veneen liikkeisiin, tai vene pysyi suojapeitteen alla piilossa. Ei kai veneestä luulisi ainakaan valtakunnalle olevan isompaa vaaraa. Rajan väki yleensä tarkkailee isompia, valtakunnalle mahdollisesti vaarallisia kohteita. Tiedossa on, että merellä kulkee aina erilaisia kauppamiehiä isommilla ja pienemmillä paateilla. Salakalastajista ei juurikaan jakseta pitää lukua. Vaikka meri näyttää miten tyhjältä, aina siellä joku liikkuu ilman virallista tehtävää. Myös salakuljettajia, mutta kun niiden kauppa on sen verran pientä, ei suuren valtion mielenkiinto heitä kohtaan jaksa olla suurta. Jos rajavartijoilla oli puutetta viinasta tai tupakasta, silloin käytiin kiinni pienempääkin veneeseen. Kun oma tarve oli täytetty saivat veneet rauhassa jatkaa matkaa.

Lars Larson kertoi tarkemmin suojapeitteestä. Sen alla voi pimeällä kulkea, koska peite estää lämpökameroilla näkemisen. Amiraali kertoi nähneensä sen tapaisia myös brittien veneissä.

Amiraali arveli lähtevänsä piipahtamaan Lontoossa. Aavelaiva sen verran mietityttää, että on parasta antaa asiantuntijoiden tutkia ja analysoida aavelaivan kuvat.

Lars Larson puolestaan päätyi Helsingin komeaan kirjastotaloon, Oodiin. Mitä tietoja Suursaaren nykyisyydestä olisi tarjolla.

Ei ollut kovinkaan paljoa. Toisen maailmansodan jälkeen saarella oli pari sataa rajavartijaa. Luku on sittemmin huomattavasti pienentynyt. Myös muu asujamisto on vähentynyt. Viihteestä vastannut kasinorakennus lienee ränsistyttyään purettu. Se on toiminut aikansa myös lasten päiväkotina, mutta kun väki väheni ei sellaista palvelua enää tarvittu.

Suomen ja Viron rannikoiden edustalla ovat Suursaari ja Tytärsaari sekä pienemmät Säyvö, Itä-Viiri ja Venäjän läntisin paikka Kaliningradia lukuunottamatta, Ruuskerin saari. Idempänä ovat mm. Lavansaari, Seiskari, Koukouri ja Peninsaari. Pohjosempana vielä ovat Someri ja Narvi.

Viime aikojen toiminnasta on vain vähän tietoa. Sen verran kuitenkin, että Yleisradion mittausten mukaan vuonna 2022 Venäjä todennäköisesti käytti Suursaarta asemapaikkana, kun Suomeen suuntautuvaa siviililentoliikennettä häirittiin.

Suursaaressa toimii kaksi majakkaa. Nykyisin saaren valvontatoimintaan kuuluu muutama merivalvontatutka. Ne ovat

todennäköisesti kauko-ohjattavia. Viime vuosien aikana saarelle
on rakennettu helikopterikenttä ja suuri polttoainevarasto.
Aikanaan suunnitelmia oli jopa Suomenlahden Hongkongista,
alueesta jossa turistit voisivat ostaa verovapaita tuotteita.
Hotellikin saatiin valmiiksi. Sitten tulivat Venäjän aggressiot,
ensin Krimin valtaus ja sitten Ukrainan sota. Koronapandemia
oli mukana kukistamassa alueen elinhenkeä.

Merten jumalten likimain hylkäämä paikka, Larson ajatteli.

3

Turussa Pansion sotasataman salaiseksi luokitellun perimmäisen
luolaston suuaukon lähellä valppaana katseleva
rynnäkkökivääriä kantava vartiomies nosti kättä lippaan
tervehdyksenä pieneltä tytöltä näyttävälle Auralle. Aura oli
viime päivinä ollut tuttu näky täällä lujasti vartioidulla alueella.
Tähän osaan laivastotukikohtaa eivät päässeet korkeatkaan
sotaherrat ilman erillistä kirjallista lupaa.

Salaisten ovien takana oli esine, joka yhä voimassa olevan
rauhansopimuksen mukaan oli kielletty suomalaisilta.
Sopimuksen pykälä yksiselitteisesti kielsi sukellusveneitten
sallimisen Suomen armeijalle.

Olihan siinä toki lieventäviä asianhaaroja mukana. Tähän maailmanaikaan ei noin vanha sopimus enää voi ainakaan tiukasti pitää paikkaansa. Rauhansopimuksen tämä ja muut pykälät olivat jo lakimiesarmeijan tutkailtavana. Alkoi olla aika päästä siitä irti.

Lieventävä asiainhaara oli myös huoltoluolassa olevan sukellusveneen koko. Sukellusvene oli pieni. Neuvostoliiton aikainen jaottelu oli lukenut tällaisen sukellusveneen minikroko -luokkaan. Tuota Kampelaksi kutsuttua sukellusvenettä pienempää ei kannattaisi tehdä, koska sellaiseen ei löytyisi ohjaajaa. Eikä tätäkään kokoa ole tehty kuin yksi, tämä Kampela.

Pienuus oikeastaan poistaa kenraalien ja kansliaherrojen mielestä Kampelan kiellettyjen listalta. Kampelaa voisi pitää huviluokan sukellusveneenä. Niitähän on Suomessakin rakennettu. Sotaväki jättää asiasta kertoessaan sanomatta, että Kampela on tehty ja suunniteltu nimenomaan sotaväen käyttöön, vakoilualukseksi.

Aura vastasi vartiomiehen tervehdykseen kevyellä nyökkäyksellä ja hymyllä. Mikäpä oli hymyillessä. Äskeinen kasvislasagne oli ollut maukas. Ja pian hän taas pääsee sukellusveneellä ajoon, sukeltamaan. Ja testaamaan, mitä englantilainen ekspertti Crazy-Horse Pilkington on Kampelaan luonut.

Crazy-Horse kuuluu Amerikan intiaanisukuihin. Sieltä peräisin oli hänen hullulta kuullostava etunimi. Hänet tunnetaan nimellä Cre. Tuttu on myös Cren hörähtely. Lähes hevosmaisia hörähtelyjä kuului Cren suusta, kun tämä innostui jostain hankkeesta ja tiesi löytäneensä ongelmiin ratkaisun. Ison-Britannian Lontoon suuressa laivaston tukikohdassa työskentelevä Cre oli ollut apuna tai lainassa useassa James Bond -elokuvassa kehittelemässä niitä mitä ihmeellisimpiä vempaimia, mitä elokuvissa istuvat saivat ihmetellä.

Crellä ja Auralla synkkasi heti. Cre hörähteli yhä äänekkäämmin, mitä pidemmälle miehen suunnitteleman vessan hahmottelu ja sitten toteutus eteni. Jo aiemmin Cre oli loihtinut minikrokoon mukavasti toimivan nukkumatuolin ja tehokkaasti toimivan keittiönurkkauksen. Kaikki oli minikoossa, aivan Auralle suunniteltuja.

Aura näytti pikkutytöltä, joltain hieman yli kymmenvuotiaalta. Auran fyysinen kasvu oli yli kymmenen vuotta sitten pysähtynyt hirveiden tapahtumien jälkeen. Hän oli Balkanin vuorilla hakenut äitinsä ja monen muun naisen ja lapsen kanssa suojaa serbijoukoilta kirkosta. Se ei auttanut. Serbijoukot olivat tappaneet Auran äidin tytön silmien edessä ja sitten joukolla raiskanneet Auran. Kuolleita lapsia ja naisia jäi kirkon lattialle kasapäin rosvojoukon lähdettyä. Rikkirevityn Auran jäämistä henkiin pidettiin ihmeenä.

Auran fyysinen kasvu oli noitten kauheuksien takia pysähtynyt. Henkinen kasvu pääsi kunnolla vauhtiin vasta parin vuoden kuluttua Mustainvuorten nunnaluostarin nunnien hoivassa. Aura oppi helposti eri kieliä ja hän ihastui nunnien salaiseen aseettoman vastarinnan ja kamppailukeinojen ikivanhoihin oppeihin. Lähisseudun munkkiluostarin alueella sijaitsevassa koulussa Auralle opetettiin nykyaikaisten aseiden käyttöä, kokoamista ja purkamista kuten alokkaille armeijassa opetetaan. Ampumistaitoja kehuttiin, samoin tytön rauhallisuutta ja hermoja. Tuntui, että Auraa ei saa hermostumaan millään keinolla.

Suomeeen saavuttuaan Aura oli heti saanut selvennystä nimeensä. Kansainvälisesti nimi on paljon käytetty. Auralla tarkoitetaan ihmistä ympäröivää sinänsä näkymätöntä energiakenttää. Sitä on kuvattu moniväriseksi harsoksi ja elollista olentoa ympäröiväksi kentäksi. Turussa nimi sai uutta sisältöä. Kaupungin läpi kulkee Aurajoki ja kunta nimeltä Aura sijaitsee Turun naapurissa. Lisäksi aura tarkoittaa suomen kielellä sarkaviiluja aukovaa maanmuokkausvälinettä. Eivätkä nimen selventäjät unohtanet kertoa myöskään lintuaurasta. Kurkiauroja eritoten pidetään komeina ja äänekkäinä näkyinä.

Minikroko Kampela oli päätynyt brittien omistukseen monien kauppojen ja veivausten jälkeen. Veneen koko ja sen ohjaushytti olivat niin ahtaat, että hyttiin saattoi mahduttautua vain yksi hyvin pieni ihminen. Brittien tietoon oli tullut kaukaisessa nunnaluostarissa kasvanut tyttö, joka oli jo miltei nainen, mutta vaikutti pikkutytöltä. Auran oppimiskykyjä ja hoksottimia kehuttiin. Aura koulutettiin minikokoista sukellusvenettä ajamaan. Alunperin neuvostolaivaston ajatuksena oli ollut löytää hyvin pienikasvuisia ihmisiä, joita koulutettaisiin kuskeiksi. Neuvostoliiton Kaukaasian kuvernementin syrjäisissä kylissä sellaisia tiedettiin olevan.

Suomessa sukellusveneet olivat rauhanehtojen mukaan kiellettyjä, mutta silti sukellusveneitten rakentamista harrastettiin myös tekojen tasolla. Suomessa oli rakennettu maailman syvimpiin meren rotkoihin laskeutuva miehitetty sukelluspallo. Tietoa siten oli, oli myös huoltohommiin valmiutta ja osaamista. Kun Pansion sotasatama ja sen väki tiedettiin luotetuiksi, oli Kampela tuotu Turkuun. Cre pääsi rakentamaan vessaa ja muita ajamista ja sukelluksissa olemista helpottavia laitteita. Veneen akuiksi oli annettu ehdottoman salaiset akut. Akkujen varustukseen kuului aina pienehkö räjähdyspanos. Jos oli vaara, että akut voisivat joutua viholliseksi tiedettyjen käsiin, oli pysyvä määräys räjäyttää akut. Sukellusveneen kuljettajasta ei tässä yhteydessä mainittu mitään. Kuskin tehtäväksi tuli arvioida, kumpi on tärkeämpi, hän vai akut. Edellytettiin että akut vievät voiton.

Minikrokoa oltiin nyt maalaamassa uusilla peiteväreillä. Harmaanvihreitä juovia, laimeita värejä. Kaikki tähtäisi siihen, että esimeriksi helikopterista minikrokoa ei erottaisi, vaikka vene olisi lähellä pintaa. Väritys saisi veneen näyttämään joltain häilyvältä kiveltä kaukana syvänteessä.

Maalin pitää kuivua. Sovittiin että huomenna Aura pääsee koeajolle. Aura hahmotteli jo pyrkivänsä ison ruotsinlaivan alle piiloon. Kauempana merellä, Airiston aavoilla, irrottautua. Siellä pääsisi testaamaan, mihin kaikkeen uuteen Kampela voisi taipua.

Vaikka kesää oli vielä jäljellä, oli Auran syytä lähteä etsimään ohutta toppatakkia itselleen. Vedet jäähtyvät nopeasti. Vaikka akut ovat uudet ja varmasti tehokkaat, kannattaa niitä silti säästää sukellusveneen lämmittämiseltä. Toppatakki voi olla hyvä ratkaisu.

Aura oli ehtinyt käydä pienellä pyörällä jo pari kertaa Turun keskustassa. Kävelykadulla oli useampikin liike, joista saattoi löytää näillä helteilläkin lämpimän toppiksen.

Pansiosta on hyvä rantatie pyöräillä keskustaan. Koukata Pansion siviilipuolen sataman kautta.

Turun satama-alueen ja sotasataman välissä olevassa metsikössä seisoo punaruskeaksi maalattu 4-kerroksinen asuintalo. Pieni viitta neuvoo kohteen: Vastaanottokeskus. Talo pilottelee, paljoa siitä ei näy kadulla kulkijoille. Turun päättäjien mielestä paikka oli sopiva maahan saapuviem kotouttamiseen. Pansion seutu ei ollut eniten houkuttelevien asuinalueiden joukossa. Asukkaista suuri osa oli Mayerin suurella telakalla töissä, hitsareita ja levyseppiä. Paljon oli myös metallialan alihankkijoiden kirjoissa olevia. Sosiaalipuolen työntekijöille Pansio oli tutuksi tullut kaupunginosa. Maahanmuuttajat muodostivat alueella enemmistön.

Pyöräilevää Auraa vastaan lähellä vastaaottokeskuksen taloa tuli kolmen nuoren miehen ja yhden nuoren naisen joukko. Lävistykset, tatuoinnit ja miesten kaljut näyttivvät hitsaavan joukon yhdeksi. Ryhmän naisella oli hänelläkin erityinen kampaus, puoli päätä oli kalju, toisella puolella oli pitkät liekehtivän punaiseksi värjätyt hiukset. Aura yritti tavata paria isoa kylttiä, joita tulijat pitivät käsissään. Mamut helvettiin. Menkää pois. Suomi suomalaisille, kylteissä luki.

- Mihin se tyttö on menossa, joukon johtajalta vaikuttava, isoja renkaita korvissaan kannattaleva kaljupää kysyi ja tarttui Auran pyörän sarvista.

- Anteeksi mutta en ymmärrä suomea, Aura vastasi englanniksi. Hän oli ehtinyt hyvin huomata, että nuoremmista lähes kaikki puhuivat ainakin jonkintasoista englantia.

- Mikä helvetin ulkomaan pelle sinä olet, rengaskorvainen kysyi ja piti tiukasti kiinni Auran polkupyörästä.

- Pääsisinkö menemään. Minulla on kaupungilla asioita, Aura sanoi.

- Että asioita, oikein bisneksiä varmaan. Ei tänne tarvita mitään ulkomaiden elättejä. Saatana tekis mieli heittää likka ojaan, mies sanoi suomeksi.

Porukka piiritti Auraa. Seurueen nainen, ehkä enemmän tyttönen, kurnutti suutaan ja yritti sylkäistä Auraa kohti. Porukan pomo tarttui Auran pyörään ja nosti pyörän ylös. Valmistautui heittämään pyörän ojaan.

Aikomus jää yritykseksi. Aura potkaisi kengänkärjellä miestä sääreen. Mies älähti kivusta. Pyörä putosi rämähtäen maahan. Aura otti pyörästä kiinni ja aikoi lähteä polkemaan. Silloin joukkion laihin ja pisin nuorismies puuttui tilanteeseen. Hujoppi otti pyörästä kiinni, mutta kohta älähti ääneen. Auran potku sääreen oli osunut kipeästi. Hujopin kädet menivät automaattisesti silittämään kipeää kohtaa.

Pyörä oli taas Auran hallinnassa. Mutta nyt nuori nainen yritti puuttua asiaan. Hän kurotti otetta Aurasta. Sai kiinni paitapuseron hihasta. Auran nopea varmasti kipeää tekevä kääntöisku naisen käteen sai naisen peräntymään.

Joukon lyhyin ja hieman pulleahko mies koki olevan hänen vuoro selventää tilanne ja saada hoidettua kiusalliselta vaikuttava nuori tyttö. Aura torjui pullean miehen lähentelyn kipeää tekevällä iskulla käsivarteen, sai miehen tasapainon horjumaan ja ohjasi sitten miehen kauniisti kaatumaan.

Hetken, varmaan vajaan sekunnin tilanne näytti pysähtyneeltä. Joukkio vaikutti olevan poissa tolaltaan. Vaikka näki ja koki, ei haluttu uskoa että tuo pikkutyttö oli heidän esteenä.

Aura käytti tuota lyhyttä hämmennyksen hetkeä hyväkseen, nousi pyörän selkään ja lähti polkemaan. Joukkion johtaja havahtuu ensimmäisenä. Katse etsi kiveä, sellaisia ei asvalttikadulla ole. Oli sentään jotain soraa ja sepeliä. Mies kouraisi niitä käteensä ja heitti Auraa kohti. Turhaan. Aura oli ehtinyt jo kauemmas.

Uho oli kaikonnut. Joukkio heitti kantamansa kyltit ojan vierustalle, paksuin heistä kävi vielä kääntämässä pari kylttiä niin että tekstit eivät enää olleet näkyvillä.

Jokseenkin vaitonaisina joukkio lähti kävelemään kohti kaupunkia. Tunsivat että hyvä mielenosoitus meni hukkaan, mutta kokivat myös että sen hetki oli ohi. Oli mentävä takaisin kämpillä etsimään kadonnutta uhoa esille.

Aura sai jatkaa matkaansa rauhassa ja löysi ihan mukavan kevyen toppatakin kävelykadun lastenosastostaan kuulusta liikkeestä. Paluumatkalla laivastoasemalle polkiessaan Aura näki äskeisen joukon jättämät kyltit ojanpenkalla.

4

Amiraali Towson soitti Lontoosta Lars Larsonille.

- Veneen tai laivan kuvat ovat mielenkiintoisia. Niitä ajettiin eri ohjelmilla ja oletusarvoilla. Laivaston esikunnassa halutaan yrittää vielä tarkempaa. Jos saat pyydettyä siltä kalastajalta luvan niin meidän eksperttimme tulisi tutkimaan vielä sitä muistikorttia, ja kameraa myös. Ilmoittaisitko, jos saat miehelle luvan tulla ja tutkia.

Kalastajaksi sanotulla vanhalla salakuljettaja Laitisella ei ollut mitään vierasta vastaan. Laitinen lupasi tarjota saunaakin, jos engelsmanni sellaisesta välittää. Jos ottavat kameran tutkittavaksi Lontoon labrassa, kaipa toivottavasti sen myös palauttavat. Eipä Valto Laitiselle jäänyt huolta, hän sai vaihdon ajaksi käyttöönsä Canonin uutuuden ja siihen pitkän zoomin.

Amiraalilla riiti muutakin pohdittavaa. Britannian sotilastiedustelun päällikkö Sir Thomas soitti ja kysyi, onko Moskovassa asemapaikkaansa pitävä amiraali Towson kuullut mitään suurista titaniumin tilauksista ja varmaan myös kulutuksesta tai käytöstä. Tilaajana on ollut Pietarin suuri laivaston laivatelakka. Tilastotiedot olivat juuri tulleet julki. Tilauksia on tehty valtavia määriä kolmen viime vuoden aikana. Myös kevlaria on hankittu suuria määriä.

- Tietojen mukaan laivatelakan suurta hangaaria on kunnostettu ja otettu taas käyttöön.

Amiraali ihmetteli kuinka hänelle Moskovaan ei ole tuollaisia tietoja tullut. Lupasi yrittää kuullostella kontakteiltaan, mitä on menossa. Amiraali muisti nähneensä Pietarin suuren hangaarin jokirannassa Venäjän laivaston tiukasti vartioimalla alueella. Hangaari oli valtavan kokoinen. Amiraali muisteli maailman suurimman lentokoneen, ukrainalaisen, olleen siellä huollossa. Siihen aikaan Ukrainan ja Venäjän välit olivat ns. veljelliset eli Venäjä tiesi ja käyttäytyi kuin isäntä, vaikka Ukraina oli muodollisesti itsenäinen.

6-moottorinen Antonov An-225 Mrija oli sittemin vuoden 2022 helmikuussa venäläisten tuhoama. Tykistötuli oli mm. tuhonnnut koneen nokan ja vaurioittanut pahasti runkoa. Koneen siipien kärkiväli oli yli 88 metriä ja kone saattoi kuljettaa jopa 250 tonnin lastia. Koneen korkeus oli 18 metriä. Siksipä hangaarinkin on oltava valtava. Ukraina on aikonut rakentaa koneen uudelleen.

Sir Thomaksen mielestä hangaarin kunnostus ja titaanin suuret tilaukset saattavat liittyä toisiinsa. Ilmalaivabuumia on povattu ja suuria ilmalaivoja on rakennettu, mutta ei niitä oikein osaa pitää nykyaikaisen sodankäynnin keinoina. Ilmalaiva on valtavan suuri ja hidasliikkeinen, sen takia myös hankala ohjata. Paloherkyyttä on toki saatu huomattavasti paranemaan. Käytölle tuo ongelmia myös kapasiteetin vähäisyys valtavaan kokoon verrattuna. Kun maailmalla puhutaan yhä enemmän häivetekniikasta, ei siihen kategoriaan sovi millään lailla valtava hitaasti liikkuva ja vaikeasti ohjattava ilmalaiva.

- Katastrofialueilla ilmalaivaa voisi parhaiten käyttää. Mutta miten se titaani siihen sopii, Sir Thomas jatkoi. - Ja se kevlar, voisivatko liittyä toisiinsa. Outoa sinänsä, että vasta nyt hankinnat ovat tulleet esille. Vähän kuin virallisia tullitilastoja olisi yritetty pimittää.

- Titaani on tietenkin huomattavasti kevyempää ja kestävämpää kuin teräs. Mutta myös kallimpaa. Summittainen arvio on, että titaani on kuusi kertaa terästä kallimpaa. Siinä joutuu Venäjän valtio keräämään maan oligarkeiltakin lisää myötäveroja, amiraali Towson sanoi.

Kevlarin kulutusta Sir Thomas samoin ihmtteli. Olisiko tarkoitus suojata yhä suurempi joukko sirpaleilta ja suorilta laukauksilta.

Tietojen mukaan suurimmat titaanin tuottajamaat ovat Australia, Kanada, Norja, Intia ja Etelä-Afrikka. Titaania tuotetaan vuodessa noin 120 000 tonnia.

Titaania käytetään moottoreissa, tärkeissä putkistoissa, avaruusaluksissa ja ilmailuteollisuudessa. Ja myös tekonivelissä ja luunmurtumien hoidossa tarvittavissa levyissä ja ruuveissa.

Jaaha, ilmailussa ja avaruusaluksissa, amiraali hymähti. Ei kai se voi tarkoittaa mitään ilmalaivoja. Käyttökohteita ovat myös ydinjätteen sijoituspaikan suojaukset.

Mutta miksi hangaari. Valtavassa hallissa voidaan rakentaa suuria ilma-aluksia. Oliskohan sittenkin joku uusi avaruusraketti kehitteillä. Marsiin marssimiseen tarvitaan kuukausikaupalla ihmisille tilaa olla ja hengittää, elää, asua ja vanheta.

Vai olisiko vain joku uusi siivoushullu pomo, joka tahtoo hangaarit ja muut tilat tiptop-kuntoon. Jos vaikka presidentti aikoo tulla tupatarkastukselle.

Entä kevlar. Se on erittäin kestävää ainetta. Käytetään luodinkestävissä liiveissä, sotilaitten kypärissä, motoristien asuissa, lentokoneitten osissa ja avaruusaluksissa suojaamaan avaruusaluksia avaruusroskilta. Pienikin avaruudessa kiitävä roska voi tehdä valtavaa tuhoa, sillä niiden nopeus on vallan hirmuinen, kymmeniätuhansia kilometrejä tunnissa.

Avaruusaluksissa käyttö tulee kevlaristakin esille. Joko Marsiin menon yrittäminen polttelee velivenäläisiä, amiraali pohdiskeli.

5

Vihdoinkin, Aura huokaa. Vihdoinkin minisukellusvene on taas kunnossa ja valmiina koeajoon.

Aura pudottautuu sukelluksiin jo suuren luolan kanavassa. Veneelle mennessä hän on nähnyt laiturissa parveilevien merisotilaiden valmistautuvan jollekin reissulle, partioimaan ehkä tai jollekin tarkastuskäynnille.

Aura antaa minikrokon hiljalleen painua lähelle pohjaa. Sotalaivojen moottorien jyly kuuluu selkeästi. Hämeenmaaluokan alus vetää joukkoja, pari pienempää miinanaivaajaa kuuluu seuraavan.

Aura tietää, että suuren aluksen kanssa ei kannata tosissaan leikkiä, isolla aluksella on sentään kokoa 77 metriä ja sen varusteina on merimiinoja, 57 millin tykki, it-ohjuksia, ilmatorjuntakivääreitä, syvyyspommeja ja pari syvyysraketinheitintä. Siis niitä aluksia, jotka torjuvat tai metsästävät myös sukellusveneitä.

Nyt tarkkana. Iso alus lähestyy. Varovasti aluksen alle. Sotalaivan syväys on 3 metriä. Pitää pitää kuitenkin turvaväli, jotta ei törmää aluksen runkoon. Kaipa sotalaiva käyttää riittävän syviä väyliä.

Aluksen alla on hyä olla. Aura seuraa merikortista ja kaikuluotaimesta alusten kulkua. Kohta päästään Airistolle. Siellä sotilasalukset todennäköisesti käyttävät laivaston omia salaisiksi luokiteltuja väyliä. Syvyyttä väylillä on tarpeeksi.

Aura tietää, että aluksella on tarkat vahdit. Mutta eiväthän he näe laivan alle, eivätkä varmaan pidä sellaista tarpeellisena. Harjoittelun vihollinen on kuitenkin jossain edessäpäin. Merimiinojen varalta tulee olla valppaana, myös tosissaan. Aura

on kuullut laivaston väen kertovan todennäköisistä miina-
alueista. Niissä on miinanraivaus vielä kesken, vaikka
jatkosodastakin on kahdeksisenkymmentä vuotta.

Aura on kuullut ruokailussa korkeiden upseerien vähätellen
puhuvan sukellusveneistä. Niitten torjunta on näillä vesillä
helppoa, vene ei pysy matalissa vesissä salassa. Torpedot
suuntaavat ääntä kohti, ja ääntä suuresta sukellusveneestä
väkisten irtoaa.

Eivät taida tietää. On siis joku jäynä keksittävä. Jos vaikka
automaattikäsillä, waldoilla, koputtaisi laivan kylkeä tai ahteria.
Saattaisi aiheuttaa aikamoista vipinää. Vaikka toisaalta, jos siellä
on laivan päällikkönä joku helposti säikähtävä, tämän voi vaikka
käskeä pudottamaan oikeita syvyyspommeja.

Ei hemmetti vieköön, ei ne sellaista sentään voi. Siitähän
nousisi hitonmoinen äläkkä. Jos luulisivat, että vieraan vallan
sukellusvene hätyyttelee Suomen laivaston alusta ja alus torjuu
provokaation kovilla panoksilla. Mutta mitä muuta ne keksivät.
Oikeastaan pitäisi kyllä kokeilla. Sittenhän sen näkee.

Jaha, kuin olisivat kuulleet Auran mietteet. Ison laivan
moottorit rupeavat möyrimään tosi äänellä. Aluksen
huippunopeus on 20 solmua. Kyllähän Aura pystyy uusien
hienojen akkujen avulla samaan nopeuteen ja melkoisesti
enemmän, mutta silloin pitäisi nousta pinta-ajoon.

Jotain täytyy tehdä ja pian.

Minikrokon etukannelle kiinnitettynä on muutama merkkisoihtu. Aura näpyttelee käskyn tietokoneella.

Iso sotalaiva ajaa kokka kohisten. Äkkiä aluksen edessä näkyy komea tulen välähdys. Parinsadan metrin päästä aluksen kaulasta nousee ilmoille tulipatsas. Se hehkuu pari sekuntia ja sitten sammuu.

Sotalaivalle odottamaton näky merkitsee äkkihälytystä. Laivaa ohjaava perämies ei ensin osaa päättää onko yritettävä äkkipysäytystä vai pitäisikö kaartaa täyttä vauhtia kaemmas ja selvittää sitten, mitä on tapahtunut. Kaartamisen hyväksyntä vie voiton. Aluksen päällikkö ryntää komentohytistä komentosillalle katsomaan, mitä tapahtuu ja ottamaan tilanteen hallintaan.

Kaarto vie ohi tulenlieskojen paikan. Päällikkö määrää nyt pikapysähdyksen. Mitä ihmettä on tapahtunut. Onko sotalaivaa vastaan hyökätty. Laivan miehistö, kaikki 69 mertisotilasta määrätään täyteen hälytysvalmiuteen.

Aura pudottautuu pohjaan kiinni. Arvaa, että pinnalla voi olla kuumat oltavat. On parempi olla ärsyttämättä enempää.

Hälytys tapahtumasta etenee virkatietä. Hämmennys laivaston esikunnassa on suuri. On pakko saada selvyys tulipatsaasta: mikä se oli ja mikä sen aiheutti. Lasketaan vene vesille ja määrätään keräämään kaikki pinnalla näkyvät jäänteet tulipatsaasta. Asia oli polttava. Pääesikunta sai leimahduksesta alustavan raportin. Helsingin päästä tuli sama komento, on

saatava selko aiheuttajasta. Voisiko se olla joku vanha
sodanaikainen syvyyspommi, joka nyt on irronnut ja räjähtänyt.
Mikä räjähdyksen aiheutti. Räsäys oli kyllä aika pieni oikeaan
syvyyspommiin verrattuna. Kiireesti ottamaan selkoa.

Vanha everstiluutnantti Late Hirvonen oli ollut pääesikunnan
miehenä mukana brittien pienoissukellusveneen huoltojaksosta
päättäneessä joukossa. Hän oli saanut tietoa sukellusveneen
kuljettajasta, Aurasta. Hirvonen arveli merkkisoihtua
mahdollisesti Auran tekoseksi. Olisiko halunnut testata
suomalaisten valppautta ja vartioinnin tehokkuutta. Hirvonen ei
rohjennut siinä täyseverstien, amiraalien ja kenraalien joukossa
esittää arviota, miten vartiointi oli onnistunut.

Pääesikunta järjesti pikakokouksen. Sen puheenjohtaja ja
toinen paikalla ollut kenraali poistuivat huoneesta. Tiesivät, että
Hirvosta tentattaisiin sukellusveneestä ja sen kuskista, ja korkeat
sotilasvirkamiehet eivät halunneet kuulla asiasta. Jos
myöhemmin tulee jotain kyselyä asian tiimoilta, eivät kenraalit
tiedä eikä heidän tarvitse valehdella.

Pääesikunnan johtoa oli kyllä hyvissä ajoin informoitu
hankkeesta, mutta epävirallisesti. Virallisesti he eivät tienneet.
Nyt he saivat virallisesti ihmetellä asiaa.

Laivasto-osaston varusmiehille kerrottiin räjähdyksen olevan
osa harjoitusta. Kantahenkilökunnalle tuli yksiselitteinen käsky
vaieta koko asiasta. Hirvosen kautta välitettiin tieto Auralle, että
moinen hevosenleikki on syytä jättää tuohon yhteen kertaan.

Hirvonen ei malttanut viestiä välittäessään kehaista, kuinka hyvin Aura oli toiminnallaan järkyttänyt laivaston väen hermoja ja herroja.

6

Britannian sotilastiedustelun johtaja Sir Thomas tökki pysäytettyä videokuvaa kynänpätkällä. Siinä tunsi selkeästi nykyajan kieltojen merkityksen. Piipun varrella osoittaminen olisi ollut huomattavasti tehokkaamman tuntuista. Sitten maakravut ja kaiken maailman hyviksi ihmisiksi sanotut saivat kiellettyä tupakoinnin julkisilla paikoilla. Että kielto koski kaikkia, häntäkin, sekös risoi.

- Tekoälyn muovaama kuva, Sir Thomas murahti. Rudulla näkyi piirroksin tehostettu kuva Volte Laitisen kuvasta. Piirrosviivat terävöittivät aluksen runkoa, kantta ja ikkunoita. Kuvia katseleva amiraali Towson tiesi, että aluksen peräosa oli tekoälyn päättelemää. Tasaiselta pötkylän päältä sekin näytti.

- Sitten vielä lisää outoutta.Tasaiselta näyttävä pinta ei ehkä olekaan tasainen. Koneälyn oletus jatkuvasti on, että pötkylän pinta on rypyläinen. Ikaan kuin jotain aaltoilua. Ja se kyllä sotii monia arveluja vastaan. Jos aikoo lentäen nousta avaruuteen on ilmanvastuksen oltava mahdollisimman vähäinen.

- Se on uusi tieto tai arvelu. Mutta sellaiselta se näyttää. Ei varsinaisesti mikään pikakiitäjä. Kone laski arvioiduksi vedessä nopeudeksi korkeintaan 15 solmua, ja silloinkin työntövoiman kulutus on suuri.

Sotatieteen tulevaisuutta pohtiva professori oli kuivakan oloinen ja hajamieliseltä vaikuttava lyhyttä pukinpartaa kantava mies.

- Kaksi kantta. Pohjakerros lisäksi. Näyttää, että se voisi olla aika korkea. Ikkunoita ei pohjalla valokuvien mukaan ole. Voisi siis olla varattu koneille ja polttoaineille ja vedelle ja ruokavarastoille. Ellei sitten koko hökötyksen ole tarkoitus liikkua pystyssä. Siis jos vehkeen tavoitteena on avaruus. Silloin kojeen arkkitehtuuri on tietenkin toinen.

- Ja se epäilty pinnan epätasaisuus. Siitä pitää ottaa tarkempi selko. Pitäisi jollain keinoin saada livekuvaa tuosta laitteesta. Voisi kuvitella, että tuo röpelömäisyys voisi toimia kuumuuden torjujana. Pitää saada tieto, ovatko ne rypylät paikallaan olevia vai liikkuvia. Jotkut meidän ekspertit joskus piirsivät avaruusaluksiin jonkin verran rullaavia päällyskuvioita. Sellainen voisi toimia tuulettimen kaltaisena jäähdyttimenä.

- Mainitsemianne titaania ja kevlarpinnoitusta tarvitaan avaruudessa. Avaruusromu on todellinen ja pelottava ongelma. Kevlar torjuu pienemmät kivenmurikat ja isommista osaa varoittaa laitteen oma tunnistusjärjestelmä. Torjunta pystyy myös hävittämään uhkaavat melko suuretkin kivenmurikat. Se tarkoittaa ampumista tai räjäyttämistä, joskus pieni tönäisy riittää muuttamaan murikan suuntaa.

- Jos tämä alus on tarkoitettu avaruusalukseksi, rohkenen esittää arvion, että laite tullaan kuljettamaan todennäköisesti Novaja Zemljan tukikohtaan pohjoisella jäämerellä. Siellä on isompia laukaisualustoja taas kunnostettu ja nostettu paikoilleen, satelliitit kertovat. Jos tähtäin on kaukoavaruudessa, silloin Kuu voi toimia välietappina. Tämä alus kuljetettaisiin Kuuhun osissa, ei kai sitä muuten sinne saa.

- Vielä pieni yksityiskohta. Suomalaisen kuvaajan kerrotaan sanoneen, että vehje näytti ikään kuin laskeutuvan portaita ja sitten katoavan näköpiiristä. Meidän arviomme on, että siinä tapauksessa tämä vehje voisi olla niin sanottu puolisukeltaja. Se tarkoittaa, että alus voidaan siirron ajaksi laskea puoliksi veden sisään. Silloin on enää vajaa yksi kerros ja tietenkin katto ja sen rakennelmat näkyvillä. Alusta on silloin paljon helpompi kuljettaa salaa. Arvatenkin aluksen vierellä ajaa joku suurempi laiva, esimerkiksi suuri säiliölaiva. Koje jää silloin saattajan varjoon.

- Ja kyllä, vastaan ennen kuin kysytte. Olemme seuranneet tarkkaan myös Itämeren ja Pohjanmeren liikennettä. Olemme käyneet läpi parin viime viikon ajalta. Mitään tuon tyyppistä liikennöintiä ei ole havaittu.

Sir Thomas hypisteli kynänpätkäänsä. Oli helppo arvata, että röyhyävä piippu olisi nyt tarpeen. Olisi käsille tekemistä.

- Jos vehje tai alus on tarkoitettu avaruusalukseksi, mitä varten kannella on sitten noita häkkyröitä. Tietokone on piirtänyt ne antenneiksi.

- Luultavasti ne ovat vain kuljetuksen aikaista viestintää ja reititystä varten. Näyttävät aika heppoisilta, joten ne on helppo poistaa kun lähdön hetki koittaa.

Amiraali Towson oli kuunnellut esitystä hiljaa.

- Pietarin sotasataman alue on ollut nyt tiiviissä tarkkailussa. Meidän miehemme kertoi oudosta tapahtumasta Nevajoen varressa. Sotasatamahan on suuren mutkan takana aidon saaren ja paikalle rakennetun tekosaaren takana katseilta suojassa. Droonien käyttö on tietenkin kielletty. No, onhan erilaisia kevyitä leijoja ja aidon näköisiä pikkulintuja, joihin voi asentaa kameran. Eiköhän meillä ole sellaisia. No joo, viikko sitten oli sataman suulla paikallisia sumupilviä. Oli aika harmaa ja osin sateinen keli. Leijamies raportoi, kuinka aika suuri sumupilvi ikään kuin seurasi jokiuomaa ja kaartoi sitten satamaan. Ja lisää kummaa, myöhemmin eli parin tunnin kuluttua suuren hangaarin suuret ovet aukaistiin. Se outo pilvi parkkeerasi hangaarin ovien eteen. Sumun läpi ei näkynyt. Eli, jotain sinne vietiin keinotekoisen sumun tuoman näkemäesteen suojissa. Voi olla, että kyseessä oli tuo alus, amiraali kertoi esitellen samalla kuvia sotasatamasta ja hangaarin edustalla seilaavasta usvapilvestä. Satelliittikuvat eivät päässeet pilven läpi.

- Vähän näyttää siltä, että venäläiset osaavat järjestää sumupilven silloin kun on tarvis. Voihan olla, että noista aluksen kannen törökkäistä osa on antenneja ja osa vesihöyryn tuottajia. Ihme vaan, miten ne pystyvät tekemään paikallaan pysyviä pilviä.

- Nuo pysyvät pilvet, voisi kuvitella että höyryn tai sumun tuottaminen on jatkuvaa, jolloin käytössä on aina ikioma matalalla leijuva pilvi. Jotain tuollaista mekin labrassa olemme aanailleet, profeesori sanoi.

- Nyt vain pitäisi saada varmistettua nämä arvelut, Sir Thomas sanoi.

7

Näki että Sir Thomas kaipasi piipun vartta karttakepiksi. Aie oli turha, olihan tupakan polton lopettamisesta jo yli kymmenen vuotta. Toimiston alakaapin alimmassa laatikossa piippuja vielä olisi, olivat vähän relikteja, kuten Sir Thomas itsekeseen arveli. Mutta eipä hän voisi muutenkaan piippua käyttää. Lapsen nähden, Sir Thomas ajatteli ja säpsähti oikein kunnolla: eihän vierastuolissa istuva Aura mikään lapsi ollut, vaikka oli lapsen näköinen. Sir Thomas yritti muistella, milloin olisi Auran 18-vuotispäivä, silloin pitää muistaa lähettää jokin sopiva lahja. Eli pitäisi muistaa henkilökohtaiselle sihteerilleen asiasta sanoa. Catarina kyllä muistaisi ja huolehtisi.

- Reissussa on riskinsä, kuten varmaan tiedät, Sir Thomas sanoi Auralle. - Mutta ne tiedot ovat kyllä ensiarvoisen tärkeitä. Siksi olen kuullostelemassa, miten suhtaudut hankkeeseen.

Aura oli hetken vaiti. Näytti miettivän.

- Suomenlahden pohjukkaan kulkee vilkas laivareitti. Suuria öljytankkereita ja muita isoja rahtilaivoja ajaa sinne lähes kuin metrovaunuja Helsingissä. Aika tiukasti aikataulun mukaan, Aura sanoi lievästi hymyten.

- Miten sinä olet osannut etukäteen ottaa asioista selkoa.

- Keskustelin amiraali Towsonin kanssa, kun kutsu tänne tuli. Amiraali vihjaisi, että laivaliikenteen tiedoista voisi olla hyötyä.

- Jahas, ja minä kun luulin puhuvani salaisesta hankkeesta, Sir Thomas hymähti.

- Helpointa saattaisi olla lymytä jonkin aikaa laivaväylän pohjassa ja valita sitten sopiva alus ja matkata sen alapuolella, Aura sanoi. Varmaan saan sinne esityksen sopivasta aluksesta.

- Entä sitten Nevajoessa.

- Suojautumispeite pitää nostaa ennen reissua sukellusveneen suojaksi. Crazy-Horse hitsasi kanteen pidikkeet. Siitä suojapeite on helppo vetää veneen päälle. Cre hommasi sähkömagneetin.

44

Sen avulla kiinni rahtilaivan pohjaan. Öljytankkereista ei aina tiedä, ne voivat jäädä jokisuun satamiin. Varmaan saan vinkkiä, mikä laiva ajaa jokivartta perille Pietarin kaupungin sisään. Sotasataman edustalla irti ja pohjaan lymyämään. Varovasti katsomaan, miltä siellä näyttää.

- Siellähän voi joutua olemaan mahdollisesti pitkään.

- Uusitussa Kampelassa voi nukkua ohjaustuolissa ja vessakin on, ja jääkaappi ja pikkuruinen mikro aterian lämmittämiseen. Kyllä se hoituu, Aura sanoi.

- Cre asensi perään uuden pienen aggregaatin. Se on hiljainen ja syö vain vähän polttoainetta. Käyntiääni ei kauas kuulu, joten sen avulla saa helposti lisää virtaa. Siitä hyvä laite, että kun sitä käyttää, täytyy pysyä valppaana ja seurata ettei lähellä ole mitään liikennettä. Sellainen pitää hereillä, Aura hymyili.

8

Aura venytteli ahtaassa hytissään. Muistitikuilla oli personal trainerin ohjeita. Toisella tikulla Britannian laivaston psykologi kertoi neuvoja, miten vireyttää mieltä. Nyt oli kehon vuoro.

Pienoissukellusveneen ohjaamo oli auttamattoman ahdas, vaikka kuskina oli niinkin pieni ihminen kuin Aura. No nyt, takamusta ylös, olkapäät rullaamaan, nilkkojen ojentelua, käsien ravistelua.

Arkiliikuntaa, sitä sai kun asettui vessan tuolille heti ohjaamon tuolin taakse. Pesu teki hyvää, pesulapuilla pitkin kehoa. Ja raikasta ilmaa, ensin nopea nosto piiskalla. Piiska oli hyvin ohut kestävä putki, ja sen päässä mikrokokoinen kamera. Nopea kierto piiskalla, varalta piiska nopeasti pois sukellusveneen suojiin. Piiskan kuvaama video esittelemään normaalinopeudella näkyvää maisemaa. Tuoretta ilmaa ohuen läpinäkyvän putken kautta. Tuntui että se virkisti, vaikka samaa ilmaahan se veneeseen pakattu ilma on. Ulkoa tuotu tuntui tuoreemmalta.

Ei mitään uutta näkyvillä. Siispä piiska nyt paljon korkeammalle, kamera sai laajan jokialueen näkymään.

Ei uutta. Sama näkymä, Nevajoen mutkassa olevan saaren ranta ja sen vieressä pilareitten varassa oleva tekosaari. Tekosaarta komisti korkea taloryhmä.

Potemkinin kulissi, Aura ajatteli. Korkeat talot olivat taiten rakennetut. Näytti kuin olisivat tavallisia taloja. Näin läheltä näki, että talot olivat vain maalattuja etuseiniä. Taloissa oli sen verran syvyyttä ikkunoiden kohdalla, että syntyi vaikutelma isosta ja leveästä monen portaan taloista.

Tekosaaren tukipilarit olivat aika vahvoja. Auran sukellusvene mahtui hyvin niitten välistä kulkemaan. Pysyi itse näkymättömissä mutta saattoi pilareitten välistä ja osin takaa katsoa, mitä suuressa sotasatamassa tapahtuu.

Tapahtumia saattoi kuvata tavallisella kameralla, kun nosti kameran suojana olevan kuvun veneen sisäänmenoaukosta ylös. Kovin tarkkaan ei silti nähnyt. Rannassa oli turhanpäiväisiä rakennelmia, pensaita ja joitain puita kasvoi. Nostureita liikkui, juna veti pitkää vaunuletkaa, naisia ja miehiä käveli tai polteli tupakkaa. Pari kuorma-auto liikkui pihan poikki, muutama henkilöauto oli parkkeerattu talojen eteen.

Valtavan ison hangaarin suuret ovet olivat tiukasti kiinni. Periskooppimaisella kiikarilla katsoen näki, että hangaarin edustalla oli vartiokoppi ja ainakin kaksi rynnäkkökiväärein varustettua sotilasta käveli hitaasti ovien edessä.

Vartiointi tiesi, että hangaariin ei ollut tavallisillla sotilailla tai satamaväellä mitään asiaa. Kun joku koppalakkinen meni pienestä sivuovesta sisään, tekivät vartiosotilaat kunniaa.

Aura mietti kuinka kauan hänen pitää tai kannattaa olla tässä paikassa vahtimassa. Radion merkkipiippauksilla saattoi hyvin nopeasti jotain kysyä tai kertoa. Yhteyttä saattoi ottaa vain joka neljäs tunti kello 51.07. Silloin piippaus sai kestää alle puoli sekuntia. Sen sijaan Loviisan edustalla olevasta englantilaisesta tutkimusaluksesta saattoi piipauttaa pitempääkin: ainahan merellä ja yleensä eri laivojen välillä on jotain viestintää. Laskettiin että nuo piippaukset hukkuvat normaaliin kohinaan.

Tutkimusalus Maryltä oli aiemmin tullut viesti tai paremminkin kysely, vieläkö Aura jaksaa siellä olla. Kun kello alkoi olla 14,51 oli Aura valmiina. Kun sekunttiviisari saavutti 07:n lähti Auran kuudentoista hyvin nopean piipauksen sarja radioavaruuteen. Kyllä hän vielä jaksaa, mutta hieman alkaa väsyttää ja turhauttaa. Yrittää voimistella ja pitää mielen virkeänä.

Aikaa kului piippauksista tarkan kellon mukaan hieman alle puoli sekuntia. Eksperttien mukaan siinä ajassa ei vieras kuuntelija ehdi saada mitään tolkkua viestistä eikä selkoa paikasta, mistä viesti on lähetetty. Salattu viesti on erittäin tiivisti pakattu, se kuullostaa pelkältä yhdeltä piipaukselta.

Matka Pietarin sotasataman edustalle oli sujunut helposti. Suuri öljytankkeri oli brittien tietojen mukaan yleensä käynyt ohi sotasataman viemässä lastinsa. Niin arveltiin nytkin tapahtuvan, ja niin tapahtui.

Sähkömagneetin avulla kiinni tankkerin pohjaan. Sitten vain odottelua. Karttaa seuraten ja laivan kuluen hidastuessa tiesi luotsin nousseen alukseen. Ison-Britannian sotilastiedustelu oli tehyt matkasta videon. Brittien sotilasasiamies amiraali Towson oli purjehtinut trimaraanillaan Pietarin vierasvenesatamaan. Tietysti tiedettiin, että amiraalin venettä tarkkaillaan koko ajan. Amiraalin tehokkaassa kamerassa oli kaksi linssiä. Toinen sojotti kohti eteen tulevia nähtävyyksiä, toinen huomamattoman näköinen linssi kuvasi tarkkaan rantanäkymiä. Takavuosina kun turismi vielä kukoisti, oli englantilaista tiedustelun väkeä kulkenut turistilaivan kyydissä ja ahkerasti kuvannut maisemia. Niitä ja uudempia kuvanauhoja vertailemalla näkyi, mitä oli tapahtunut ja mitkä asiat olivat muuttuneet.

Aura saattoi seurata kartan ja navigaattorin avulla videon näyttämää ja osasi hyvissä ajoin valmistautua irrottautumaan tankkerin kyydistä. Varovasti irti, hitaasti kohti pohjaa ja varovasti ujuttautuen tekosaaren pilareiden luo.

Aura katseli jääkaappinsa sisältöä ja taas iloinen keittiön emäntien tarjonnasta. Tänään hän söi kasvispastaa ja varsin mausteista kikhernekastikketta, jopa olikin maukasta.

9

Nuori komentajakapteeni Boris Malkin tiesi pitelevänsä erittäin arvokasta salkkua. Jos hän salkun kadottaisi, seuraisi, no ainakin melkoisesti vuosia vankilassa, tai pahimmassa tapauksessa rangaistuskomppanian eteen ja ehtisi kuulla käskyn laukaus, eikä sitten enää koskaan mitään kuulisi.

Komentajakapteenin hihamerkit olivat uudet. Viikko sitten hän oli ne itse omakätisesti kesätakkinsa hihoihin ommellut. Käskekää ommella, oli kommodori opastanut, mutta Malkin ei malttanut jäädä odottelemaan. Ommelkoot muihin takkeihin.

Uusi oli myös Malkinin uusin palvelukohde. Toimia kommodorin adjutanttina ja siten lähes varamiehenä. Kommodori Beljakovin tärkeä tehtävä oli huolehtia ja kantaa presidentti Vladimir Putinin ydinsalkkua. Se on perinteisesti korkean laivastoupseerin tehtävä.

Oli turha ajatella, että salkku mikä salkku. Asiakirjoja joutuvat kaikki upseerit kantamaan. Mutta tämä. Erityinen. Salkku itse jo kohta parikymmenen vuotta vanha. Malkin oli kuullut tarinan siitä suuresta hirvestä, jonka presidentti oli aikanaan Kaukasuksen vuoristossa Tseget-vuoren rinteeseen ampunut. Kertalaukaus ja vainaa, sanottiin. Tämä hirvi pääsi muokattuna ja hyvinhoidettuna salkkuna palvelemaan kansakuntaa. Kenties ratkaisemaan koko maan ja maailman tulevaisuuden.

Totta puhuen ydinsalkkuja oli kaksi. Tai oikeammin kolme, mutta presidentin salkkuja vain yksi, toinen salkku oli ulkonäöltään täysi kopio, mutta ilman toimivaa koodilaitteistoa. Asiaan kuului, että presidentin mukana kuljetettiin aina molempia salkkuja, aitoa ja kopiota, eivätkä salkun kantajat tieneet kumpi oli oikea, kumpi kopio. Ja kun salkkuja oli kaksi, oli myös niitä kantavia upseereita kaksi. Asiaan kuului sekin, että salkkujen kantajat eivät saaneet tuntea toisiaan eivätkä olla missään tekemisissä keskenään. Edes tervehtiä ei saanut. Näin eivät pysty juonimaan keskenään tai valmistelemaan salajuonia.

Vain presidentin henkilökohtainen ykkösadjutantti tiesi joka hetki, kumpi salkuista oli aito. Hänen tai salkun kantajan tehtävä oli ydinsodan alkaessa ojentaa salkku presidentille ja neuvoa tälle oikea Kavkaz-koodi, laukaisukoodi. Mitään nappia ei painella vaan koodi toimii käskynä laukaista.

Omat ydinsalkut ja niiden kopiot olivat myös Venäjän puolutusministerillä ja asevoimien päälliköllä. Ne saisi toimimaan vain jos varsinainen salkku joutuisi epäkuntoon tai kadoksiin. Jos presidentille sattuisi jotain, voisivat toiset salkunkantajat toimia valtuuksiensa mukaan. Kaikki tuollaiset asiat kuuluvat tärkeimpien sotasalaisuuksien joukkoon. Ydinsalkusta ja sen toiminnasta ei yleensä ottaen saanut puhua. Salkut vain olivat, se tieto sai riittää.

Nuori komentajakapteeni hätkähti mietteitään. Kun kommodori antoi salkun hänen kannettavakseen, tiesi se, että itse presidentti oli jossain lähistöllä, mutta kiinni jossain muussa, ehkä neuvottelussa tai vain keskustelussa. Kun presidentti tulee lähemmäs, ottaa kommodori salkun kantamisen itselleen.

Salkku ei sinänsä kovin paljoa painanut, mutta painoa lisäsi tieto tehosta. Venäjän kaikki 4447 ydinkärkeä tottelisivat salkkua. Ydinkärkiä kulki koko ajan niin maalla, merellä, ilmassa kuin vedenpinnan alla sukelusveneissä. Boris Malkin tiesi, että kukaan maapallolla ei olisi turvassa. Ei presidentti eikä Malkinin oma äiti tai Anna, eivätkä miljardit ihmiset maapallon eri puolilla. Tarvitsi vai syöttää oikea koodi.

Eikä aina tarvitsisi edes syötää Kavkaz-koodia. Jos vihollinen onnistuu eliminoimaan presidentin ja sotilasjohdon, astuu kuolleena kätenä tunnettu Perimeter toimimaan. Se on jo vuonna 1985 luotu vastaiskujärjestelmä. Jos maahan kohdistuu ydinisku, seuraa kosto heti, vaikka päättäjät olisi surmattu. Perimeter ottaa yhteyttä ydinsalkkuihin ja bunkkereihin. Jos yhteyteen ei vastata, laukaisee kuolleeksi kädeksi kutsuttu järjestelmä ydinaseet. Ja niin koko maapallo tuhoutuu, Malkin huomasi ajattelevansa. Ajatus puistatti. Voisiko niin todella tapahtua. Ja mitä järkeä siinä sitten olisi.

Koko ajatus pelotti. Koko maailman tuho. Ei mitään järkeä. Ja samalla muistui oppitunnelta omaksuttu, että tärkentä on kansakunnan etu ja ylpeys. Kansakuntaa pitää kunnioittaa ja arvostaa. Sen puolesta on jaloa antaa niin vaadittaessa oma henkensä. Ajatus puistatti. Puistatusta lisäsi se, ettei kerettiläisiä ajatuksia saa missään seurassa sanoa julki. Siinä loppuu ura ja palkka, ehkä myös vapaus. Julkisanojien joukko eri vankiloissa ja vankileireillä oli suuri, se tiedettiin.

Ja nyt uusi huoli.

Mikä on se koe, johon hänet salkunkantajan adjutanttina oli määrätty. Komentajakapteeni Malkin, teillähän ei ole lapsia, oli esikunnassa häneltä kysytty tai paremminkin todettu.

Kysymys puistatti.

Ei ole lapsia, ellei nyt sitten. Kihlauksen ensimmäisen

vuosipäivän kunniaksi oli vietetty yö Annan kanssa vanhassa kuulussa Europeiskaja-hotellissa, sen Hirvi-huoneessa. Ainakaan yritysten puutetta ei voisi moittia. Mutta todella, ei ole nyt lapsia kirjoilla.

Pitempiaikainen koe. Markkeeraa lentoa Marsiin tai yleensä kauemmas avaruuteen, vihjattiin. Kesto useampi kuukausi. Täysi pimennys, millekään tai kenellekään ei saa asiasta kertoa. Pääesikunta tiedottaa koehenkilöiden omaisille: on menossa isänmaan kannalta erittäin tärkeä koevaihe. Koehenkilöiden omaiset voivat välttämättömille tahoille, mutta vain niille, kertoa, että kyse on salaisesta koulutuksesta. Isänmaa vaatii.

Suuri kunniahan se on päästä noin huippusalaiseen kokeeseen mukaan. Ja kun kerta salkunkantajan adjutantti käsketään mukaan, varmasti myös itse salkunkantaja kommodori Beljakov tulee mukaan. Ja sehän tietää, herranen aika, todennäköisesti itse presidentin osallistumista.

Vaan ei kai presidentti voi eikä ehdi tuollaiseen. Ei presidentti voi noin vain jättää valtiota heitteille, oman onnensa nojaan.

Sitten taas ajatuksia, joita ei voi eikä uskalla ääneen sanoa. Onhan useaan kertaan epäilty, että Putinilla on kaksoisolentoja, olihan niitä Stalinillakin. Viime paraatikatselmuksessa Putin oli näyttänyt oudon vaisulta. Se oli ajatus, jota ei saa sanoa ääneen. Jos kaksoisolento tulee kokeeseen mukaan niin varmaan mukana kulkee ydinsalkun kopio, ei aito. Silloinhan hän on valesalkunhoitajan adjutantti. Uskaltaisikohan Annalle moisia ajatuksia vähän vitsinä kertoa.

Pääesikunnan äskeisellä kurssilla painotettiin taas kerran isänmaan edun turvaamista. Ulkovaltojen spekulaatioille ei saa antaa mitään sijaa. Vain viisas ja kaikin puolin suuren isänmaan etua varjeleva Putin voi meidät pelastaa.

Niinpä vasta kurssiviikon päättäjäisissä saattoi votkalasien kilistelyllä tarkemmin kysellä, mitä Novaja Zemljalla palvelevat tietävät mahdollisista avaruuslennoista ja avaruusrakettien valmistelusta lentoa varten, ja mitä ydinsukellusveneitten miehistö tietää tulevista matkoistaan. Onko edelleen täysvalmius päällä. Varovaiset puheet olivat yön pimetessä rohkaistuneet. Saatiin tietää, että pohjoisella jäämerellä kiireet kasvoivat ja sukellusveneissä kuri oli selvästi koventunut. Oman pullon tuomisesta veneeseen saattoi saada kolmekin vuorokautta pimeässä karsserissa. Liikekannallepanon tapaista menettelyä ei ole ollut havaittavissa, aika pahaa hermoilua kyllä. Suurten kantorakettien luona oli aina jotain tehtävää tai tarkistettavaa, piti aina olla likimain lähtövalmiina. Sen puolesta ei osaa sanoa, onko valmistelutyö laukaisuun johtavaa. Ei sanota, eihän sellaisia koskaan ennalta sanota, pitää vain olla valmis ja noudattaa käskyä.

Miten hän voi selvitä useamman kuukauden ilman Annaa, Malkin mietti. Entäpä jos Anna onkin raskaana, pääsisikö hän silloin kokeesta pois.

10

Aura nuokkui ohjaamon tuolillaan. Pitää nukkua toinen silmä auki, ainakin raollaan, oli vanha salakuljettaja Volte Laitinen Auraa opettanut. He istuivat silloin vierekkäin amiraali Towsonin järjestämällä iltapalalla. Haluttiin tutustua.

Miten sellainen torkkuminen on mahdollista. Volte neuvoi todellakin pitämään toisen silmän raollaan ja toisen kiinni. Kun on tarpeeksi väsynyt ja unta kaipaava, se onnistuu. Kalastaja sen oppii luonnostaan, ja kalamiehen muija, joka odottaa sydän syrjällään alkaako tutun veneen kokka näkyä ja tutun moottorin säksätys kuulua. Nukkua valppaana kuin kalamiehen koira, Volte määritti.

Aura yritti. Kun sai ajatuksista kaiken turhan pois, tunsi lepäävänsä. Tekosaaren pilareiden suojassa oli mukavan hämärää.

Pietarin sotasatamaan kääntyvä korvetti valpastutti heti Auran. Laiva ajoi hitaasti satamaan. Ilmatorjuntatykit ja ohjusten lavetit näkyivät selkeästi. Satamalaitureilla näkyi enemmän liikettä. Korvetti jäi parinkymmenen metrin päähän laiturista, Aura arvioi. Korvetti kääntyi paikallaan täyden ympyrän, kaulapotkurit vatkasivat vettä.

Sitten alkoi normaali sotasataman työ, odottelu. Samaa Aura oli ihmetellyt Pansion sotasatamassa Turussa. Kauheasti turhan päiväistä lorvailua, hidasta oleilua, ja sitten yhtäkkiä koko sataman väki havahtuu toimintaan. Niin Pietarin satamassakin. Sotilaita riensi osin juosten laiturialueella.

Veden vahvistuva värinä sai Auran katsomaan ympärilleen. Kaupungin suunnasta lähestyi suuri öljytankkeri. Olikohan sama jonka alla Aura matkasi Suomenlahden perukasta Nevajoelle ja aina Pietarin sotasatamaan saakka. Aura ei osannut arvata oliko alus sama. Eipä tullut esittäydyttyä, Aura ajatteli, enemmän taisi kiinnostaa salassa pysyminen.

Iso tankkeri pysähtyi tekosaaren eteen. Aura tähysi pilareitten takaa, mitä laiva aikoo. Ei näyttänyt aikovan mitään. Oli vain. Odotti. Mitä, sitä Aura ei tiennyt. Aura otti muutaman valokuvan tankkerin keulasta ja suuresta ankkurista. Ankkuria ei siten oltu laskettu. Suuri laiva pysyi paikallaan roottoreiden avulla ja oli heti valmiina lähtemään. Aura arveli etteivät virtaukset olleet tällä kohtaa erityisen voimakkaat.

Sotasataman puolella alkoi enemmän tapahtua. Kas vain, suuren hangaarin valtavat ovet avattiin. Kamera nopeasti esiin. Siinä oli hyvä zoomi. Hangaarin sisällä ei ollut valoja. Jahah, taitaa olla sittenkin valot, mutta oviaukon edessä on tukkeena paksut verhot. Jotain pressumaista kangasta, Aura arvioi. Hän kirjoitti raporttivihkoon tarkat kelloajat ja mitä uutta hän havaitsi.

Aura kuikki ympärilleen. Tekosaaren puolella näytti rauhalliselra. Nyt saattoi nostaa kuuntelulaitteen äänittämään satamasta kuuluvia ääniä. Kohta kuului sireenistä lyhyt ulvahdus. Sitä seurasi kimakka vihellys. Väki, joka oli parveillut laiturilla, katosi kokonaan. Hangaarin kahden vartiomiehen tueksi näkyi tulleen kymmenkunta sotilasta, usealla heistä rynnäkkökivääri edessä roikkuen ja oikea käsi lähellä liipasinta, parilla miehellä oli singolta näyttävä varustus, kolmella näytti olevan tarkkuuskiväärit, niissä oli piipun päällä pitkä kiikari.

Laiturilla näkyi enää vahvennettu vartiomiesten joukko. Nyt sinne saapui maasto-Nivan kyydissä kaksi miestä, näyttivät suurilta herroilta, kultapunokset heijastelivat auringon kiloa.

Sotaherrat ja vartiosto siirtyivät hieman kauemmas. Syytä olikin. Hangaarin edessä oleva laituri alkoi liikkua. Laituri liikkui vasemmalle ja näkyi painuvan limittäin laiturin osan alle.

Auran kamera raksutti nopeita kuvia. Syrjään vetäytyneen laiturin osan alta paljastui avoin vesi. Vedessä näkyi suuria pyörteitä. Isoja aaltoja lähti liikkeelle. Ne heiluttivat jo Auran sukellusvenettä. Tuli kiire vetää kamera suojaan, ettei se kolhiinnu aaltojen voiman tempoillessa veden alla piilossa olevaa pienoissukellusvenettä. Äänityslaite keikkui aalloilla ja äänitti nyt vain veden liikkumista ja paiskautumista pilareita vasten.

Hangaarista lähtevä isojen aaltojen ryhmä näytti jo hieman tasaantuvan. Aura veti äänityslaitteen veneen sisälle. Piti olla varalta valmiina kaikkeen, nopeisiin ratkaisuihin. Aura katsahti laiturille. Aallot pärskivät edelleen pilareihin. Eipä juuri mitään nähnyt.

Aura antoi sukellusveneensä laskeutua hieman alemmas. Jospa veden sisältä näkisi paremmin, mikä nuo isot aallot aiheutti. Valtava. Se näytti uhkaavan suurelta. Pelottavalta. Suuri mustalta näyttävä, kuin suuren pallon etumus. Ja tuli kohti.

Ei sentään. Näytti pysähtyvän. Pallon etumukselta näyttävä kääntyi veden sisässä hitaasti joen alajuoksua kohti ja lähti verkalleen liikkeelle.

Nyt se näytti yhä suuremmalta. Valtavalta, kuin jonkinlainen pötkylä. Sikariksi ei tuota voi sanoa, on liian paksu. Tasaiselta vaikuttava pötkylä. Edessä oli valoisammat viirut. Ne Aura näki ikkunoiksi, ainakin korkeista viiruista heijastui lasi. Ikkunoita oli lisää, pötkyn sivuseinällä pyöreitä ikkunoita kahdessa rivissä.

Tällainen se salakuljettaja Volte Laitisen näkemä ja kuvaama pötkylä siis on, Aura ajatteli. Kamera räpsi yhä uusia kuvia. Kameran muistikortin kapasiteetti on valtava, uskalsi ottaa myös videopätkiä.

Entä laiturilla. Nopeasti piiska ylös, mikrokokoisella kameralla nopea pyörähdys ja katsomaan ruudulta mitä näkyy.

Laituri oli edelleen tyhjä. Piilon ujuttautunut laiturin osa näkyi alkavan pyörähtää takaisin. Kaksi sotaherraa ja vartiomiehet seisoskelivat, herrat polttivat tupakkaa, sotamiehet olivat vartijoiden näköisiä ja valmiina käyttämään aseitaan.

Entä se korvetti, Aura ehti ajatella. Pilareitten välistä näkyi alajuoksulle. Korvetti kulki siellä näköjään aika hidasta vauhtia. Suuri tankkeri oli sekin lähtenyt liikkeelle ja kulki korvetin perässä. Veden alta pötkylästä näkyi enää vähäinen häivähdys. Oli kadonnut sumenevan veden piiloon, kohti joen alajuoksua. Musta takaseinä katosi näkyvistä.

Aura mietti, mitä nyt pitäisi tehdä. Tehtävä oli osin ratkaistu. Oli saatu selville, mikä oli se pötkö, sukellusvene enemmän kuin joku puolisukeltaja. Mutta mihin se oli menossa, ja miksi. Olisko syytä lähteä pötkylän, korvetin ja tankkerin perässä ja takaisin kohti Suomenlahtea. Mutta kun ei tiedä, millaisia valmiuksia on korvetilla, miten hyvät kuuntelulaitteet siinä on, että uskaltaako lähteä ajamaan saattuetta kiinni ja ujuttautua tankkerin alle.

Kohta tulisi aikaikkuna antaa raportti. Miten sen saa niin lyhyeen muotoon käytettävissä olevilla piippauksilla, ja vielä pitäisi kysyä tiedot korvetista, että pitääkö sitä enemmän varoa, mitä seurantalaitteita aluksessa tiedetään olevan.

Valtava sukellusvene, tai muuten sukelluksiin pystyvä iso alus. Kameran kuvat kertonevat, mitä mastoja ja härveleitä pötkylän yläkannella on. Muutamia niistä Aura ehti nähdä.

Valtava sukellusvene, siinä riitti ihmettelemistä, varmaan enemmän kuin puolisukeltaja, kuten aiempi arvio kuului. Ja aika hyvin peloteltu rakennusväki, kun pötkylästä ei ole ollut mitään tietoja liikkeellä. Pakkohan sotasatamassa työskentelevien on tietää asiasta, siellä on sentään brittien arvion mukaan ainakin kolmetuhatta ihmistä töissä.

Mikä se on, mikä on tuollaisen mammutin tarkoitus. On ollut valtava homma rakentaa noin iso alus. Ja kallis. Mitä materiaalia se on. Aura muisti puheita titaanin ja kevlarin kasvavasta menekistä Venäjällä. Saavatkohan teknikot ja tiedemiehet vastaukset kuvia tarkastelemalla tuon valtavan pötkylän rakennusaineista. Eikö ole hirmuista tuhlausta rakentaa noin suuri sukellusvene niin järeistä aineista. Ei kai sukellusvenettä ole tarkoitettu lähitaisteluun. Eivätköhän ole eri kohteiden materiaaleja. Avaruusaluksen on tietysti syytä olla kyllin kestävä torjumaan erilaisia avaruusromuja ja pieniä kiviä ja muita materiaaleja. Tähdenlentoina niitä ulkona kirkkaina öinä joskus näkee.

11

Amiraali Sarah Towsonin trimaraani oli ollut muutaman päivän Haminan satamaväen ja kaupunkilaisten ihasteltavana. Köydet irti ja kohta trimaraani oli tutkimusalus Maryn laidassa kiinni.

Amiraali ei malttaisi millään odottaa Auran videoitten ja kuvien saapumista. Aihe oli sen verran tärkeä, että netin kautta niitä ei haluttu liikutella. Jos sattuisi tietovuoto tai tiedon sieppaaja, joku hakkeri, se olisi valtava vahinko. Tietysti netti on hyvin suojattu, on monenkertaiset varmistukset, mutta ainahan kehitys kehittyy. Jos sieppaaja onnistuisi nappaamaan Auran tiedot, vahinko olisi valtava.

Viimeiset tilannetiedotukset tutkimusaluksen tutkijoilta. Sitten viesti Pietarin satamaan, trimaraani kaipaa sähköpuolen päivitystä, varoitusvalot ovat jo antaneet signaalinsa. Ja kuten arvoisat pietarilaiset tietävät, paras asiantuntemus on Pietarin suuren sataman lähellä olevalla Sergein pajalla. Amiraali arveli pienen imartelun vaikuttavan suotuisasti.

Satamakapteenilta tuli tiukka käsky, on olemassa rantavallin sortumisvaara, rinteessä on tapahtunut liikkumista. Nevajokeen ei pääse ennen kuin sortuma on selvitetty.

Amiraali hymähti. Arvasi Auran viestien perusteella, että jokea pitkin on tulossa Suomenlahdelle joku erityinen laiva tai alusryhmä, jota ei haluta esitellä varsinkaan Ison-Britannian sotilasasiamiehelle.

On siis odotettava. Trimaraani siirtyi kansainvälisille vesille mahdollisimman lähelle Venäjän aluevesirajaa. Parin tunnin kuluttua satelliittikuva kertoi, että Pietarista oli tulossa suuri tankkeri ja keskikokoinen sotalaiva, korvetti.

Kun alukset tulivat lähemmäs, lähetti amiraali uuden pyynnön saada tulla Nevajokeen. Myöntö tuli heti, ja samalla käsky pysytellä joen oikean reunan lähellä. On menossa jokiuoman tutkimus, se kohdistuu paitsi rantapenkereen kuntoon myös joessa olevien virtausten muuttuneeseen käytökseen ja virtausten tuoman lisääntyneen lietteen määrään.

Jokeen päästyään trimaraania vastaan tuli neuvostoliittolainen tutkimusalus Jevgeni Gorigledzhan. Amiraali kiirehti laivan kirjastoon katsomaan, mitä tuosta tutkimusaluksesta tiedettiin.

Tiedettiin aika paljon. Vanha pelastushinaaja on saanut uuden elämän tutkimusaluksena. Jo laivan uudistustyön paikka kertoi tietäville paljon. Muutostyöt oli tehty Yantar-telakalla Kaliningradissa. Telakka on erikoistunut sotilasaluksiin. Laiva on 81 metriä pitkä ja 16 metriä leveä. Siinä on 30 hengen miehistö ja tilat 25 tutkijalle. Aluksella on kyky kartoittaa vedenalaisia kohteita ja tuhota niitä.

Tankkeri, sotalaivaston korvetti ja merenalaiseen tihutyöhön valmis tutkimusalus, mitä yhteistä niillä on, amiraali mietti. Ovatko laivat vain sattumalta kulkemassa samaan suuntaan.

Oli aika keskustella Auran kanssa. Aura oli ujuttautunut liki pohjaa pari merimailia sotasatamasta alavirtaan. Ja hänellä olisi todella paljon kerrottavaa.

Piti päästä Auran sukellusveneen lähelle.

- Trimaraanin sähköjärjestelmä meni pois päätä, tuli blackout, mutta aluksen sähköteknikko arvelee saavansa vian korjattua toivottavasti aika pian, amiraali viestitti satamakapteenille.

Joessa oli jokitörmän lähellä muutamia suuria kivenlohkareita ja pari mitättömän pientä saarta. Trimanaari ohjattiin kivijärkäleen viereen. Aluksen kumivene uitettiin trimaraanin kylkeen. Aurinko paistoi varsin kirkkaasti. Oli siis syytä pingottaa purjekankainen verho suojaamaan tarkkaa työtä.

Aura tiesi odottaa trimanaarin pysähtymistä ja varjon laittamista estämään pienoissukellusveneen kansiaukon näkymistä. Oli aika nousta jaloittelemaan, oikomaan jäseniä, käymään suihkussa ja vessassa ja istahtamaan amiraalin houkuttelevan teepöydän ääreen.

Amiraali oli epäkohtalias emäntä, ei malttanut paljoa poistua tietokoneen näytön luota ja esitti kovasti kysymyksiä skonsseja maistelevalle Auralle.

Aura kertoi. Juuri kun hän oli lähdössä sotasataman edustalta pois, tuli ensin tutkimusalus näkyviin ja ajoi kohti Suomenlahtea. Mutta kohta tämän jälkeen paikalle purjehti tutkimusaluksen perässä hirmu suuri sukellusvene.

Aura kertoi nähneensä sukellusveneen nimen. Belgorod. Se on 184 metrin pituinen. Siis yksi maailman suurimmista, valtava ydinkäyttöinen sukellusvene. Oikea äiti. Sukellusveneen vatsan suojassa omassa kolossaan on noin 70 metriä pitkä titaanipintainen pienoissukellusvene Losharik. Kun se irrottautuu emostaan, se pystyy erilaisiin syvän veden vedenalaisiin töihin, myös sabotoimaan. Losharikin runko koostuu seitsemästä yhteen liitetystä pallokammiosta. Ne jakavat painetta ja mahdollistavat toiminnan jopa 2 500 metrin syvyydessä.

Eikä vielä kaikki. Belgorodin sisällä kuljetetaan 6 metriä pitkää Klavesin-sukellusrobottia ja kannella telineessään on vielä sukellusalus Bester. Se voi kuljettaa muutamaa sukeltajaa korjaus-, pelastus- ja häirintätöihin aina 700 metrin syvyyteen.

- Jaaha, ydinsukellusvene varmaan sukelsi kun se tuli kansainvälisille vesille. Siksi emme sitä nähneet. Vahinko, että tulimme suoraan, mutta oli kiire päästä katsomaan näitä Auran kuvia, amiraali selitti trimaraanin perämiehille.

Salongin pöydälle oli levitetty suuria merikarttoja.

- Venäjän laivasto on yrittänyt pitää salassa Nevajoen suulta alkavan Suomenlahdella kiemurtelevan S-reitin. Se on syntynyt varmaan joskus aikojen alussa, tuollainen polveilevan ässän muotoinen merenlahden eri puolilla kiemurtava syvempi reitti. Sitä ajaen Belgorodin vatsan alla roikkuva pienempi sukellusvene kulkee mukana tarvitsematta pelätä karille joutumista. Tietysti myös Suomessa ässäreitistä tiedetään, vanha salakuljettajien ja muiden hämärämpien merenkulkijoiden käyttämä eksytystie. Toki myös Suomen sotalaivasto varsin hyvin tietää mutkittelevan reitin, mutta mihinkään merikarttoihin sitä ei ole piirretty, amiraali selitti.

12

Ison-Britannian sotilastiedustelun päällikön Sir Thomasin koolle kutsuma tiedusteluväki katsoi jättisuurta näyttöä. Auran ottamat kuvat ja videot näkyivät selvästi.

- Venäläiset suunnittelevat tai jo toteuttavat jotain, josta me emme tiedä varmuudella mitään.

- Aloitetaan tuosta suuresta mustasta sukellusveneestä. Se poikkeaa ulkonäöltään totutuista. Tiedämme, että mikään huippukiitäjä tuollainen pyöreä pötkö ei voi olla. Se kulkee veden alla, siis näkymättömissä. Salaa. Joku syy siihen täytyy olla.

- Alus on suuri. Vertailulaskelmat osoittavat yli sataa metriä, arviolta on noin 110-120 metriä. Korkeutta on kolmessa kerroksessa. Arvio alimman kerroksen ikkunattomuudesta on, että siellä voisivat olla vesivarastot ja makean veden laitteet, ruokavarat, polttoaineet, suuret koneet, sähkökeskus, varmaan myös jätemyllyt ja muut varastot.

- Mihin tällaista tarvitaan. Well, esimerkiksi maihinnousuun. Arvio on, että komppanian verran miehiä mahtuu kyytiin. Ei varmaan kovin pitkää aikaa. Voisi olla päiväretki valloittamaan joku sillanpääasema tai joku saari.

- Saarista pohjoisen alueella ovat strategisesti erityisen tärkeitä Suomeen kuuluva Ahvenanmaa ja Ruotsin Gotlanti. Gotlanti on tärkeämpi solmukohta. Ahvenanmaan kautta kulkee liikenne Suomenlahdelle ja Pohjanlahdelle.

- Gotlanti on suht lähellä Kaliningradia. Saaren lähellä kulkee tärkeä meritie Pietariin. Venäjällä on suuri intressi säilyttää meritie turvattuna. Kaliningradissa on suuri ja tärkeä Venäjän laivaston sotasatama.

- Komppania miehiä sukeltavasta aluksesta tekemään ensi-isku ja suurilla laivoilla sitten järeämpää kalustoa maihin. Ensi-iskun pienillä vihreillä miehillä rynnäkkökiväärit, sinko-osastot ja kevyet konekiväärit. Kyllä niillä sillanpääaseman saavuttaa.

- Gotlanti tai Ahvenanmaa. Ei voi unohtaa Venäjän valtavia resursseja. Voivathan kyseeseen tulla molemmat.

Jykevännäköinen leukapartaa kantava kontra-amiraali nosti kätensä.

- Puheenjohtajan arvio on ansiokas ja siihen tulee varautua. Mutta kyllä tuolla sukeltavalla sikarilla voi olla toinenkin tarkoitus. Myös siihen tarvitaan suuria syvänmeren pohjassa operoimaan pystyviä aluksia.

- Tarkoitan merenpohjan rikkauksia. Hyökkäys- ja valloitushaluja venäläisillä varmaan edelleen on, mutta myös taloudellisia tavoitteita. Merenpohjia on vasta viime aikoina ruvettu enemmän tutkimaan. Sitä pidetään pohjattomana rikkauksien lähteinä. Pohjasta saa hyvillä kaivuuvehkeillä nostettua mittaamattomia määriä harvinaisia maametalleja sekä myös tutumpia kullasta ja hopeasta alkaen. Tuo pötkylä voisi olla tukialuksena ja väliaikaisena varastona. Sikari täyteen arvometalleja, sitten pintaan viemään lasti maihin, ja hakemaan uutta kuormaa.

- Hyvä huomio, Sir Thomas kiitti. Tämäkin näkökanta tulee ottaa tarkoin huomioon.

Nuorelta näyttävä ja viehättävältä vaikuttava kommodori Julia osoitti laserlampulla mustana kiiltävään suuren sukellusveneen kuvaan.

- Tämä laitteen pinta. Olemme analysoineet sitä labrassa. Lukemat väittävät, että pinta on jotain aaltoilevaa kumiseosta. Siinä on jotakin muovia ja jotain meille vielä tuntematonta kestävyyttä lisäävää ainetta. Analysoinnin uskotaan valmistuvan parin päivän sisällä. Sir, meidän tutkaekspertit innostuivat pinnasta kovasti. Yritetään valmistaa mallin mukaan. Tutkapuolen teknikot arvelevat, että pinta heijastaa kyllä tutkan säteitä, mutta sirotteena ympäriinsä. Tutkakuva ikään kuin heijastuu jonnekin lähistölle, jos siellä on vaikkapa sankkaa sumua tai virtaavan veden kohta. Kuvasta ei silloin saa selkoa, kun heijastuskuva on jotain hyvin epämääräistä. Ääriviivoja ei hahmota. Nopeutta ja kulkusuuntaa on kauempaa vaikea saada selville. Tässä vaiheessa epäillään, että pintarakenteessa on myös pieniä peilin siruja. Ne tehostavat tutkavääristymää.

- Tiedossa on uudenlaisen plasmapilven kehittely meillä ja niin on epävirallisten tietojen mukaan myös Venäjällä. Niin ja Kiinassa. Plasmapilvi peittää kohteen niin ettei tutka siitä saa kunnolla otetta. Kehitystyö on kiivasta. Siitä saadaan varmaan tietoja lähitulevaisuudessa.

- Jaahah, labran väki tutkii ja on taas tehnyt loistotyötä, Sir Thomas kiitti.

- Nyt meidän tulee saada selville, mihin tämä sukeltava möhkäle on kadonnut. Kateissa on myös ydinsukellusvene Belgorod. Molemmat uskoakseni voivat lymytä jossain merenpohjan kolossa viikkotolkulla. Aiemmin nähdyt korvetti ja tutkimusalus ovat Kaliningradin satamassa satelliittikuvien mukaan.

13

Amiraali Towson ilmoitti Pietarin satamakapteenin toimistoon, että trimaraani peruu Pietariin tulonsa. Sähköpääkeskuksen korjaustöissä oli löydetty pari huonoa liitosta. Vanha kunnon tinajuotos oli auttanut ja nyt kaikki tuntuu toimivan. Mitäpä sitä kunnolla pelaavaa korjaamaan.

Auralle se tiesi matkasuojaa. Trimaraani ajoi hieman hitaampaa matkavauhtia. Auran pienoussukellusvene oli kolmirunkoisen aluksen alla. Tuulensuojassa, taistelusukeltaja Sam luonnehti tilannetta. Ja trimaraani nilkutti eteenpäin varoen juuri korjattua nilkkaa, Sam innostui sepittämään.

Helsingin edustalla saattovuorolainen vaihtui. Amiraali kiirehti aluksellaan Lontooseen. Britannian suurlähetystön suurempi huviristeilijä otti paikan minisukellusveneen suojana. Tuli päällysmieheksi, Sam kiteytti tehtävän.

Huviristeilijä kävi kääntymässä Pansion sotasataman edustalla. Aura jatkoi suoraan sataman syrjäiselle laituripaikalle. Oli aika tarkistaa veneen kunto ja huoltaa moottori ja muut laitteet.

Aura pääsi hänkin lepoon ja huoltoon.

14

Komentajakapteeni Malkin siveli varovasti jalkapantaansa. Pannan kaikkia ominaisuuksia ei tiedetty, ei ainakaan kerrottu. Jos vihollinen kaappaa, saadaan paikannettua ja lähetettyä apu nopeasti paikalle, selitettiin.

Malkin epäili, että pannassa oli muutakin kuin navigaattori. Illanvietossa äskeisellä Novaja Zemljan reissulla oli epäilty, että pannassa on myös kuuntelulaite. No, Zemljassa oli pakkasta ja lunta. Lumi narisi aika kovaäänisesti, kun sitä tosissaan rupesi kuuntelemaan. Vähän aiemmin komentajakapteenin merkit saanut Viktor teki kokeen. Puhelin kuuntelulle ja kiinni nilkkaan kuten jalkapantakin on. Lumen narina peitti ainakin ne äänet. Koekeskustelusta ei saanut mitään selvää, vain joku yksinäinen innostunut kirosana kuului narinan läpi.

Toinen Malkinin kotona tehty koe koski painavaa täkkiä. Se esti aika tehokkaasti keskusteluäänten kuulumisen.

Kun ei tiedä, on syytä olla varuillaan.

Boris Malkin iski vaivihkaa silmää vaimolleen Annalle. On taas jalat kipeät. Mitähän hoitoa löytyisi.

Annan kansa oli asia puhuttu, tai oikeastaa kirjoitettu. Merellä oli silloin aikamoinen puhuri. Aallot löivät kipeän tuntuisina rantaan, kalliot pärskivät. Muistiinpanolehtiöön varoitus, että Boriksen jalkapannassa saattaa olla kuuntelulaite. Mies on sen verran tärkeässä työssä, että verokeinot ovat tarpeen. Kun isketään toinen toiselle silmää, alkaa peli. Puhutaan joutavia. Muistellaan meneitä ja suunnitellaan lähes tosissaan tulevaisuutta. Kenestäkään tutusta ei uskalla puhua, eikä tietenkään työtovereista ja tulevaisuuden tehtävistä. Niinpä ei sanaakaan tulevasta mahdollisesti pitemmästä erosta.

- Sinun jalat täytyy saada kuntoon. Auttaisiko rautapeitto, Anna kysyi ääneen.

Päätettiin kokeilla.

Rautapeitto vastasi painavaa painopeittoa. Rautapeitossa oli lokeroiden sisällä rautapitoista hiekkaa. Sen sanottiin ja uskottiin auttavan jalkojen särkyyn. Magnetismista olivat peiton myyjät puhuneet.

Jalat tiukasti rautapeittoon käärittynä. Saattoi luottaa, että sitä muuria eivät äänivallit ylittäisi. Varalta vielä radio soimaan jotain länsimaista raskasta rockia. Kumpikaan ei ollut raskaan metallimusiikin ystävä, mutta räime tuntui nyt hyvältä peittämään puheäänet.

Boris halusi heti tehdä selväksi, että hän ei todellakaan tiedä, mitä ominaisuuksia jalkapannalla on. Pannan joutui ottamaan jokainen, joka oli salaisimmissa tehtävissä mukana. Virallinen syy oli suojelu, ettei vaan vihollinen pääsisi yllättämään. Jos silti yllättää ja vaikka sieppaa, saadaan apua lähetettyä oikeaan paikkaan.

Rautapeittoon kääritty jalkapanta toi kummallekin oudon ja salaperäisen olon. Tiedettiin, että liikutaan aika vaarallisilla vesillä. Toisaalta Borin muisti sotilasvalansa, toisaalta taas vihkipapin vakavat sanat luottaa toiseen ja olla tukena.

- Muistatko historian tunnelta vanhan Rooman keisarin Caligulan ja tämän hevosen Incitatuksen. Ori söi kullattua viljaa ja oli tulla nimitetyksi senaattoriksi.

- Caligula rakensi itselleen suuren veneen. Sen nimeksi on sanottu Nemi. Ehkä se ei ole laivan alkuperäinen nimi. Nemi nimenä juontuu järvestä, Nemistä. Siinä järvessä koristeellinen alus seilasi likimain kaksi tuhatta vuotta sitten.

- Nemijärvi on varsin pieni verrattuna niin mahtipontiselle alukselle. Tutkijat ovatkin varmoja, että alusta käytettiin hupipurtena. Siellä oli hyvä järjestellä juhlia. Järven keskellä keisari tunsi olevansa turvassa. Ei tarvinnut pelätä salamurhaajia.

- Laivaan kuului huomattavia koristeita. Pylväitä. Kullattuja mosaiikkeja ja kattotiileja, paljon veistoksia. Nykyajan mukaavuuksiakin oli, sinne johdettiin putkia pitkin tuoretta vettä ja laivassa oli lämmitys.

- Minä olen nyt parin viikon kuluttua astumassa uuteen Nemi-laivaan. Se muistuttaa koristeluiltaan vanhaa Nemiä. Iso ero on, että uusi Nemi on sukeltava alus. En tiedä vielä, voiko tai pitääkö sitä kutsua sukellusveneeksi. Ainakin pinnan alle se pääsee. Kuulin joltain, että ainakin sataan metriin alus voi sukeltaa. Eiköhän se silloin ole sukellusvene.

- Pääsin käymään aluksella tutustumassa pikipäin. Minulle on oma hytti kommodorin sviitin vieressä. Kauaa ei siellä saatu olla. Päällystön kansi on kolmannessa kerroksessa. Toisessa kerroksessa asuu muu väki, siellä on ruokalaa ja keittiöitä ja suihkuja ja oleskelutiloja. Sen kuvan sain, että alakerroksessa on aputilat ja varastot. Merivedestä tehdään erilaisilla rikastuksilla juomakelpoista vettä. Sain maistaa ja kyllä sitä juoda saattoi.

- Toinen kerros on siis henkilökuntaa varten. Palvelijoita ja erilaisia tutkijoita, en niistä vielä tiedä.

- Ai itku, jalkaa kutittaa. Panta taitaa lähettää viestiä, että on liian hiljaista. Nyt puhutaan hetki tavallisia, sitten minä taas käärin sen moneen sylttyyn.

Kun jalka oli taas tiiviissä paketissa, jatkoi Boris kertomustaan. Hän kertoi tutustumiskäynnillä olleiden muiden meriupseerien arvuutelleen, kuka korkea amiraali on saanut näin suuren ja komean aluksen. Keulassa olevaan isoon saliin oli saatu kurkata vain hetki. Kultakoristeiset tapetit ja valtavat kattokruunut, uljaat huonekalut ja Fabergen tyyliset koriste-esineet olivat jotenkin tutun tuntuiset.

Kremlin salien näköistä, joku oli kuiskannut.

Niinpä sitten ihmeteltiin, tietysti hyvin hiljaa kuiskien, että kenelle Kremlin kopio oli tarkoitettu. Että oliko uudella Nemillä muita tarkoituksia kuin olla koristeena ja juhlapaikkana.

15

Komentajakapteeni Boris Malkinia saattoi hyvin pitää amerikkalaisena turistina. Utelias, joka paikkaan nokkansa ja kameraansa tunkeva.

Malkinin päällä oli räikeä Miamia mainostava t-paita ja ohuet shorsit. Purjehduskengät ilman sukkia. Samantyylistä väkeä velloi sataman alueella runsaasti. Ahvenanmaan pääkaupungin Maarianhaminan sataman jäätelö näytti maistuvan monelle lomalaiselle hyvältä ja kylmältä.

Käsky lähteä Ahvenanmaalle oli tullut ilman ennakkotietoa. Siispä aiottu tutkimusretki suurella sukellusveneellä oli joko peruttu, siirretty, tai sinne oli määrätty joku toinen ryhmä. Mikä lie vastaus, sitä ei Malkinille kerrottu ja edellytettiin, ettei moisia asioita kysellä eikä ihmetellä.

Joku toinen ryhmä. Mistäpä tietää, onko ryhmiä vielä kolmas, ehkä neljäskin. Ja kaikki tämä, jotta ei voi etukäteen suunnitella mitään, no, temppua. Siis ei tietäisi milloin presidentti missäkin liikkuu. Ei jää tilaa tempuille.

Nyt sitten hoidetaan tämä annettu homma. Siitä saa lisää kokemusta ulkomailla tai varsinkin länsimaissa työskentelystä. Työ on hoidettava huolella. Tiedossa on, että tarkkaillaan. Joka tapauksessa ja aina, tarkkaillaan.

Malkin nousi skuutin kyytiin. Sähköisellä potkulaudalla oli hyvä huristaa Maarianhaminan kahden sataman väliä. Kamera lauloi, kuvia syntyi muistikortille. Samalla etutaskussa sojottava kännykkä mittasi tarkoin välimatkoja. Pieni taskukamera kuvasi maisemia ja siinä samalla, huomaamattomasti, majoitustiloiksi soveltuvia kohteita. Poliisiasema sai omat kuvat muistikortille, samoin tullin ja satamatoimiston tilat.

Oli aika jättää skuutti ja siirtyä vuokratun skootterin ohjaajaksi. Nyt matka suuntautui Eckerön satamaa kohti. Ensin tietysti kuvia komeasta postitalosta, sitten maisemakuvien varjolla kuvia sataman toiminnoista, laitureista ja silloista.

Grisslehamnin satama sai samanlaisen tutkimuksen. Malkin arvioi, että satamat ja hotellit ja muut suuret rakennukset ovat jo aika hyvin taltioitu.

Turistitoimistossa oli hyviä merikarttoja. Niistä näkyivät lukuisat luonnonsatamat ja muut maihinnousuun soveltuvat rannikon paikat. Johtopäätösten teko oli isompien kaluunoiden varassa, mutta Malkin arvioi, että hyvinkin puolensataa erilaista alusta voisi vallan hyvin rantautua ja niissä olevat miehet, ja aseet, löytäisivät nopeasti asemansa.

Takaisin rannan hotelliin. Sisälle hotellihuoneeseen ei houkuttanut mennä, sen verran kuumasti kesäaurinko yhä paistoi. Hotellin tarassilla saattoi valita varjoisan tai aurinkoisen paikan. Päivän paisteessa kiertely vaati jo varjoa.

Viereisessä pöydässä istui yksinäinen pikkutyttö ja söi salaattia. Olisko hieman yli kymmenvuotias, Malkin automaattisesti arvioi. Tyypillinen ahvenanmaalainen neito, auringon paistetta saanut jo melkoisesti, oli ruskettuneemman näköinen kuin monet muut lapset. Malkinille tuli heti oma lapsuus mieleen, silloin melkein aina paistoi ja kesällä ehti ruskettua tosi kovasti.

Annalle piti soittaa Hollannissa olevan keskuksen kautta. Vuokrapuhelimeen ei tietenkään saanut jäädä jälkiä Venäjälle suuntautuneesta puhelusta. Ja Annalle tilanneraportti englanniksi. Hauskaa ja mielenkiintoista on ollut, nähtävyyksiä on nähty ja ihmetelty. Ikäväkin alkaa jo vaivata, no viikon kuluttua ollaan takaisin Miamissa. Pusi pusi.

Ja lopuksi vielä hiljaa, kuiskaten, venäjäksi, rakkauden kielellä: Minä rakastan sinua ja sinussa kaikkea. Mies vaikutti ajattelevan, että noin tärkeää asiaa ei muilla kielillä voi sanoa.

Naapuripöydän pikkutyttö oli keskittynyt ituihinsa, vesimelonin siivuihin ja salaatinlehtiin. Malkinia hymyilytti, jospa heillekin on itua isompana kasvamassa lapsi, tyttö se saisi olla, pojat joutuvat kuitenkin sotiin ja onnettomuuksiin.

- Hej då, Boris Malkin sanoi ja kumarsi iloisesti tytölle. Tämä katsahti miestä kuin olisi vasta nyt tämän nähnyt.

- Hej hej, Aura sanoi. Hän oli pari päivää ollut Ahvenanmaalla ja oli yrittänyt omaksua ruotsalaisen hej-sanan lopun pehmeän ääntämyksen.

Aura huomasi miehen yrittäneen hänkin oppia lausumaan hejn ruotsalaisen pehmeästi. Aura mietti, oliko mies oppinut lausumaan myös u-kirjaimen ruotsalaisittain miltei yyksi. Auralle se kirjain oli tuottanut vaikeutta.

Mutta että mies heihettää muka-ruotsia ja puhuu täydellisen kuulloista englantia amerikkalaisittain korostaen ja venyttäen, ja lopuksi kertoo venäjäksi puhelimessa rakastavansa puhelinkaveriaan. Vierasvenesataman musiikissa oli juuri silloin lyhyt tauko. Aura kuuli ja ymmärsi kuiskaten kerrotun.

Brittien sotilastiedustelu oli laittanut toimeksi, kun ison mustan ja kömpelön näköisen sukellusveneen merkitystä oli arvioitu. Gotlannista oli pyydetty ruotsalaisten apua, olivat luvanneet seurata saareen tulijoita. Niin täällä tehdään kyllä muutoinkin, olivat Säpon miehet ja naiset vakuutaneet hieman närkästyneinä. Pitävätkö engelsmannit heitä taitamattomina. Toki Gotlannin merkitys meriliikenteelle oli ruotsalaiselle meriväelle selviö.

Aura lähetettiin Ahvenanmaalle. Kiinnosti tietää, miten nuori nainen toimii ja mitä hän saa tietoonsa. Sotilastiedustelun johdossa vaikutti olevan vahva luottamus Auraan. Arveltiin että nuori tyttö voisi toimia huomaamattomasti. Pikkutytöksi arvioitu Aura voisi lapsen uteliaisuuden varjolla kulkea missä vain. Ei lasta osattaisi varoa.

Auran varaäiti, Ison-Britannian Helsingin suurlähetystössä työskentelevä lähetystösihteeri Heidi tuli hakemaan Auran kävelylle. Varaäiti oli pakko olla. Yksin liikkuen Aura olisi ainakin hotellissa yöpyessä herättänyt huomiota. Nuori tyttö tai lapsi, pitäähän sellaisella oli vanhempi ihminen tukena.

Aura ja Heidi tekivät pienen kävelylenkin. Maarianhaminan yksi maamerkki, Venäjän federaation konsulaatin komea puutalo oli laskemassa yötä varten Venäjän lippua salosta. Päivällä Aura oli nähnyt rakennuksen edustalla joukon rauhaa vaativia mielenosoittajia. Nyt enää heitä ei näkynyt.

Aura ja Heidi olivat puiston varjossa. Katuvaloja oli säästetty. Kauempana varjossa näkyi tuttu mies, äskeinen soittaja ja hejtä Auralle toivottanut. Mies oli syvällä puun varjossa. Aura näki että mies otti selkeästi asennon kun lippua laskettiin. Sitten kun lippua laskostettiin miehen oikea käsi nousi ikään kuin otsaa pyyhkien. Teki nopeasti kädellään kunniaa, Aura huomioi.

Ei sotilas pääse tavoistaa tai opeistaan, Aura ajatteli.

Amiraali Towson oli kovasti kiinnostunut Auran kertomasta. Millainen mies, miten pukeutunut, mikä vaikutelma Auralle syntyi. Miksi arvelet häntä sotilaaksi, ja venäläiseksi.

Tukholman suurlähetystön vene on venesatamassa. Käypä siellä, näet kuvia. Koitetaan jos vaikka tunnistaisit.

Heidi jäi veneen kannelle kun Aura oli ajohytissä katselemassa netin ruudulla näkyviä tiedustelupalvelun lähettämiä kuvia. Auran puheiden perusteella saatiin haravoitua nuorehkot miehet, tavallisen oloiset, tummanruskeat hiukset, aika tuuheat kulmakarvat, ainakin nyt parraton, urheilullinen tyyppi, jotenkin merimiehen tapainen.

Eikä kauaa mennyt kun miehen kuva ja nimi tulivat vastaan. Boris Malkin, vastikään komentajakapteeniksi ylennetty, tiettävästi naimisissa, ei tiedetä onko lapsia. On saanut myös sukellusvenekoulutusta vaikka toimii nyt hävittäjälaivueessa. Ei ole löydetty minkään aluksen miehistöluettelosta. Arvellaan siirretyn eskunnan tehtäviin.

Erinomainen ampuja. Cooperin testissä yksi sen hetken, kolme vuotta sitten, hävittäjäosastojen parhaita. Puhuu täydellistä englantia amerikalaiskorosteella. On toiminut Yhdysvalloissa Arizonan konsulaatissa kahden kesän ajan.

- Huomenna aamulla kello 07.30 aamiainen lähetystön veneessä, amiraali sanoi tietokoneen ruudulla.

Aura jäi miettimään, millä vehkeellä amiraali aikoo aamuksi tänne ehtiä. No sehän riippuu paljolti siitä, missä päin Eurooppaa hän tällä hetkellä on.

Huviristeilijän aamiaistee oli erinomaista, kuten aina. Aura oli yrittänyt oppia kahvin juojaksi, mutta vaikeaa oli. Tumma tee aamulla, mitäpä muuta kaipaa, paitsi tietenkin paahtoleipää, munakokkelia, appelsiinistä juuri puristettua mehua ja pientä suklaapalaa.

Äiti Mariakin olisi tykännyt, Aura ajatteli. Äiti Mariaa ei voitu Ahvenanmaalle kutsua. Luterilainen itsehallintoalue, siellä olisi ortodoksinunna herättänyt katselua. Ja sitä myötä kiinnostus Auraa kohtaan olisi kasvanut. Sitä ei haluttu.

Yön aikan oli ehditty tutkia asioita. Uusi tarkempi kuva Malkinista oli löydetty, oli saanut armeijakomentajalta ison kunniamerkin. Lisää tietoa, oli saanut sotilastiedustelijan koulutusta, oli ollut kahdella yli kolmen kuukauden reissulla sukellusveneessä, oli näköjään toiminut perämiehenä, ensin kakkosena ja myöhemmin ykkösenä. Saattoi kuvitella että seuraavalla sukellusvenereissulla voisi olla väliaikainen päällikön vakanssi, tai jossain uudessa suuressa vedenalaisessa ykkösperämiehenä. Kehityskaari osoitti kohti kommodorin, ehkä jopa amiraalin virkaa. Ei siis mikään turhanpäiväinen turisti.

Amiraali oli freesi kuten aina. Kertoi olleensa Tukholmassa. Pikavene toi yöllä Maarianhaminaan. Tee maistui hänellekin.

Malkinin seurantaan oli valittu kymmenen henkilöä, neljä miestä ja kuusi naista. Vaihdot olisivat nopeita. Tärkentä oli kartoittaa, mitä Malkin teki, ottiko kuvia. Miten käyttäytyi, kenen kanssa puhui tai jutteli.

Suomen suojelupoliisin virka-avun mukaan Malkin oli eilisiltana soittanut johonkin yleisöpuhelimeen Amsterdamissa. Sieltä saattoi tilata jatkopuhelun minne päin tahansa. Supo ehähti esittää arvelun, että oli huumekaupoista kyse. Ison-Britannian väki ei oikaissut luuloa. Ehkäpä suomalaisten oli siten helpompi pistää Malkinin vuokrapuhelin kuunteluun.

16

Todella kätevä laite, Malkin ajatteli skootteria katsoessaan. Hän oli pysähtynyt valtatien ja pienemmän tien risteykseen. Siinä oli, kuten karttakin kertoi, puro tai pieni joki sekä pieni kivisilta. Malkin otti kuvia sillasta. Ensin laajempi kuva tiestä ja sen risteyksestä, sitten lähempi kuva sillan profiilista. Vielä tiukemmalla rajauksella kuva silta-aukosta. Lopuksi lähikuva sillan kiinnikkeistä. Kivimuuri näytti hyvin kestäneen vuosien, ehkä vuosisatojenkin painon. Malkin painoi mieleensä, että sillan historia pitää tutkia. Kaipa Maarianhaminan kirjastossa on myös englanninkielisiä opaskirjoja.

Lehtiö esiin ja siihen nopea luonnos sillan kaaresta. Kivien muodot kauniisti esiin. Värikynillä tavoitella aitoja sävyjä harmaan, ruskean värisistä ja yllättäen myös varsin punaisista kivipinnoista, sammaleista ja rosoista. Hahmotelma alkoi näyttää hyvältä.

Nyt oli luonnos valmis. Saattoi jatkaa matkaa suuremmalle sillalle. Skootteri tien vierustaan. Tieojan penkkaa alas. Siitä sai jo hyviä kuvia sillan luonteesta. Malkin mietti, että varmaan kestää raskaan panssarivaunuletkan kulkea.

Sillan alle tarkistamaan. Missään ei näkynyt räjähdepanosten sijoituspaikkaa. Aika yleisesti ainakin tiedustelupiireissä oltiin tietävinään, että Suomessa on siltojen alle jo rakennusvaiheessa jätetty sopivaan kohtaan kantavan pilarin viereen piilopaikka dynamiittipötkyille tai muille räjähteille. Jos tarve tulee, silta on helppo ja nopea tapa tuhota.

Muutama lähikuva siltapilareiden kaarista. Piti saada esiin valon ja varjojen leikkiä. Ne olisi helppo toistaa piirroksiin.

Malkin hätkähti. Tunsi adrenaaliryöpyn syöksähtävän kohti aivojen komentokeskusta.

Yläpuolella, tien vieressä häntä kohti katsoi virkapukuinen poliisimies. Hieman kaempana näkyi toinen poliisi, nainen.

- Päivää. Onko jotain hukassa. Voimmeko auttaa, poliisi kysyi ruotsiksi.

- Anteeksi mutta en osaa puhua ruotsia, Malkin vastasi englanniksi. Ja samalla säpsähti. Hän oli säikähtänyt, ja sen takia oli jo vastaamassa ruotsalaispoliisin sanomiseen venäjäksi. Onneksi ehti muuttaa ja puhui englanniksi.

- Onko jotain kadoksissa. Voimmeko olla avuksi.

- Jaa joo, inspiraatio tuntuu kadonneen. Tai siis olen kuvaamassa tuon sillan komeita rakenteita, konstruktiota, mutta en saa oikein otetta.

- Ulkomaalainen ja kuvaa sillan rakenteita, naiskonstaapeli sanoi ruotsiksi, pitänee kysellä tarkemmin.

Malkin näki kuinka sillan vastarannalle oli tullut kalastuskassia kantava mies. Jokihan saattaa olla vaikka kuinka hyvä lohijoki. Harmi kun itsellä ei ole kalastusvehkeitä mukana.

- Mihin te niitä sillan tietoja tarvitsette, miespolisi kysyi englanniksi.

- No jaa, sanoin vähän huonosti. En minä itse niitä tietoja mihinkään tarvitse. No kuulkaas konstapelit. Olen täällä tutustumassa oleva amerikkalainen turisti ja tykkään tehdä taidetta. Kuvaan joitain isompien ja pienempien rakenteiden yksityiskohtia, taiteellisessa mielessä siis. Valoa ja varjoja, yksityiskohtien leikkiä. Voimaa puhkuvia kohteita. Niistä aion tehdä sitten syksymmällä isoja kuvia, maalauksia, ja laitan ne näyttelyyn kotikaupungin kirjastoon. Siitä on ollut alustavasti puhetta. Tai eiväthän ne voi tarkasti luvata, että saan järjestää näyttelyn ennen kuin ovat nähneet millaisia töitä on tarjolla. Itse kyllä luulen että kuvista tulee hyviä.

- Ehkä saan näyttää, millaisen hahmotelman tein aiemmin tuolla pienellä sillalla.

Vastarannan kalastaja oli saanut virvelinsä heittokuntoon. Komeita kaaria siima teki. Ei ainakaan vielä napannut.

Malkin kaivoi olkalaukustaan äskeisen skitsin. Onneksi hän oli tehnyt sen melko valmiiksi. Näkyi että mielenkiinto oli

83

joissain rakenteen yksityiskohdissa, ei missään kantavuudessa
tai sillan strategisissa mitoissa.

- Saako täällä turistikin kalastaa, Malkin kysyi miespoliisilta.

- Luvan voi lunastaa tuolta rannan kioskista. Kengät pitää
desinfioida tarkkaan, naispoliisi sanoi.

Malkin katseli syrjäsilmin, onnistaako vastarannan kalastajalta
kalan saanti. Näytti menevän harjoittelun puolelle.

- Mitä nämä numerot ovat. Tien tunnistetiedot, vai?

- Pitäähän kuviin laittaa tieto, mitä paikkaa se kuvaa, Malkin
selitti. - Kartan tienumerot. Että tietää, että on totta eikä mitään
keksittyä. Tiedä vaikka joku katsoja joskus tulisi tänne ja
haluaisi todentaa kuvan aitouden, Malkin selitti. - Sellaistakin
on sattunut. Netissä riittää faktantarkastajia, ja ivailua jos on
esittänyt väärää tietoa. Varmaan täälläkin. Pitää vain pitää
todella hyvää huolta kartasta. Niitä kun tuppaa katoamaan ihan
ihmeellisesti. Toisilta katoaa sukkaparista toinen musta sukka,
minulta katoavat kartat. Nytkin pitäisi syksyllä käydä
Saskatchewanissa kaverin mökillä, mutta juuri se tai
paremminkin sekin kartta on hukassa, kadonnut. Ei sinne ilman
karttaa osaa ajaa.

- Sehän on Kanadan puolella, naispoliisi sanoi.

- Yes, niin on. No meillä siellä ylhäällä ovat rajat vähän kuin
täällä Skandinaviassa. Raja on, mutta ei se paljoa haittaa. Tai siis

kun kerta puhun virkavallan kanssa, tietysti erämaissa mennään laillisten ja luvallisten rajanylityspaikkojen kautta.

- Jahah, hyvää päivänjatkoa vaan, miespoliisi sanoi ja lähti nousemaan tien ravista takaisin autonsa luo.

Malkin katsoi vastarannalle. Siellä mies näkyi taistelevan jonkun isomman kalan kanssa. Vavan kärki oli kovasti taipunut. Pitäisiköhän tulla huomenna yrittämään, Malkin ajatteli. Piti seurata loppuun saakka. Kalastaja sai kuin saikin saaliinsa haaviin. Vaikutti vireältä kalalta, potki ja sätki hurjasti.

Kaupunkiin palatessa kalastajan saalis oli yhä mielessä. Rannan suuren hotellin ravintolan listalla oli grillattua merilohta, alleviivattuna että on paikallista Saaristomeren villiä lohta. Kun kotomailla Pietarissa ja Murmanskissa ilmestyi kauppaan lohta, oli ryntäys aina suurta. Siellä kauppa ylpeili, että on puhdasta ja raikasta norjalaista jäämeren lohta, vaikka kaikki tiesivät, että kalat ovat kasvaneet jollain Norjan rannikon vuonolla suurissa kasseissa, teollisesti.

Tästä ne sotakoulujen psykologit varoittivat. Että pitää välttää jäämistä tapojensa vangiksi. Jos toimii kuten filosofi Immanuel Kant, on tämä helppo salamurhata tai siepata. Kotikaupunkinsa Könnigsbergin asukkaat tarkistivat kellonsa Kantin kävelyn mukaan, tämä oli aina samaan aikaan liikkeellä. Sellainen on vaarallista. Mitään ei saa jättää itsestään selväksi, aina pitää osata yllättää ja muuttaa rutiineja. Tutustumisretkellä Kaliningradissa Kantista kerrottiin mieluusti.

Mutta niinpä vaan Malkin huomasi istuvansa samaan pöytään kuin eilen. No, eilen hän ei tilannut lohta vaan pihvin. Ei sentään täysin rutinoitunut toisella kerrallaan, hän ajatteli.

Mutta niinpä näytti myös eilen illalla istunut pikkutyttö tulevan istumaan samaan viereiseen pöytään kuin eilen. Tytöllä näytti rutiinit olevan paremmin hallussa, Malkin kuuli tytön tilaavan saman iltasalaatin kuin eilen. Tytön seurana oli vähäpuheiselta vaikuttava nainen, olisko äiti tai täti tai joku kaitsija. Nainen tilasi itselleen lohiannoksen. He juttelivat päät yhdessä. Malkin tavoitti muutamia englanninkielisiä sanoja.

Malkin ei nähnyt kaempana suuren kukkapuskan takana istuvaa amiraali Sarah Towsonia. Tällä oli suurilierinen hattu ja suuret aurinkolasit, mutta muuten harmaanvihreät vaatteet, housut ja pusero. Amiraali arveli olevan parasta olla piilossa. Tuskin komentajakapteeni on kursseillaan oppinut tuntemaan eri maiden sotilasasiamiehiä, mutta eihän siitä voi olla varma. Parempi on pysyä piilossa.

Piilossa oli myös joen vastarannalla ollut kalastaja. Tämä istui sisällä baarin puolella ja katseli olutta hörppien ihmisten vellomista satamatorilla ja vilkaisi aina välillä seuraamaan käskettyä miestä, että tapasiko tämä ketään tai jutteliko kenenkään kanssa. Vessa on aina hyvä kohtauspaikka. Vessaan kalastaja ei Malkinin perässä lähtenyt, sinne livahti venäläisen perässä urheilullisen näköinen vanhempi mies. Svenson, kalastaja tiesi nimen, tai siis nimen jota mies näissä yhteyksissä käytti. Mikä oli Svensonin oikea nimi, sitä kalastaja ei tiennyt. Olisi kyllä hämmästynyt, jos kuulisi. Nimi oli todella Svenson, Per Svenson.

Malkin tuli ensin vessasta ulos. Kohta perässä tuli Svenson. Oli kai oluensa juonut kun lähti pois. Käveli siitä Malkinin perässä ja Auran kohdalla haroi kevyesti tukkaansa. Siis ei mitään, kukaan ei ollut tullut juttelemaan eikä mies tiennyt Malkinin tehneen vessassa mitään asiaan kuulumatonta.

Aura varoi reagoimasta. Viesti oli selkeä. Malkinilla ei näyttänyt Maarianhaminassa olevan kavereita tai yhdyshenkilöitä. Väite tai arvelu pätee siihen asti kuin toisin todistetaan, Aura ajatteli amiraalin neuvoa.

Kalastaja jäi katselemaan, lähtisikö kukaan seuraamaan Auraa. Ei näkynyt, ei tarvinnut soittaa.

Suurlähetystön risteilijässä oli iltatee valmiina.

Amiraali kertoi poliiseilta saamansa tiedot. Malkinilla oli valmiiksi ajateltu hyvä selitys kiinnostukselle siltojen rakenteita kohtaan. Jos ei tietäisi Malkinin taustoista olisi selitys ihan järkeen käypä ja hyväksyttävä. Kukapa ei olisi kiinnostunut siltojen rakenteiden yksityiskohdista ja haluaisi niitä ikuistaa.

Komentajakapteeni Malkin maksoi hotellilaskunsa amerikkalaisella luottokortilla. Taksilla Eckerön satamaan. Laivamatka Ruotsiin oli hämmästyttävän lyhyt. Malkin mietti, että Ruotsista voisi hyvin nopeasti saapua sotajoukkoja torjumaan vieraan vallan hyökkäykset. Tietysti, jos ovat saaneet joukkonsa kutakuinkin kohtuulliseen järjestykseen, Malkin mietti. Ruotsin sotaväen järjestykseen ja toimintakuntoon saattamisessa saattoi tietävämpi olla kahta mieltä.

Tukholman satamassa Malkin hätkähti. Tuttu mies tai oikeammin pariskunta näkyi Maarianhaminaan lähdössä olevien jonossa. Sotilastiedustelun viidennen komppanian kapteeni Ruslav, mikä helvetti hänen etunimensä olikaan, ja yhä yhtä kaunottarelta näyttävä Marija Jegorova. Ovat siis menossa Ahvenanmaalle, josta Malkin itse on juuri poistumassa. Eihän siinä ole mitään järkeä, Malkin ajatteli, ja siinä se järki on. Ovat menossa tutkimaan, tietysti omalla tavallaan, varmaan samoja siltoja ja virastoja ja liikenneyhteyksiä ja mahdollisia majoituspaikkoja, joita Malkin oli äsken tiedustellut, Boris Malkin aprikoi. Sitten korkeat kaluunat sotilastiedustelun päämajassa tarkoin tutkivat, ovatko tiedot yhteneväiset.

Tarkista ja varmista, varmista ja tarkista, se oli ollut kursseilla tärkeä oppi.

Kapteenit Jegorova ja Ruslav varmaan puhuivat saksaa keskenään. Varmaan esiintyvät saksalaisena pariskuntana. Malkin tiesi kummankin olleen ainakin parina vuonna Saksassa joko suurlähetystön tai konsulaatin töissä. Mutta toisalta, saksaa puhuvia on liikkellä varmaan vain vähän. Kaipa he sittenkin esiintyvät amerikkalaisina. Eiköhän joku jossain ollut sanonut, että ainakin Jegorova oli edelliskesänä ollut Amerikoissa, jossain ylävaltiossa lähellä Kanadan rajaa.

Asiaan kuului automaattisesti sekin, että jos he huomasivat Malkinin, mitään ei saanut tapahtua, edes silmäripset ei saa värähtää tuntemisen merkiksi, oli tiukka oppi. Malkin varoi katsomassa jonottavia kapteeneita. Mistään ei näkynyt, olivatko he huomanneet Malkinin.

Tietysti voisi loukkaantua siitä, että hänen työtä ja arvioita tarkistetaan. Tietysti sellainen on turhaa. Tarkistavat ne kuitenkin ja muutoinkin. Se on kaikkien alan ihmisten tiedossa.

Tarkistavat. Mutta jos tekevät enemmänkin. Kapteeni Marija Jegorovasta puhuttiin esikuntaupseerikurssilla, että hän olisi numerojengiä. Juorunomaiset jutut Marijasta levisivät vaivihkaa kurssilaisten keskuuteen. Jospa 29155 olisi Marijalle tuttu ja myös työpaikka. Joku tiesi jonkun kertoneen nähneensä Marijan numerojengiläisten tiloissa, näkijä oli ollut isomman everstin adjutanttina ja päässeen sitä kautta käväisemään numerojengin talossa Moskovan suuren varuskunnan naapurissa.

Ei siis ihme, että minkäänlaista romanssin poikastakaan Marijan kanssa ei kenelläkään ollut, ei edes yritystä. No, olihan kuri ja käytöksen tarkkailu muutoinkin kovaa. Omaa tulevaisuutta ei kukaan halunnut riskeerata.

Numerojengi 29155 nosti niskakarvat pörhölleen. Ryhmän olemassaolosta kuiskittiin, samoin sen tekemistä hirmutöistä.

Ehkä hirmutöiden kuvauksessa oli tahallista vääristelyä tai liioittelua. Joka tapauksessa useat salamurhat ulkomailla kuiskittiin olevan numerojengin hommia. Lisäksi ryhmän sanottiin aiheuttaneen levottomuuksia Moldovassa, järjestäneen kuulun asekauppiaan myrkytyksen Belgiassa, ainakin yhden vallankaappausyrityksen Montenegrossa. Englannissa tehty Sergei Skripalin ja tämän tyttären murhayritys laskettiin numerojengin kontolle. Pelättyä sakkia. Niin salaista että edes sotilastiedustelu GRU:n väki ei tiennyt jengistä yleensä muuta kuin epämääräsisiä huhuja. Huhujen mukaan oli parempi ollakin tietämättä ja varsinkin olla törmäämättä heihin.

Kurssilla Marija kertoi opiskelleensa ja palvelleensa Novosibisrskissa. Kuten kaikki tiesivät, sen sotilasinstituutissa kasvaa uusia kovanaamoja GRU:n käyttöön. Opetetaan tappajiksi, heistä kuiskittiin. Marijan tiedettiin opiskelleen myös GRU:n sotilasdiplomaattisessa akatemiassa Moskovassa. Se on yleistä tietoa. Huhujen mukaan sieltä värvätään parhaimmistoa tai pahimmistoa koulutettaviksi erityistehtäviin. Työt ovat tavallisesta diplomatiasta kaukana.

Jos Marija Jegorova oli numerojengiläisiä, silloinhan myös se toinen kapteeni, Ruslav, olikohan tämän etunimi Juri vai Igor, kyllä hänenkin on kuuluttava 29155:n jäsenistöön.

Salamurhien erikoishenkilöt matkalla Ahvenanmaalle. Pitäisikö olla huolissaan vaiko tyytyväinen että armas isänmaa toimii ja haluaa pitää kaikki aloitteet omissa käsissä.

17

Auraa odotti hotellissa viesti Äiti Marialta. Tuo maistettavaksi kuulua ruotsalaista hapansilakkaa. Pitää tutkia, soveltuisiko se paastonajan jälkeen vatsaa helliväksi aterian osaksi.

Se tarkoitti, että Auran edellytettiin palaavan mahdollisimman nopeasti pienoissukellusveneelle. On tarjolla tehtävä.

Viesteistä oli sovittu hyvissä ajoin. Äiti Maria saatiin helposti hälytettyä lähettämään sovitun kaltainen viesti. Aura tiesi siitä, että uusi reissu on edessä.

Ison-Britannian suurlähetystön suurehko risteilijä lähti välittömästi liikkeelle.

Amiraali oli käynyt Helsingissä suurlähetystössä ja oli palannut vuorolaivalla. Amiraali selitti Auralle tilannetta.

Kaliningradin sotasataman pitkän laiturin viereen oli kuukausi sitten rakennettu suuri ja korkea teltta tai paremminkin katos. Pituutta sillä oli arvion mukaan reilusti yli sata metriä. Tiedossa oli, että laiturin kohdalla väylä oli tosi syvä.

Satelliittien viistokuvakameroilla oli saatu hyviä ja teräviä kuvia kun matalalta paistava auringonvalo oli yltänyt katoksen perille saakka.

Laiturissa oli kiinni kadonnut iso musta pötkylä. Pötkylän vieressä oli kiinni puolisukelluksissa ydinsukellusvene Belgorod.

Kuvista näkyi sekin, että katoksesta oltiin tekemässä telttaa. Takaseinä oli jo valmiina ja etuseinä oli rakenteilla. Jotain pressua seinät näyttivät oleva. Sen verran raskaita, että tuuli ei paljoa heiluta ja sen verran keveitä, ettei kantavia putkia ja muita rakennelmia tarvitse vahvistaa.

Ilta-aurinko valaisi telttaa taas pari päivää sitten. Etuseinä oli edelleen kesken. Tukiputkien lomasta näkyi, että teltan sisältä olivat kadonneet sekä sukellusvene että iso pötkylä. Siitä halutaan selkoa. Minne kadonneet ovat menneet.

Jo aikaisemmin eli viime kesänä oli onnistuttu taltioimaan ydinsukellusvene Belgorodin äänijälki, jonka Auran Pietarin sotasataman edustalla äänittämä näyte vahvisti. Nyt Gotlannin eteläkärjen lähellä oleva kuuntelupiste oli havainnut Belgorodin hyvin heikon äänijäljen ja lisäksi hyvin epämääräisen, likimain hyppelevän äänen, sekin varsin kaukana, jossain Kaliningradin ja Gotlannin puolivälissä. Se hyppelevä tai paikkaansa vaihtava äänijälki kummeksutti, kunnes tiedusteluosastolta kuultiin epäily ison pötkäleen pinnan rakenteesta. Tiedusteluväki arveli, että pötkylä on päällystetty jollain ihme seoksella, siinä on ainakin kumia, jotain joustavaa muovia ja ehkä pikkuruisia peilinsiruja. Arvelu oli, että tällä tavalla äänennuuskijoiden tutkimusaallot heijastuisivat kohteesta jonnekin viereen, mutta kauemmas. Se tekisi vaikkapa torpeedon tähtäämisen maalia kohti vähintään vaikeaksi, ehkä mahdottomaksi.

- Siis minne ovat nuo kadonneet lampaat menneet. Meillä on oma sukellusvene nuuskimassa. Mutta meri on laaja. Tietysti pinta-aluksia on käsketty tarkkaan katselemaan, samoin meren yli lentäviä lentokoneita ja helikoptereita on varoitettu.

- Sinun tulee varautua pitempään väijyyn. Gotlannin lähellä on kaikkien tiedossa oleva matalikko, Piispan muuriksi nimetty. Ajateltiin, että sijoittuisit sinne muutamaksi päiväksi. Se on hyvä paikka havannoida kun yleiset laivareitit kulkevat läheltä.

- Sukellusveneen ohjauspöydällä on muutamassa muistitikussa erilaisia elokuvia ja luonto-ohjelmia. Saat joka ilta, kunhan nostat hetkeksi määrättyyn aikaan antennin pinnan ylle, uutiskatsauksen ja mahdolliset viestit.

- Pitkästyminen lienee pahin vaiva. No, muistitikuilla on uusia jumppaohjeita ja erilaisia hoksaamistehtäviä elokuvien lisäksi, ja mukana on myös suomenkielen alkeet, kun kuulimme sinun uuden kiinnostuksen. Joka ilta Britannian aikaan kello 20,29,47 ollaan sinuun yhteydessä. Äläkä huoli, tietokone kyllä muistuttaa sinua antennin nostosta. Niin ja jääkaappisi on täynnä. Arvelemme että löydät sieltä tarpeellista ja maukasta.

- Katsotaan miten homma alkaa sujua. Yhteydenoton aikana voit milloin tahansa pyytää lopettamaan väijy. Haluatko yrittää.

93

Aura vastasi myöntävästi. Miten muuten asiaan olisi voinut suhtautua, Aura hymähti itsekseen.

Lähetystön risteilijä ajoi ulkosaaristossa olevan pienen luodon luo. Kaiken varalta laskettiin kumivene veteen ja sen suojaksi nostettiin purjekankainen katto. Sen alta oli Auran helppo kutsua piennoissukellusvene nousemaan ylös. Kansiluukku auki ja kuski sisään. Hitaasti alemmas sukelluksiin. Kokka kohti määrättyä matalikkoa.

Risteilijän kumiveneen miehistö kiersi veneellä aluksen. Oli näytettävä mahdolliselle sateliitin kameralle, että tehdään tarkastus veneen rungolle, ja siksi myös tehtiin oikeasti tarkastus. Korjattavaa ei näkynyt.

Risteilijä lähti vauhdilla kohti Lontoota. Tiedettiin, että Aura hyvin kuulee moottorien jylyn. Se toimi heihetyksenä ja hyvän matkan toivottajana.

18

Onni, onnellisuus hykersi Boris Malkinin rinnassa. Annan viesti oli tavoittanut. Puhelu tuli kiertäen Yhdysvaltain Arizonan kautta. Terveisiä setä Benjamilta, täyttää pian 75 vuotta. Sääli että et ehkä ehdi juhlille, mutta odottavat kyllä vierailuasi.

Muuten sää on ollut ihan mukava. Vasta ensi viikolle on luvassa enempiä helteitä, ehkä myös ukkosmyrskyjä.

Siis sittenkin. Anna odottaa heidän lasta. Voi kun pääsisi katsomaan ultraäänikuvia, tietäisi kumpi se eikä kun hän on. Vai onko sittenkin parempi, ettei tiedä, että vasta synnytyssairaalassa selviää lapsen sukupuoli.

Vaikka olisihan se hyvä tietää. Voisi hankkia paluumatkalla länsimaisia leluja ja lasten vaatteita. No, potkuhousujen kohdalla kai se on sama, mitä väriä ne ovat. Miten saisi vaippapaketin tuotua. Ne kotimaan vaipat, kun ei tiedä mitä kaikkea niihin on laitettu. Vaikka venäläiset tuotteet ovat tietenkin hyviä, siltä hieman epäilyttää. Olisi varmempaa, jos saisi vietyä vaippoja mukana.

Nyt pitäisi päästä rakentamaan tulevaisuutta. Pitäisi saada varmuus, missä tuleva työpaikka tulee olemaan. Tämä kommodorin adjutantin virka, hyvähän se on, mutta kestääkö työ kauan. Sukellusveneen tai isomman korvetin päällikön työ olisi parempi. Vaikka joutuu olemaan merillä välillä pitkäänkin, on työrupeamaa seuraava lomajakso vastaavasti pitempi. Ja sitten vähän myöhemmin pyrkiä esikuntatyöhön. Mutta kommodorin jämien saaminen edellyttää yleensä pitempää merijaksoa jonkin isomman aluksen päällikkönä.

Entä koti sitten. Nyt heillä on virka-asunto aika hyvässä upseereille rakennetussa kerrostalossa. Mutta kun sotilas joutuu menemään minne käsketään. Lapsen kanssa ei mikään

Murmansk tai Vladivostok tunnu oikealta, mutta sekin mahdollisuus tai pelon aihe on olemassa.

Äiti, mamosa, täytti juuri 67 vuotta. Mama ei enää ole parhaassa kunnossa. Sairaalassakin on joutunut olemaan. Mitä kaikkea vaivoja sen ikäisillä jo on. Pahiten kai vaivaa yksinäisyys. Isä kuoli jo kymmenisen vuotta sitten. Hän Boris on ainoa lapsi. Ja nykyisin yhä enemmän poissa, eikä pysy ennakoimaan mihin lähettävät: sotilaan on mentävä minne päälliköt käskevät. Huoli mamasta kasvaa. Jos jotain sattuu, ei ehkä pääse nopeasti avuksi. Kova elämä äidillä on takana, vaikka ei niin kova kuin babuskalla, isoäidillä, Leningradin piirityksessä varhaislapsuuden viettänyt ja niitä kauheuksia nähnyt ja elänyt. Kauheuksia elänyt, kamalalta tuntuu.

Huoli kasvaa. Vaan äläs, jahka kun mama saa pienen vaavelin syliinsä, varmaan nuortuu. Hösöttäminen ja lapsesta huolehtiminen antaa lisää voimia, terveyttäkin. Ei siinä työssä ehdi sairastella, mummun työssä.

Huoli painaa, mutta ensin pitää hoitaa tämä annettu homma pois. Kyllähän se meriittiä tuo kun on presidentin lähellä töissä. Kaipa tässä työssä pysyy paremmin maailman menossa mukana.

Mitä tulevaisuus tuo, uskaltaako tulevaan luottaa. Vaikka pakkohan se nyt on, isäksi tulevan perheenpään. Kun nyt saataisiin sota loppumaan. Siihenhän se pahin pelko kohdistuu. Jos joutuu määrättynä rintamalle. Vihollismaaksi määritelleele Ukrainalle luovutetuista meriohjuksista puhutaan kuiskutellen.

Vaarallisia ja kovia vehkeitä ne ovat, länsimaista rahdattuja. Onhan niistä näyttöä, on upotettuja aluksia, vaikka noista asioista ei saa ääneen puhua. Kaatuneitten nimiluetteloja ei uskalla enää lukea. Varmaan jossain kohtaa tulee tuttuja nimiä vastaan. Vaikka laivat ovat hyvin suojattuja, niitä upotetaan silti. Negatiivisiä asioita ei saisi ajatellakaan, jos uskoo tiedustelu-upseerien vahvoja ohjeita.

Sille mitään mahda, että tulevaisuus todella huolettaa. Tämä sota, jota ei saa sodaksi sanoa, siis sotilaitten erityisoperaatio. Kadettikoulussa oli ukrainalaisia kavereita, ihan mukavia poikia, ystävinä pidettyjä, ja nyt heitä tulee pitää vihollisina. Ei uskalla ajatella, että jos olisikin vaikka maavoimissa ja joutuisi tähtäämään kiväärillä vihollista, ja juuri ennen laukaisua huomaisi että sehän onkin Volodimir, saman tuvan miehiä, sotaharjoituksissa pelasti uran kun ehti varoittaa, että ehti nimenhuutoon mukaan. Ja nyt tähtäimen kohteena. Laittaisiko sotakoulutus painamaan liipasinta vai vanha kaveruus ampumaan hieman ohi. Ei uskalla ajatella, miten siinä lopulta kävisi. Saisi koko sota loppua.

Ja tämä yhä voimistuva puhe natseista. Milloinkahan noista tutuista ukranalaisista sotilaista tuli natseja, kun noina nuoruuden aikina oltiin mitä parhaita kavereita. Natsipuheet ja muu ukranalaisten mollaamien on, no stoi nyt, ei kaikkia ajatuksia saa antaa lentää edes omassa mielessä.

Mutta silti että natseja. Ei helvetissä, ei. Pahalta tuntuu, jos noita väitteitä joutuu todistelemaan. Nyt stoppi noille mietteille. Vaan mikä lapselle nimeksi. Sitä pitää ryhtyä tosissaan pohtimaan. Se on tärkeämpi ja vaarattomampi aihe. Varmaan Annalla on jo jotain mietittynä. Sitä pitää sitten tarkoin harkita. Nimetkin voivat olla vaarallisia, voi saada isänmaan vastustajan maineen. Silloin on ura ja myös leipä lopussa.

19

Sille ei todellakaan mahda mitään, että pitkästyy, Aura ajatteli. Minisukellusveneen ohjaushytti on auttamattoman ahdas. Paljoa ei pysty liikkumaan. Fysioterapeutin laatima voimisteluohjelma on kyllä hyvä, eri lihakset saavat liikuntaa, mutta olisihan se ylellisyyttä saada oikaista itsensä kunnon vuoteeseen ja tehdä mukava kävelylenkki. Juoksulenkistä ei viitsi nyt unelmoida.

Aluksessa ohjelma on yksityiskohtainen. Joka kolmas minuutti nousee piiska pikaisesti ylös ja kuvaa lähiympäristöä. Hälytys tulee, jos kamera havaitsee jotain poikkeavaa, kuten vaikkapa horisontissa näkyvän laivan. Kuten tavallista: ei mitään uutta meririntamalta. Senhän arvaa, kun radion sirinä ei ole varoittanut satelliittien tai suurtehotutkien huomaamaa ja varoittamaa näkymää lähelle tulevasta liikenteestä. Aura tietää, että turhaa on piiskan kameran kuvaa aina katsoa, hälytys kyllä havahduttaa, jos on tarve huomioida.

Pitkästyttää. Ilta alkaa tulla. Suihku tai kunnon pesu tekisi hyvää. Pesulaput eivät anna sellaista raikkaan puhtauden tunnetta kuin juokseva vesi iholla. Vaan eihän sukellusveneessä voi suihkua olla. Ei ainakaan näin pienessä.

Mutta onhan lähellä vettä. Määrättömästi. Keskellä valtavaa valtamerta, täällä vettä kyllä riittää.

Se riittää ratkaisuun. Sukellusvene lähelle pintaa. Ensin kameralla varmistus ja sitten nousuaukko veden pinnan yli. Meri käy rauhallisena, ei ole suuria pärskeitä. Tasaista keinuntaa. Sekin tuntuu hyvältä.

Satelliitteja saa ja pitää aina varoa. Taivaalla kiitää tuhansia satelliitteja. Koskaan ei tiedä, milloin päältä lentää sellainen vehje, jossa on erittäin hyvä kamera. Niitä ei ole kuin harvassa, ovat sen verran kalliita. Vakoilusatelliitit kuvaavat yleensä isompia näkymiä. Kun jotain uutta ja yllättävää näkyy, kun satelliitin uusi kierros paljastaa muutoksia aiempaan, seuraa hälytys tarkalle kameralle kohdistaa kuvat siihen. Joskus sellainen ehtii todistamaan pikaisesti, joskus lentorata vie kauas ja kestää pitkän aikaa ennen kuin kamera pääsee taltioimaan outoa näkyä. Monesti se on silloin liian myöhäistä.

Satelliitteista ei tiedä millaisia ja missä ne ovat. Onneksi avuksi on sateenvarjo, sekin Cren eli Crazy-Horse Pilkingtonin kehittämä. Tavallisen varjon näköinen. Teleskooppivartta voi pidentää ja lyhentää. Juju on varjon kankaassa. Siinä on monta kestävää nailonkangasta päällekkäin. Ne toimivat kuin viuhkassa. Vetäisemällä voi valita, mikä kangas tulee ylimmäksi. Yöllä musta, jotoksilla maastoväri, hiekkadyyneillä keltaruskea. Merellä eri väreissä väikkyvä merenvihreä.

Aura tietää kokemuksen kautta että merenvihreä kangas hukkuu ympäristöön niin ettei sitä hevillä merestä erota.

Meren suojaväri päällimmäiseksi. Teleskooppivarsi ylös aika korkealle ja varjo levälleen. Nyt uskaltaa nostaa veneen nousuaukkoa hieman ylemmäs. Ei sitten tarvitse pelätä aaltojen pärskeitä kastelemaan istuinta.

Sitten vaan vaatteet pois. Varjon alta veteen. Oppi ja koulutus on ollut kova, tietenkin hän kiinnittää ensin turvaköyden uuman ympärille. Mutta sitten hän on liekanarun verran vapaa. Voi sukellellakin. Aura sanoo itselleen muka selitykseksi, että käy tarkistamassa veneen rungon kunnon.

On todella hyvä ja mukava polskia. Nousuluukku kiinni ja vene alemmas, veden suojaan. Kauas veneestä ei ohuen mutta lujan köyden takia pääse, eipä ole tarviskaan. Jotain kymmenisen metriä. Räpiköidä ja hieman kellua, suolainen merivesi kannattelee. Ja innostua pärskimään kuin pikkutyttönä, uida koiraa todella pärskien, sitten yrittää ponkaista korkealle ylös ja präiskähtää takaisin veteen kuten delfiinit ja valaat hyppiessään tekevät. Ja uudestaan ja uudestaan. Että on hauskaa.

Huh huh, tekipä hyvää. Iho ja mieli ovat heti selkeästi raikkaammat. Sukellusvene nappia painaen hieman ylemmäs ja nopea lyhyt makealla vedellä huuhtelu sateenvarjon suojassa. Makeaa vettä täytyy säästää, se on merenkulkijan ja varsinkin sukellusveneen miehistön tiukka oppi. Tekipä hyvää. Nyt voi taas keskittyä työhön. Ei mitään uutta meririntamalla, Aura tarkistaa. Tuntuu hyvältä merkata se sanonta raporttisivulle.

Eipä tiennyt Ranskan sääpalvelun meteorologi Pierre W mitä siitä löydöstä seurasi. Pierre valmistelee väitöskirjaansa ja tutkii tuulten vaikutusta meriveden aaltoiluun. Miten pitkään suuria aaltoja liikkuu kun kova tuuli tai myrsky on jo laantunut. Miten ne vaikuttavat tulevaan säätilaan, tuuli ja sen nopeus. Miten varmasti voi ennustaa säätä, ja kuinka pitkällä periodilla.

Sääsatelliitti junnasi vaihtelevaa rataansa. Sitä pitää tarkkailla. Mantereen kohdallakaan ei voi höllätä, pitää seurata miten mikin myrsky kulkee maakaistaleitten yli ja millä voimalla se sitten keinuttaa merta.

Aika yksitoikkoista. Aina ei jaksa tuijottaa monitoria täysin inensiivisesti. Seurata katseella, Pierre ohjasi itseään.

Lähikuvaa aaltojen liikkeestä. Uudella viistokuvakameralla saa mukavia kuvia, aurinko paistaa juuri nyt merenpintaan matalalta ja selkeyttää aaltojen varjoja. Se kuuluisa seitsemäs aalto keskellä laajaa merta, osin se näkyy suurempana kuin muut. Ei sitä ihan täytenä totena voi pitää, vaikkei tosin huuhaanakaan. Täytyypä aallot taas laskea.

Mutta mikä tuo on tai oli. Jotain näkyi meressä. Satelliitin kuvaa nauhoittuu automaattisesti. Hieman kelaa taaksepäin.

Mikä se on. Tyhjä aava meri. Hyvin laiskaa aaltojen liikehdintää, pientä keinuntaa. Mutta tuo kohde, iso kala vai olisko se itsekseen leikkivä delfiini. Vai mikä se on. Kuva ei ole hyvä, ja niin monta kertaa kuin hän on vaatinut tarkempaa kuvaa tarjoavaa kameraa, mutta ei muka ole varaa, pitäisi ampua uusi satelliitti taivaalle, tietääkö tohtori mitä sellaisen ylös ampuminen maksaa.

Tohtoriksi kutsuminen kutittelee hyvää mieltä, vastahan hän valmistelee väitöskirjaa, ja senkin tarvitsisi paremman kameran parempia kuvia. Ainainen rahapula, sitä ne toistavat.

Mikä kala se on. Ihan kuin tuossa olisi pää, eri väriä kuin kalan runko. Onko sellaisia, tai siis siltä näyttää ja siis on, mutta mikä se on. Mon Dieu, sehän näyttää miltei ihmiseltä. Leikkivältä. Merenneidolta. Eihän niitä ole, merenneitoja. Nyt se nousee ylemmäs aalloista, ihan kuin joku katos välähtäisi sen yllä, ja nyt katoaa meren syliin, nousee kohta uudelleen ylös, rimpuloi, jotenkin viestii että ei sillä mitään hätää ole. Iloa ja riemua noista hyppelyistä heijastuu. Ihan kuin delfiinien hypyistä, tuntuu että ilokseen nekin veneiden ympärillä hyppivät. Leikkivät. Onko sillä kädet, siltä näyttää, vai onko ne jotain heijastusta. Ai helvetti, kameran kuva ajaa jo ohi oudon ilmiön. Taas kiukku, kyllä satelliittia pitäisi pystyä ohjaamaan täältä tutkimushuoneesta. Pitäisi päästä laitetta peruuttamaan, no, eihän se sitä tee, mutta edes ajamaan tästä kohtaa uusi kierros samalla radalla. Satelliitin uusi kierros kulkee äskeistä näkymää viistoten, mutta toivottoman kaukana. Uutta kuvaa ei saa. Satelliitti ajaa ihmepaikan ohi vasta liki vuorokauden kuluttua, ja silloin se varmasti on auttamatta myöhäistä.

Mutta onhan tuo todellinen ihme. Se pitää nopeasti saada kollegoitten ja esimiesten ihasteltavaksi. Ja ihmeteltäväksi.

Uutinen leviää hirmu nopeasti ympäri maailmaa. Merenneito nähty Itämerellä parikymmentä merimailia Gotlannista etelään. Kuvia on todisteena, satelliitin suodattamattomia kuvia.

Kuva ei valehtele. Voiko se olla totta.

Uutisryntäys on valtava. Pari tuntia uutisen kertomisesta alkaa meren yllä kiivas hyörinä. Ensimmäiset lentokoneet tulevat kiertämään ristiin rastiin aluetta. Ensimmäisessä on kyydissä ranskalaisia tiedemiehiä. Seuraavissa on jo toimittajia ja kuvaajia. Pitkät teleputket sojottavat ikkunoista, monessa koneessa ja helikopterissa ovat ovet auki kuvaajille. Lentäjät pelkäävät kuvaajien putoavan mereen.

Iso rahtilaiva muuttaa kurssia ja ajaa lähelle oletettua aluetta, jossa merenneito on kuvattu. On siis seurannut uutisia. Kovin lähelle matalikkoa ei uskalla mennä ja tiukka aikataulu ei salli pysähtymistä. Hidastaa toki voi hetken ajan. Sitten tulevat veneet. Pienempiä veneitä kulkee aivan ruuhkana ristiin rastiin kannet täynnä kuvaajia.

Saaliikseen saadaan kuvia meren aalloista ja toisista veneistä ja helikoptereista. Salaperäinen merenneito on kadonnut. Hurjia huhuja ja arveluja leviää. Ensimmäiset saarnamiehet aloittavat litaniansa maailmanlopusta. Eläintieteen professorit väittelevät, onko merenneitojen olemassa olo mahdollista. Merentutkijat varmistelevat, että oletettu paikka on todella keskellä laajaa merta, että siellä on aika iso matalikko, mutta se pysyy aina merenpinnan alla. Mutta siellähän merenneidot asuvat, sekä tosikot että satuihin ja tarinoihin herkästi uskovat sanovat.

Lehtien ja televisio-ohjelmien kuvitukseksi ei silti saada muuta kuin aavaa merta, merenneidon löytäjän Pierre W:n, erilaisten tiedemiesten sekä olettajien kuvia. Itse merenneito on kadonnut. Sitä tiedotusvälineet valittavat.

Amiraali Sarah Towsonia hieman hykerryttää ja hieman harmittaa. Hän on arvannut tilanteen kulun. Aura on päättänyt kylpeä merivedessä. On varmaan tehnyt kaikki neuvotut suojaustoimet, mutta ei silti ole osannut varoa uutuutta, viistokuvakameraan. Ystävällisten suhteiden ansiosta brittien sotilastiedustelu saa pyynnön mukaan satelliitin ottamien kuvien kopiot. Niitä amiraalikin oli luupin kanssa tiiraillut.

Pikaviesti lähti Auralle. Käsky pysytellä hissukseen veden alla seuraava vuorokausi, ehkä toinenkin, lymyttävä jossain kivien välissä. Pelkona on, että isot lehdet lähettävät alueelle nykyaikaisia tutkia ja tehokkaita kuuntelulaitteita kuljettavia veneitä merenneitoa etsimään. Parempi olla liikkumatta paikallaan. Alue on kyllä suuri, varmaan etsijöille tulee mieleen vertaus parsinneulasta ja heinäkuormasta.

Auralle se tietää kolme vuorokautta pitkävetistä paikallaan pysymistä. Suojapeite suojelee venettä, mitään ei saa näkyä uteliaille tiiraajille. Onneksi on vielä elokuvia ja erilaisia dokumentteja jäljellä. Ja on suomen kielen sijamuotojen ja sanojen tankkaamista. Mikä ero on sanoilla tuuli ja tuli. Pitää ääntää tarkasti. Että pitääkin olla vaikea kieli. Auraavan Auran aura kurkiauran alla Aurajoen varressa Auran kunnassa. Kaipa se on selkeää kun sen oppii.

Rehellisesti sanottuna Aura ei nyt oikein jaksa kiinnostua kielen opiskeluun. On opeteltava sotilaitten tärkeintä tehtävää, olemista, olla ölöttämistä, horrostaa neljännesnukuksissa ja samalla kuitenkin heti valmiina mihin tahansa. Laiskottelun taito on tärkeä ja kiitettävä ominaisuus.

Piilokolo on hyvä. Äskeisestä paikasta parisataa metriä pohjoiseen. Pohjassa on suuria kivenlohkareita. Piti olla valppaana niitten keskellä, ettei törmää. Ison kiven juurelta löytyi hyvä paikka. Syvyyttä hieman yli pari metriä. Piiskalle se oli hyvä syvyys, ei tarvinnut kasvattaa nostokorkeutta. Sen verran matalaa, että isommat venet eivät rohkene tulla lähellekään, ja isoja veneitä on liikkeellä paljon.

Piiska pyörähtämään. Meri on rauhoittunut. Turhaa kuvanneet kuvaajien veneet ovat kadonneet. Lähteneet metsästämään uusia skuuppeja. Äskeisestä hässäkästä on vain muisto jäljellä. Merikin näyttää rauhoittuneen.

Aura nosti silmänsä romaanista, ohjaamon tuoli osoittautui oivalliseksi lukutuoliksi. Lukeminen on yksinäiselle olijalle oiva harrastus.

Tarkennus monitoriin. Jaha, jotain uutta näkyy kauempana. Piiska ylemmäs, nyt saa korkeammalta paremman kuvan. Joku alus on näkyvillä. Samassa radio sirisee merkiksi, että satelliitti on havainnut saman, varoittaa että joku alus on tulossa lähelle.

On otettava selvää.

Piiska saa olla nyt ylhäällä. Ohut varsi ei näy läheltäkään. Kamera piiskan nokassa on lyijykynän paksuinen ja harmaa. Eipä sitäkään huomaa ellei ihan läheltä katso.

Tulija näkyy jo paremmin. Keulavaahtoa on melkoisesti, alus ajaa siis aika lujaa. Alkaa näkyä kantta. Se on joku risteilijän tyyppinen huvivene tai taksivene, ehkä kymmentä henkilöä kuljettava, Aura aprikoi. Vene kaartaa kauempana ja pysähtyy jonnekin parinsadan metrin päähän Aurasta. Piiskan ei tarvi pelätä tulevan havaituksi. Hieman Aura laksee piiskan korkeutta. Jää sitten katsomaan kuvaruudulta, mitä veneessä touhutaan.

Kannella on viisi henkilöä, Aura laski. Ja nyt tuli kuudes. Taisi olla merenneito tai sellaiseksi tälläytyvä. Nuori nainen, liki alastomana. Ähersi miesten avustamana merenneidon tiukkaa pyrstöosaa jaloilleen.

Touhusta alkoi saada selkoa. Kolmella miehellä oli kameroissa pitkät putket, kahdella heistä näytti olevan suuret videokamerat, kolmas kuvaaja piti tavallisemman näköistä kameraa ja siinä pitkää putkea, näytti paksuhkolta zoomilinssiltä.

Huviveneen perässä oli kumivene. Kameramies ja toinen videokuvaajista siirtyivät kumiveneeseen. Merenneito oli saanut pyrstön paikalleen ja liukui veteen. Veteen työnnettiin joku isohkolta matrassilta tai uimapatjalta näyttävä, se oli puolisukeltavaa mallia. Aura katsoi kun merenneito asettui patjan päälle. Patja jäi pinnan alle näkymättömiin, mutta antoi siinä tukea nuorelle naiselle, merenneidoksi puetulle. Neidolle ojennettiin peruukki, siinä oli pitkästi vaaleankeltaista tukkaa. Merenneito asetteli hiuksia paljaitten rintojen peitteeksi, ohueksi harsoksi, sellaiseksi että kuvia katsoessa katsoja varmistuu, että merenneidolla ei ole mitään vaatteita.

Kumivene ajoi lähemmäs Auraa. Nyt piti piiskaa laskea vähän alemmas. Se vaikutti turhalta varotoimelta. Kumiveneessä olevilla kuvaajilla oli kaikki mielenkiinto kohdistunut patjalla lekottelevaan merenneitoon. Huvivene ajoi toiseen suuntaan, kaemmas. Näytti kuvaavan sieltä.

Aura varmisteli, että piiskan tuoma videokuva taltioituu muistikortille. Merenneidon valmistelut ja kuvaajien veneet, kaikki mahtui samalle ruudulle.

Yhtä keikistelyä, Aura kritisoi mielessään. Merenneito heittäytyi uimaan, varoi tukkansa kiharoita, nousi välillä keikistellen ylemmäs, pärski vettä, asetteli kiharoita paremmin. Yritti varmaan matkia Aurasta kuvattuja liikkeitä.

Aura arveli, että kuvaajille taitaa tulla mahtavia kuvia merenneidosta, aitoja ja eläviä. Varmaan joku iso tv-yhtiö tai mediatalo on näytöksen järjestänyt. Ja onhan se komean näköistä. Kuvaajien kuvissa ei näy kuin valtavasti tyhjää merta ja keskellä merta sitten elävä merenneito liikkuu ja keikistelee. Aallot keinuvat ja kannattalevat. Avustavat veneet on rajattu kuvaruuduista pois. Taitavat saada melkoiset skuupit ja sen myötä melkoiset myynnit.

Jaha, horisontissa näkyy kuin tilauksesta suuri tankkeri. Kumivene siirtyy siten että merenneito tulee tankkerin eteen. Saavat autenttista tuntua. Tankkeri sitoo tilanteen todeksi. Faktantarkistajat tulevat kysymään tankkerin sijaintitietoja ja ottavat huomioon auringon säteiden kulman, silloin voi määritellä kelloajan aika tarkkaan. Silloin on tiedossa aika ja paikka. Vielä kun saisi merenneidon haastattelun; mitähän kieltä aito merenneito puhuu.

Kuvaussessio alkaa olla ohi.

Kuvaajat saavat tarpeeksi kuvia. Ryhmällä alkaa olla kova kiire päästä julkaisemaan tosi skuuppi, aito merenneito, aidot kuvat, vain meidän lehdessä tai meidän tv-ohjelmassa.

Kumivene kiinnitetään takaisin huviristeiljän perään. Aura näkee kuinka veneen kannella merenneidolta kiskotaan pyrstöä

irti. On mahtanut olla tukala olo, Aura ajattelee. Huviristeilijä
lähtee täyttä vauhtia kohti mannerta.

Aura raportoi kuvauksesta amiraali Towsonille. Kuvat
kertovat, miten kaikki tapahtui.

Amiraali kiittää kovasti Auraa. Lisää usean hymiön kera, että
on hauska seurata, miten jättiuutista markkinoidaan. Kertoo
senkin, että itsensä tuntien tulee varmaan vahvana sellainen
ajatus, että pitäisi jollekin kilpailevalle lehdelle, tietenkin
brittien omistamalle, lähettää selventävä Auran kuvaama otos,
jossa merenneidolle puetaan pyrstöä ja mukana näkyy koko
komea lavastus, veneet ja miehistöä.

En nyt tiedä, pitäisikö noin toimia, mutta aina on hyvä olla
erilaisia mahdollisuuksia ja vaihtoehtoja, amiraali viestittää
Auralle.

Mutta siitä suuresta pötkylästä tai ydinsukellusveneestä ei ole
näkynyt jälkeäkään, Aura vastaa viestiin.

Siihen vastauksena tulee käsky siirtyä vaivihkaa kauemmas ja
ajaa sitten pois. Suurlähetystön vene tulee päällyssuojaksi.
Kohta sinne merelle kuitenkin tulee uusien kuvien myötä uusi
ryntäys. On syytä ehtiä sitä ennen liikkeelle, alta pois.

Monenlaista ihmeteltävää kohtasi Boris Malkin vierailulla
Jaakkiman Marjalahdessa Karjalan tasavallassa Laatokan
rannalla. Malkin toki tiesi historiasta, että seutu on vanhaa
suomalaista aluetta. Suuren isänmaallisen sodan jälkeen alue on
luovutettu sotasaaliina Neuvostoliitolle.

Presidentti halusi käydä Marjalahdessa tarkastuksella, ja
silloinhan matka heti järjestyy. Ja missä on presidentti, siellä on
presidentin ydinasesalkku. Ja silloin myös salkun kantaja. Mutta
kun kommodori oli jossakin isänmaallisuutta nostavassa
konferenssissa puhujana, piti Malkinin tuurata kommodoria.
Minne presidentti menee, sinne menee myös salkku. Olipa
vahtina mikä herra tahansa, käsi nousee lippaan ja puomit
nostetaan ylös kun Malkin tulee. No ei, ei noin, vaan kun
presidentin tärkeä salkku tulee, sille avataan samat ovet kuin
presidentille. Liderille.

Tai niin, no joo, ei sentään ihan kaikkeen. Ykköstalossa salkun
kantaja jää kenraalin nauhoja kantavan turvallisuusupseerin
viittauksesta istumaan eteishallin pramean teepöydän ääreen.
Presidentti menee peremmälle. Ja peremmälle livahtaa kohta
hoikka nuori nainen, tutun näköinen. Sitten muistaa, televisiosta
tuttu voimistelija, taitaa olla maansa kärkinimiä edelleen, vaikka
nyt vaikuttaisi olevan toisenlaisten voimisteluliikkeitten vuoro.

Ydinasesalkun kopio kulkee samaa matkaa mutta eri teitä.
Vaikka eihän Malkin tiedä, kumpi on aito salkku, kumpi
hämäävä kopio. Kollegaansa salkunkantajaa Malkin ei näe kuin

vilaukselta. Oudon kommodorin koppalakin lippa näkyy hetken alueen kakkostalon edustalla. Mitä mitä. Kakkostaloon kiirehtii tutulta vaikuttava pienehkö laiha mies, taitaa olla vara-Putin, kopio siis. Malkin yrittää kuikutella mutta ei näe mitään voimistelijanaisen kopiota menevän kakkostaloon.

Kellaribunkkerissa Malkin oli ahtaassa kolossa päässyt niin lähellä päämiestään että oli nähnyt myös tämän vasemman korvan läheltä. Mitään tatuoituja pisteitä ei näkynyt. Tiedossa oli käytetty tunnus, kopio-Putineilla oli kaiken varalta tatuoituna kolme pistettä vasemman korvan takana. Noloa tietysti olisi, jos erehtyisi vähättelemään oikeaa Putinia tai turhaa herrottelemaan väärää Putinia.

Huvila-alue on komea, taloja on kolme. Ykkönen ja kakkonen suurempia kuin kolmas taloista.

Rakennusten sanotaan kuuluvan liikemies Juri Kovaltshukille, miehelle jota kutsutaan yhdeksi Putinin pankkiireista. Kaikki tietenkin tietävät että huvila-alue kuuluu Nomer Odinin eli Liderin eli Pahanin käyttöön ja hallintaan. Ja kaikki tietävät, että silloin tarkoitetan Putinia. Muita ei ole. Putin on nimi, jonka eteen ei tarvitse laittaa mitään etunimeä eikä kunnioitusta ja myös pelkoa herättävää määritelmää presidentti. Putin nimenä pitää sisällään kaiken. Johtajan lähihenkilökunta sanoo Lideriksi: Autot yksi, kaksi ja neljä valmiiksi Liderin kuljettamiseen, ja sehän tietää vielä ainakin neljän muun auton ottamista saattueeseen. Liian pieni saattue ei sovi Liderin imagoon. Kärkiaurana kulkevassa pakettiautossa on sisällä konekivääreitä ja muutama sinko, muiden muassa. Kaikki autot ovat tietenkin lujasti panssaroituja. Liderin auto ja kakkosauto ovat pomminvarmoja ja luodinkestäviä, vetävät hyvinkin vertoja Yhdysvaltain presidentin The Beastille, järkäle-Pedolle. Koskaan ei tiedetä kummassa autossa Lider istuu, vai istuuko hämäyksen vuoksi tavallisemman näköisessä kolmannessa autossa, joka sekin on raskaasti panssaroitu. Yksi tapa on kyllä sekin, että Lider ei ole matkassa lainkaan. Saattue kulkee jonnekin kehätien taakse valtion talolle ja palaa kohta takaisin. Miliisit tyhjentävät kadut saattueen tieltä.

Tärkeää on, että mahdolliset salamurhaajat eivät varmuudella tiedä, missä kohde on.

Kaksi helikopterikenttää tällä pihalla on selviö. Siinäkin pitää olla saattueen tuntua. Ja pihalla on viheriö. Nyt ei harjoitella golfia vaan turvataan Liderin lomailu.

Viheriö on parin metrin korkuisen tasaisen aika laajan bunkkerin katto huvilan pihamaalla. Malkin pääsi presidentin perässä kurkkaamaan bunkkerin sisälle. Ei se mikään turha kukkula ole. Pantsir-ilmatorjuntajärjestelmä suurine ohjuksineen suojaa huvilassa kävijöitä. Eikä siinä kaikki. Malkin kuuli vartioston tiukkailmeiseltä majurilta, että Pantsirin vieressä on tehokas televalvonnan ja telehäirinnän laitteisto. Dronetkaan eivät pääse yllättämään kun niiden ohjausjärjestelmä saadaan häirinnällä ja vahvoilla säteillä sekaisin. Matalalla lentävät dronet ammutaan tehokkailla automaattihaulikoilla rikkirevittynä alas, ja korkeammalla lentäviä varten on viereisellä rinteellä it-putkien rivistö. Siilossa piilossa pysyttelevät ohjukset saadaan hetkessä käyttökuntoon.

Varsinainen järeä ohjuspatteristo on viiden kilometrin päässä. Ohjuksien lähtömelu on niin valtava, että halutaan suojata korkeiden johtajien korvia. Nämä luolaston ohjukset on tarkoitettu enemmän lähikäyttöön, torjumaan lähihyökkäyksiä.

Eikä vieläkään kaikki. Näitten laitteiden alla on varsinainen suoja, ydinpommeiltakin suojaava varmuustila. Siellä on kaikki, on sairaala, asuintilat puolelle sadalle henkilölle, isolle päällikölle oma hulppea huoneisto, suuret varastot ruokaa ja vettä, on oma vedenpuhdistuslaitteisto ja ilmansuodatin.

Sairaalan puolella oli sairaanhoitaja heti tarjoamassa käsidesiä. Ylilääkäri kertoi sairaalan laitteista presidentille. Malkin kuuli kuinka sairaalan varastossa on aina tuoretta verta, jos presidentti sattuu sellaista tarvitsemaan.

Aina tuoretta, sitä pitää kysyä Annan sisarelta, sisätautien lääkäriltä. Jos pidetään aina tuoretta verta varastossa, sehän merkitsee, että sitä on vähän väliä tuotava ja vanha veri heitettävä pois. Vaikuttaa aikamoiselta tuhlaukselta.

Ja että sairaala on koko ajan hälytysvalmiudessa. Se tarkoittaa melkoista joukkoa lääkintöhenkilöstöä, lääkäreitä, kirurgeja, hallinnollisia ylilääkäreitä, sydänspesialisteja, eri tason hoitajia, ambulanssien kuljettajia, talonmiehiä pitämään paikat kunnossa. Ja vartijoita, turvahenkilöstöä, autonkuljettajia, keittäjiä, isoja kihoja varten hovimestareita. Ei herranen aika, ovatko he kaikki täällä kokoajan valmiudessa, jos päällikkö sattuu olemaan täällä ja sattuu sairastumaan. Tiettävästi samanlainen systeemi on myös muissa presidentin lomailupaikoissa. Ja niitä paikkojahan on monta. Kuka tietää kuinka monta. Ehkä vain presidetin kanslian virkailijat. Se tietää valtavaa määrää spesialisteja koko ajan varuillaan ja valmiina työhön. Ainakin oppivat odottamaan.

Ei se niin voi olla. Vai voiko. Ainakin osa Laatokan lomapaikan henkilöstöstä voisi olla sijoitettuna Sortavalan kaupunkiin. Jokivarressa on kyllä melkoisesti matalia rakenuksia, ehkä ne ovat asuntoja.

Alueen esittely jatkui. Bunkkeri ei ole ainoastaan ihmisille. Muitakin tarpeita on. Luolastossa on karsinat ja keinovalot navetalle ja kasvatusalustat ja suuret lämpölamput kasviksille, salaateille, punajuurille, vihanneksille, perunoille, rehulle ja heinälle.

- Navetalle, Malkin jää sanaan kiinni.

- Kyllä vain. Tuolla kaempana järvenlahden rannalla tuo punakattoinen iso rakennus. Se on navetta, ja onkin hyvin hoidettu. Japanilaisilta saadun opin mukaan jalorotuisille lehmille soitetaan klassista venäläistä musiikkia ja tarjotaan joka päivä iltapäiväolut, viiden litran anti tämän talon oman panimon tuotetta. Varmaan komentajakapteeni saa olutta maistaakseen lounaalla.

- Siis tilanteen vaatiessa lehmät siiretään maanalaiseen suojaan, kellarinavettaan. Kylläpä teillä tuntuu olevan kova maidonhimo.

- Hieman väärin arvioitu. Maito on tietysti tarpeen leipomon ja keittiön käyttöön, mutta varsinaisesti lehmät ovat lihan tuotantoa varten. Arvostetaan että on ihan japanilaisten kobe-lihan veroista, niin kauniin väristä ja marmorista. Voi olla että komentajakapteenin natsat eivät ihan yllä niihin pihveihin. Kyllä normaalitkin pihvit ja varsinkin saslikit ovat vallan erinomaisia.

- No jaa, kävin pari vuotta sitten Huippuvuorilla kiertämässä. Venäläisessä Barentsburgin kaivoskaupungissa aivan pohjoisnavan jäätikön juurella oli sielläkin lehmiä laitumella sekä maitoa että lihantuotantoa varten, ja komea kanakatras munia varten.

- Armeija marssii vatsallaan, ja niin myös siviilit, vartioston majuri myönteli.

Malkin mietti itsekseen puheita presidentin ympärillä olevasta taikapiiristä. Lienee liiottelua. Enemmän piiri on jyrmyniskojen muodostama muuri, tosi yrmeitä raskaansarjan painijoiden näköisiä köriläitä. Raskas jalka, kepeä askel, vanha loru tuli mieleen. Malkin oli varma, että ketteryyttä miehiltä löytyy jos on sellaiseen tarvetta. No olihan pari miehistä lahempia, jotenkin kärppämäisiä, ehkä enemminkin judokoita. Judomiehet näkyivät pullistuman perusteella pitävän pistooliaan takataskussa, painijoilla pullistumat olivat etupuolella, yhdellä lonkalla, muilla rinnan alla vasemmalla puolella. Tapansa kullakin, Malkin huomioi.

Judomiesten käsiaseita katseella etsiessä Malkin huomaamatta kokeili nopealla liikkeellä, että hänen oma pistooli oli edelleen hyvässä tallessa vasemman kainalon alla. Se oli mini-Jarygin, korkeammille upseereille tehty lyhyt ja erikoisen kapea ase. Se oli tehty huomaamattomaksi mutta silti tehokkaaksi upseerin ja herrasmiehen henkilökohtaiseksi aseeksi. Lippaaseen mahtui kymmenen patruunaa.

Malkinin sotilastakeissa oli pienet hakaset, joihin Jaryginin sai ripustettua. Ensi treffeillä Annan kanssa hakasia ei ollut, vaan ase roikkui hihnasta kaulasta. Anna oli säikähtänyt ja miltei kirkaissut aseen nähdessään. He olivat muutoinkin hieman salateillä mummun silloisen datsan pienessä huvimajassa. Onneksi Anna sai pidäteltyä kirkaisun, hehän olisivat paljastuneet. Mutta siitä tapahtumasta lähtien Malkin oli kehitellyt asetakkiensa vuoriin ommeltavat hakaset. Ase pysyi ohuessa säämiskänahkaisessa kotelossaan, vaikka kuinka nopeasti riisuu takkinsa. Se oli hyvä ja hyödyllinen innovaatio.

Plasmapilvi kuului olevan puheenaiheena Liderin ja turvallisuuskenraalin kesken. Huvilan pilviputket ovat kuulemma valmisteilla ja ovat tulossa asenettaviksi. Niitä jo testataan Tsirkon-yliääniohjuksissa. Yksi on jo ammuttu Ukrainan joukkoja kohti. Kun testit ovat ohi ja asentaminen alkaa, niistä heti kerrotaan presidentin kansliaan.

Plasmapilvi, mitä helvettiä se on. Tiukasti johdetulla valtiolla on omat etunsa, mutta jos Venäjä olisi vaikka Suomen tai Ruotsin kaltainen valtio, plasmapilvestä olisi jo tarkat selostukset maiden lehdissä. Venäjällä asiaa pidetän pimennossa kunnes korkeat johtajat katsovat julkistamisen palvelevan maan ja oman itsensä etuja.

Se on ionisoitua kaasua, protoneita ja elektroneita. Se syntyy plasmapurkauksesta. Plasmapilvi reagoi magneettikenttään ja on sähköä johtava, kellaritiloja esittelevä kenraali kertoi. Siis samanlaista kuin uusiin ohjuksiin suojaksi laitettava, presidentti kuului kysyvän. Samantyyppinen, täällä kyllä pienempi, selvitys jatkui.

Myhäilystä päätellen asia on tärkeä, Malkin päätteli. Vihollisen tai salamurhaajien ohjus ei löydä plasmapilven takaa kohdettaan. Sekös tuntuu miehiä naurattavan.

Boris Malkin mietti itsekseen, että outoon paikkaan Lider on mökkinsä rakentanut. Suomen puolelle Uukuniemelle on kolmisen peninkulmaa, niin myös sisämaahan päin vanhaan Sortavalan kaupunkiin. Nyt kun Venäjä on alkanut puhua Suomesta lähes vihollisena, voisi näin rajaseudulla oleminen olla vaarallista. Tosin matkaa ydinpommien todelliseen kohteeseen eli Pietariin on sopivasti väliä, ja on tuo ydinsuoja.

Jos sinne mahtuu noin 50 henkilöä, olisi kyllä mukava tietää, millä perusteella nämä pelastettavat valitaan. Ja sekin, että tuleeko tuo voimistelijaneito tai muu vastaava sinne Liderin seuraksi. Varmaan tulee, jos uskoo Kremlistä leviäviä huhuja. Entä sitten Kolja. Kolja on tuttu venäläinen nimi, mutta kun se mainitaan aina erityisesti painottaen, tiedetään nimen tarkoittavan yhtä ja ainoaa. Presidentin kissaa. Varmaan bunkkerissa on tilat myös Koljalle, kiipeilypuut ja erilaiset leikkikalut ja virikkeet. Niistä venäläiset lehdet, varsinkin naisille tarkoitetut, alituisesti kertovat.

Kuinkahan paljon tässä huvilayhdyskunnassa on vakioväkeä ja paljonko vartiostoa tulee lisää, kun pääpomo saapuu vähääkään pitemmäksi aikaa paikalle, taikka vain käymään. Jos kerta ydinsuojassa on tilaa viidellekymmenelle henkilölle, hyvin moni paikkakuntalainen jää suojaa vaille. Useimmat, siis pääosa. Ulvovat suojan ovilla apua huutaen kun musta sienimäinen ydinsaasteen pilvi lähestyy. Entäpä kun aika moni heistä on aseistettu. Tietysti aseenkantajien luotettavuus on moneen kertaan testattu, mutta entäs kun on tosi kyseessä. Oma nahka on lähinnä. Miten silloin käy vannottujen kuuliaisuuden ja uskollisuuden valojen.

Sitten vielä nämä täällä vuosisatoja asuneet. Karjalaisia ja mitä kaikkia heitä on. Miten heidän käy, jos ydinsaaste tai jopa ydinpommi uhkaa. Perunakellariin meno ei paljoa suojaa.

Enempää Boris Malkin ei ehtinut vaihtoehtoja pohtia. Kommodori Beljakov saapui helikopterikyydillä ja arveli että hän tuskin pärjää huvilalla ilman adjutanttia. Voi mennä ryypiskelyksi kenraalien kanssa, ja silloin on parempi että adjutantti varoo enempää maistelemasta. Tietysti on syytä protokollan mukaan pysytellä hieman kauempana. Voihan olla, että Ykkönenkin ilmestyy pöytään johonkin aikaan illasta jahka on tärkeämmät velvollisuudet hoitanut, kommodori supatti Malkinille. Malkinia olisi naurattanut, mutta ei rohjennut. Tärkeämmät velvollisuudet, mitähän ne olivat, olisiko kuulu voimistelijanainen osasyynä.

- Perinteen mukaan puoliyön aikaan kokoonnutaan alueeseen kuuluvalle vesiputoukselle nauttimaan shampanjaa ja kaviaaria. Jahka tämä homma jatkuu, varmaan komentajakapteenikin pääsee tuosta kauniista tavasta nauttimaan tulevina aikoina, kommodori lisäsi ja aikoi hoitaa salkunkantajan työn myös tuon tapahtuman aikana.

Vesiputouksen alla olevassa lammessa kasvatetaan ruutanoita ja ahveniä, myös kirjolohia, Malkinille supatettiin. Talonväkeen kuuluva nuori luutnantti kertoi tarkemmin. Kuka seurueesta saa ensimmäisen kalan pääsee ojentamaan sen Koljalle, Putinin kissalle. Se on kovasti taviteltu palkinto. Melkein kuin Liderille itselleen pääsisi hyvää työtä tekemään.

Boris Malkin tiesi kerrotun perusteella alueen alkuperäisten asukkaiden olleen tyrmistyneitä varsinkin vesiputouksen menettämisestä. Komea nelimetrinen putous oli aidatun alueen sisäpuolella, ja sinne ei asiattomilla ole enää mitään asiaa, vaikka kuinka ovat vuosikymmeniä käyneet putouksella juhannusta ja muita juhlia viettämässä. Suuria herroja varten on rakennettu huvikatos, jotta voivat rauhassa ihastella putousta ja kohinaa ja pärskeitä. Ja nyt paikalliset saavat nauttia näkymistä johtajiensa välityksellä, Malkin ajatteli. Ja heti perään, että on se onni ettei ainakaan vielä valtaapitävät osaa lukea alamaistensa ajatuksia. Vaikka taitaa sekin aika kohta tulla.

21

Pohjoisen laivaston paraati oli komea. Murmanskin edustalla paraatialuksia johti kaksi suurta ydinsukellusvenettä. Perässä oli valtavankokoinen lentotukialus Admiral Kuznetsov. Sen kansi on 305 metriä pitkä ja kannella nyt paraatiojennuksessa kolmisenkymmentä uudelta näyttävää rynnäkkölentokonetta. Sitten tuli suuria hävittäjiä, ohjuslaivue, pari fregattia ja parikymmentä pienempää alusta ja hännänhuippuna vanha koulutuksessa käytettävä purjealus Mir purjeet levällään. Euroopan tilanteen ollessa se mikä on, eivät suuret purjelaivat Sedov ja Mir enää pääse länsimielisiin satamiin komeuksiaan esittelemään. Onneksi kotimaassa riittää paraateja.

Paraatin vastaaotti presidentti Putin rannalle rakennetussa uudessa laiturissa. Presidentin aitio oli ympyröity lippusaloilla. Venäjän liput liehuivat puhaltimien avulla komeasti.

Tarkkasilmäiset lähellä seisovat laivaston veteraanit saattoivat huomata pientä kiiltelyä aition ympärillä. Kiillon aiheutti isojen sinkojenkin ammuksia kestävä paksu läpinäkyvä lasimuuri. Lasikate oli myös rakennelman katolla, joten aitioon on ollut pakko järjestää koneellinen ilmanvaihto. Puhujakorokkeen kansilevyn alla piilossa oli kanarialintu. Se on herkkä myrkyille ja huonolle tai vähähappiselle ilmalle. Samaa systeemiä on käytetty kaivoksissa varmistamassa, että ilma on puhdasta. Jos lintu näytti kuolevan oli jo kova kiire päästää raittista ilmaa lasikoppiin. Kanarialintu varmisti, että presidentti ei saisi huonoa tai jopa myrkyllistä ilmaa. Kanarialinnun eloa ja olo tarkkaili erikseen määrätty Putinin turvakaartin upseeri. Kanarialinnun oma bodygard.

Presidentin puhe oli tietenkin paraatin pääasia.

Puhe alkoi veteraanien kiittelyllä ja korosti sitten laivaston kunniakasta historiaa. Historallisen tärkeä tehtävä jatkuu edelleen, sillä länsimainen aggressiot ovat voimakkaita ja jyrkästi vihamielisiä.

- Nuo niin sanotun lännen militaristit ja narkomaanit käyvät rauhaa rakastavia ja rakentavia voimia vastaan yhä kauheammin. Nuo historiaa vääristelevät voimat pyrkivät kaikin tavoin tuhoamaan perinteiset ja syvät venäläiset arvot.

Homojoukot villitsevät lännessä sikäläisiä ihmisiä rauhanlähettiläiden, Venäjän kunniakkaan armeijan kimppuun.

- Mutta se on turhaa. Se on lännen sotakiihkoilijoiden loppu. Me emme koskaan anna meidän venäläisten kunnia-arvojen murentua. Me haluamme säilyttää kodin ja uskonnon tärkeät arvot. Meitä ei lannisteta.

Komentajakapteeni Boris Malkin oli kuulijoiden joukossa melko lähellä presidentin aitiota. Kommodori Beljakov ja tämän kantama ydinsalkku oli lähellä yhä suurempaan pauhuun intoutuvaa puhujaa.

Malkin kuunteli ja huomasi arvailevansa, mitä herjoja lännen kiihkoilijoita kohtaan seuraavaksi tulee. Malkin arveli kuulleensa samoja teemoja, osin samoja lauseitakin, useaan kertaan aiemmin. Nyt oli uutta presidentin yhä kasvava kiihko ja suoranainen huuto. Malkin ei voinut huomiolleen mitään, mutta hänestä presidentti puhui paljolti samalla tyylillä kuin Lenin aikanaan, tiukasti etukenossa ja kaula pitkänä, pienikokoinenhan se Leninkin oli. Tai karjuvan samalla tavalla kuin historian kirjoissa ja elokuvissa on lukenut ja nähnyt Adolf Hitlerin puhuvan ja huutavan yleisöjoukoilleen. Samat seisovat silmät, sama itseään yhä kovempaan raivoon piiskaava puhetyyli. Sylki vain roiskui kun Aatu oikein innostui.

Ukrainalaiset natsisiat, Saksan saatanalliset kiihkoilijat, Suomen ja Ruotsin Nato-intoilijat, Puolan länttä pokkuroiva johto. Baltian maiden militantit ja lännen saappaiden nuolijat. Moldovaa ja Georgiaa ei kannata edes mainita.

- Venäjän sanakarillinen kansa ei koskaan tule alistumaan lännen natsien ja militanttien uhkauksiin. Me olemme valmiit puolustamaan kansallisia arvojamme vaikka viimeiseen mieheen. Me emme koskaan alistu. Emme koskaan. Historia sen tulee selkeäst todistamaan. Venäläinen rauhanrakennus tulee saamaan suuret kiitokset tulevissa historiankirjoissa. Totuus voittaa, puhuja julisti.

Viimeiseen mieheen. Malkinia vähän kylmäsi sanonta. Toisaalta nauratti lännessä, olikohan se Ahvenanmaalla, kuulemansa lännen johtajien sanonta: Länsimaat ovat valmiit puolustamaan Ukrainaa aina Ukrainan viimeiseen mieheen asti.

Mutta missä ovat maininnat Unkarin, Yhdysvaltain ja Turkin kansojen sotaintoilusta. Saattaa olla toisenlaisia suunnitelmia noiden maiden varaan, Malkin ajatteli. Yhdysvaltain kanssa saattaa olla tekeillä diili. Sitähän tunnusteltiin jo aiemmalla Trumpin kaudella. Siitä on taas ollut puhetta. Presidentti Donald Trumpin kanssa yhteistoiminta totutusti on sujunut. Molemmat herrat puhuvat luotettujen kanssa keskinäisestä sopimisesta. Sopimalla ja jakamalla kiistanalaisia maita ja alueita voisi rakentaa pysyvän rauhan. Rauhaa nakertavat rotat saadaan häädettyä koloistaan. Kun Nato on saatu hajotettua, kaikki on mahdollista. Kiinakin pääsisi rauhoittamaan Taiwanin tilanteen.

Mallia voisi ottaa Hongkongista, siellä toiminta on rauhoitettu. Ja niin koko maailma rauhoittuu Äiti-Venäjän johdolla.

Milloinka ne herrat Stalin ja Hitler tekivätkään kuuluisan sopimuksensa toisen maailmansodan aattona, Malkin huomasi kesken kaiken miettivänsä. Historian uusilla lehdillä asiasta on vaivihkainen maninta sivulauseessa. Vanhoissa historian kirjoissa kyllä kerrottiin sopimuksesta ja sen vaikutuksista. Etupiirijaosta, josta ei enää saa puhua eikä hitustakaan verrata nykyisiin herrojen Putinin ja Trumpin ystävällisiin ja toisiaan ymmärtäviin väleihin.

Malkin oli varma, että nyt puhumassa oli aito Putin, ei mikään kaksoisolento. Moskovan paraatissa viime vuonna Malkin oli varma, että siellä esiintyi kopio. Jo senkin takia, että vale-Putin kiirehti kansanjoukon lähelle tervehtimään kädestä tälle outoja ja testaamattomia ihmisiä. Aito Putin ei sellaiseen alistu. Aidon Putinin lähelle tuotavat ihmiset pitää testata ja eristää vuorokausiksi ennen kuin pääsevät koskettamaan Putinia tai edes olemaan tämän lähellä.

Meikattuna vale-Putin on niin paljon oikean näköinen ja tapainen ja kokoinen, että vartioston väkeä varten pitää olla huomaamaton mutta selkeä tuntomerkki. Valehenkilöillä on vasemman korvan takana kolmen pisteen tatuointi. Kaiken varalta, vaikka kyllähän oma väki aidon erottaa. Sitä vitsiä ei uskalla edes ajatella, kun ihmetellään että mitähän se kuuluisa voimistelijanainen tuumaa, kun huomaa erehtyneensä miehestä.

Vai pitääkö tämän ennen vaatteiden riisumista tarkistaa partnerin korvantausta. Ei, että onko kuiva, vaan että onko siellä kolme tatuoitua pistettä. Jos on, niin hana kiinni.

Presidentti huudatti paraativäellä uraata viisi kertaa. Lentotukialus Admiral Kuznetsov ja muut paraatiin osallistuneet alukset vastasivat sumutorvien törähdyksillä.

Malkinia kylmäsi valtavan lentotukialuksen nykytila. Alus oli ollut pitkään telakalla, ja siellä sen paikka yhä olisi, mutta käsky oli pakottanut tekemään melkoisia hätäkorjauksia. Kannella näkyi kolmekymmentä lentokonetta. Huhujen mukaan koneet olivat pelkkiä vanerisia kuoria. Oli pakko vähentää painoa, mutta piti näyttää ulospäin, että alus on täydessä iskussa.

Tasapaino-ongelmat ovat todellinen uhka hyppyrinokkaiselle alukselle. Korroosio on syönyt pahasti vedenalaisia rakenteita, Malkin oli kuullut puhuttavan. Sanottiin, että suuria moottoreita oli painon vähentämiseksi poistettu, samoin kaikki varastot. Polttoaineita on vain sen verran, että alus voi osallistua paraatiin. Paraatimatkan ajaksi alus on saanut kunnollista öljyä. Yleensä laiva käyttää masuuttia, hyvin huonolaatuiseksi tiedettyä raskasta polttoöljyä. Masuutin käytöstä kertoo valtava musta savupilvi, jota tupruaa aluksen piipuista. Paraatiin sellainen ei tietenkään sovi.

Katsomossa Malkinin vieressä seissyt ohjusjoukkojen vanha eversti supatti, että paraatiin piti osallistua taistelufregatti Admiral Gorskov, mutta sen varustelu on vielä kesken. Fregatin piti esitellä uusia 3M22 Tsirkon-yliääniohjuksia. Ohjuksen nopeus on 11265 kilometriä tunnissa. Siinä ei vihollinen ehdi edes kauhistella tai nokkaansa niistää kun ohjus jo iskee. Yhdeksän metrin pituisia ohjuksia ei uskallettu laittaa Admiral Kuznetsovin kannelle, ei vaikka ne olisivat olleet ns. paraatiohjuksia, siis pelkkiä kuoria.

Pietarissa laivaston upseerikerholla oli puhuttu jo tosissaan, että Venäjä on ostamassa Kiinalle 25 vuotta sitten myymänsä Varjag-lentotukialuksen takaisin itselleen. Suurella ja mahtavalla valtiolla nyt vaan pitää olla lentotukialus, mieluummin useita.

22

Aura levitteli parista kassista tavaransa hänelle jo kovin tutuksi käyneessä huoneessa Pansion sotasataman virkailijahotellissa. Ohje kertoi noin viikon oleskelusta.

Auran itsensä läsnäolo joka hetki sotasataman kaukaisimman meriluolan tiloissa ei ole välttämätöntä, mutta toivottavaa. Auran ohjaamaan pienoissukellusveneeseen asennettiin uusia laitteita. Parempi ja paljon pienempi lähitutka sekä uusi kuuntelulaitteisto. Ja vielä kolmantena sotasalaisuutena pidettävä plasmasumulaitteisto. Kun laitteet on saatu paikoilleen alkaa käytön opastus.

Auraa vähän huvitti ja yhtä moisesti hirvitti aiempi ohje uusista akuista. Akut olivat huippusalaiset. Akkujen ohessa oli pieni räjähdelataus. Pysyvä ohje oli, että jos akut ovat vaarassa joutua viholliseksi epäiltäviin käsiin, akun räjähde pitää räjäyttää. Räjäyttäjän kohtalosta ei ohjeen mukaan tule kantaa huolta.

Nyt samanlaista ohjetta ei olisi tulossa, Auralle kerrottiin. Asennustöissä oli kolme brittien omaa mekanikkoa. Oltiin avustamassa kuten Nato-maiden kuuluu toisiaan auttaa.

Plasmasumu kiinnosti eniten. Mekaanikon selostus sisälsi niin paljon teknisiä käsitteitä, että Aura suosiolla suostui siihen, että hän ei ymmärrä miksi plasmapilvi toimii, mutta sen sijaan hyvin ymmärtää miten laitetta käytetään ja miksi käytetään.

Plasmapilven tarkoitus on imeä lähiavaruudessa liikkuvat radiotaajuudet. Plasmapilven avulla kohde tulee likimain näkymättömäksi tutkassa. Auran sukellusveneen laite ja sen tuottama pilvi on pieni, mutta hämää kyllä tutkaa.

Venäjällä sumulaite on päässyt jo tositoimiin. Tsirkon-yliääniohjus ammuttiin Kiovaan talvella. Ohjuksen jäänteet kertoivat 3M22 Tsirkonin toimineen. Aikamoista hävitystä ohjus sai aikaan. Entäs sitten kun ohjuksessa on ydinlataus. Miten siihen vastataan tai lentoa torjutaan. Mekaanikot tuntuivat olevan kauhuissaan kertoessaan asiasta. Ukrainalla on kova kiire saada uusimpia torjuntaohjuksia uusia petoja torjumaan. Tiettävästi Tsirkoneita ei vielä ole enempää valmiina.

Hirmuiselta tuntuu, jos vihollinen pystyy torjumaan ydinaseen jo ohjuksen lähtömaan puolella. Silloinhan ydinosa putoaa Venäjän puolelle. Voiko se silloin räjähtää. Millaista kauheaa tuhoa se silloin saa aikaan.

Mutta jospa valmistus annetaan pohjoiskorealaisten urakaksi. Siellä ei ole niin nöpönnuukaa, jos joku testi epäonnistuu ja testaajia menehtyy. Venäjällä sellainen voisi lisätä jännitteitä kansan ja valtion johdon välillä, ja sitä putinistit pelkäävät.

Koko maapalloa koskevat uhkakuvat kiristivät Auran oloa. Onneksi Äiti Maria oli saapumassa kaveriksi. Äiti Maria kuului Balkanin vuorilla toimivien ortodoksisten luostareitten yhteistoimintaryhmään. Ryhmä oli käynyt tutustumassa Uuden Valamon luostarin ja Lintulan nunnaluostarin toimintaan. Äiti Maria jäi ryhmästä erilleen ja oli tulossa Turkuun.

Amiraali oli lähettänyt Äiti Marian pikapyynnön. Nunnan piti osallistua ei aivan totuudessa pysyttelevään toimintaan. Piti tulla katsastamaan yhtä maapalaa, josko se vaikka sopisi uuden luostarin paikaksi. Paikka olisi todella upea ja sopiva, Äiti Maria antoi tunnustusta tutustumisretken päätyttyä. Kunpa Suomessa olisi todellista tarvetta uudelle nunnaluostarille. Miten nykynaiset saataisiin kiinnostumaan muustakin kuin maallisesta pintamuodista, nunna valitti.

Paikka oli todella hyvä. Syvä ja selkeä laivareitti Turusta Tukholmaan kulki niemennokan vierestä. Reitin varren asukkaat tiesivät kellonajan vain vilkaisemalla minkä värinen laiva oli nyt menossa. Suuret risteilylaivat kulkivat aina minuutilleen sovittuun aikaan. Rahtialuksia kulki tietenkin reittiä, mutta paikalliset eivät kauempana näkösuojassakaan sotkeneet niitä tuttuihin Vikingin ja Tallinkin aluksiin: vieraan laivan ääni oli erilainen.

Tietysti myös laivaston sota-alukset käyttivät reittiä, mutta eivät aina. Meriesikunnan tiedossa tietenkin oli, että oudommat kulkijat haluavat tietää ja merkitä omiin merkikarttoihin sotalaivojen käyttämät reitit. Niitä ei ole merkitty tavallisiin merikarttoihin, ne piti opetella tai seurata laivaston karttoja tai noiden karttojen mukaan seilaavia aluksia.

Kallioisen niemen nokassa oli seurakuntien vanha leirikeskus, jo uuvahtanut, lahonnut ja rähjääntynyt. Tyhjäksi jäänyttä aluetta oltiin nyt kauppaamassa. Myynti-ilmoitus oli herättänyt yllättävän paljon kiinnostusta kotimaan lisäksi ulkomailla. Myynnin toteuttamiseksi piti alueella järjestää myyntiesitelyjä. Ensimmäisestä esitelystä oli sovittu.

Aura piti saada tilaisuuteen. Tutustumisretkelle oli näet ilmoittautunut myös Venäjän laivaston komentajakapteeni Boris Malkin, tosin nyt amerikkalaisen nimen ja passin turvin. William eli Bill Smith oli Malkinin hyvin väärennetyssä passissa oleva nimi. Auralle mies oli vanha tuttu Maarianhaminan rantaravintolasta ja myöhemmin suurlähetystön veneellä järjestetystä valokuvien katsomistilaisuudesta.

23

Myyntiesittelijän käytössä oli seurakuntien kiinteistöyhtiön moottorivene. Boris Malkin vähän nyrpisteli nenänsä: on sentään kyseessä yli miljoonan euron kauppa, pitäisi olla myös sen luokan kuljetusväline.

Malkin olisi halunnut nyrpistää nenäänsä myös seuralaiselleen. Esikunnasta oli ilmoitusluonteisesti ensin ilmoitettu Malkinille, että tämän toiminta ydinasesalkun kantajan adjutanttina keskeytyy joksikin aikaa. Sellaiseen käytäntöön oli Boris Malkin saanut tottua jo nimityksestä hänelle kerrottaessa. Kuuluu asiaan, että hommia vaihdetaan vähän väliä, mutta aina yllättäen. Se kuuluu sarjaan salaamisen käytäntöjä. Koskaan ei pidä eikä saa olla varma, missä ydinsalkku tai paremminkin, tietenkin, salkun iso päällikkö kulloinkin kulkee. Salamurhaajat jäävät nuolemaan näppejään.

Työmääräyksen muutos oli okei. Mutta se toinen nyrpistys johtui seuralaisesta. Kapteeni Marija Jegorova ilmoittautui Malkinille virallisen tuntuisasti Forum Marinumin kabinetissa. Tietenkin he puhuivat englantia, Jegorovan kielitaito sai Malkinilta kiitosta. Tämän saksan taidon hän tiesi ennestään erinomaiseksi. Venäjäksi ei saanut edes ajatella, oli painotettu.

Jegorova ilmoittautui Malkinille palvelukseen. No, tietenkin protokollan mukaan, komentajakapteeni on ylempänä kuin kapteeni. Mutta oli tuo salaperäinen numero 29155, mitenkähän paljon numerojengiin kuuluminen käytännössä nosti tämän sotilasarvoa. Eli kumpi tosiasiassa on pomo ja esimies, jos jotain tapahtuu ja joudutaan sotilaalliseen toimintaan. Missähän tappajaksi oletetusti koulutettu nainen pitää pistooliaan, Malkin arvuutteli ja yritti hakea katseellaan aseen kantopaikkaa. Ja myönsi sitten epäilyn turhaksi, ei tällaista tehtävää voi pilata kantamalla asetta vieraassa maassa ja jäädä sitten siitä kiinni. Ammattilaisiahan tässä ollaan. Jegorova saa varmaan nopeasti aseen suurlähetystöstä, jos on pistoolin tarvetta.

Marija Jegorova osoittautui käytännön ihmiseksi. Heidän tulee peiteroolin mukaisesti edustaa amerikkalaisen keskilännen pikkukaupungin sosiaalihuoltoa. Malkinille ja Jegorovalle oli pari viikkoa aiemmin lähetetty tietoja pikkukaupungin elämästä ja sosiaalipuolen ongelmista. Kaupungin elämään piti tutustua, jotta osaa puhua, jos sellaiseen tulee tarve. He olivat olevinaan kaupungin palveluksessa ja olivat etsivinään 20-30 nuorelle paikkaa, jossa voisivat selviytyä kuiville pahoista huumeongelmista. Paikan piti olla syrjässä, pois houkutuksista. Luonnon keskellä. Voisivat elää siellä leirielämää ja opetella hengissä pysymisen taitoja ja taitoa tulla toimeen toisten nuorten kanssa ilman päihteitä. Tarvitaan paljon tilaa, henkilökuntaa on vähintäin asiakkaiden verran, varmaan melkoisesti ylikin. Majoitustilaa tarvitaan siten ainakin 70 hengelle. Alueella pitäisi suunnitelman mukaan olla riittävästi tilaa suurentaa hoitolaitosta, jos tarve vaatii.

Amerikkalaisina sosiaalityöntekijöinä esiintyvien venäläisten piti myös ulkoiselta habitukselta näyttätyä ns. kunnollisilta, hieman uskovaisilta. Heillä oli eri nimet, he eivät siten voineet asua samassa huoneessa. Malkin ei uskaltanut ajatella, millaisiin tilanteisiin samassa huoneessa asuminen voisi johtaa. Numerojengiläiset sentään ovat näissä piireissä miltei amerikkalaisten elokuvatähtien veroisia, kaikkivoipia, heillä on valtion lupa tappaa, sanottiin. Varmuutta sellaisesta ei ollut, ei tietenkään. Mikään ei saa olla numerojengin touhuissa varmuudella tiedettävää tai arvattavaa.

Ostoa tutkailevien puheiden piti olla tylsän asiallisia ja ilmeiden huolestuneita. Pelkkiä vakavikkoja ei tule olla, mutta vitsailujen tulee olla siistejä, jopa asiallisia. Alkoholin enempi nauttiminen on kielletty.

Malkin hätkähti nähdessään tutun henkilön venelaiturilla. Sama pikkutyttö, johon hän oli törmännyt Maarianhaminan sataman ravintolassa. Tytön mukana oli vanhempi nunna. Mikä oli tämä sattuma, vai oliko sattuma lainkaan. Ilmiselviä, saati sitten ongelmallisempia tapahtumia tulee aina epäillä ja asettaa kyseenalaiseksi. Aikooko vihollinen tästä ja tuosta tapahtumasta saada jotain etua. Aina pitää epäillä ja olla varuillaan. Pitäisikö tästä kertoa Marijalle. Malkin aikoi unohtaa asian. Eihän hän ollut raporteissa kertonut mitään näkemästään pikkutytöstä. Jos kertoisi, esikuntaväki voisi ruveta epäilemään pedofiiliksi.

Mitään sellaista vähäistäkään epäilystä ei saa olla matkalla kohti leveämpiä arvomerkkejä.

Pian selvisi, että tyttö ja nunna olivat heidän kanssakilpailijoita. He tavoittelivat samaa niemennokkaa. Tavoitteena heillä oli rakentaa Suomeen toinen nunnaluostari. Kauempana ulkomerellä oleva paikka vastaisi jonkin verran Kreikassa olevaa kuluisaa Pyhän Athos-vuorten Jumalanäidin puutarhaa, luostarialuetta. Kallioinen seutu saattoi tuoda mieleen myös kuuluisan Meteoran luostarin, vaikka sellaisen kaltaisia pylväskallioita oli turha alueelta etsiä. Athoksen luostarit ovat tarkoitettu vain miehille kun nunnan tehtävänä Suomessa oli tutkailla nunnaluostarin mahdollisuutta. Niemeen aiotulle luostarille ei ole suunnitelmissa samantyyppisiä kieltoja kuin Athos-vuorelle. Athokselle ei sallita muita kuin miehiä, ei edes naispuolisia eläimiä, paitsi kanoja sekä kissoja. Nunnan selittäessä Athoksen sääntöjä teki Malkinin mieli vitsailla juuri noista kanoista ja kissoista, mutta yksiselitteinen annettu käsky olla normaali amerikkalainen konservatiivi sulki suun.

Malkinia huolestutti, sillä nunnan esittämä suunitelma vaikutti hyvin harkitulta. Yläkukkulalle, niemen korkeimmalle kohdalle, tulisi muutama hyvä retriittipaikka. Nunnaluostari voisi järjestää matkamuistomyymälän alueelle tulevan tien varteen ja ohjata väki sieltä muutamaa polkua pitkin tutustumaan alueeseen. Luostarin ravintola toimisi varojen tuojana. Keljat ja muut yksityiset paikat pidettäisiin piilossa, aitojen takana.

Malkin näki omaa tutkimusta varten paikassa paljon hyvää. Päällystetty maantie on kapea mutta käyttökulkuinen. Varmaan kestäisi myös raskaan liikenteen, vaikka panssarivaunujen kulun. Laituri näytti hyvältä. Moottoriveneen kuljettaja kertoi ylpeänä yli kymmenmetrisestä väylästä laituriin. Kaijaan mahtuisi isompiakin aluksia. Laivaväylän kapein kohta on puolen kilometrin päässä. Siihen kun upottaa pari suurta ruotsinlaivaa niin reitti on tukossa. Ja niemen korkemman kallion juureen saisi hyvät paikat ohjusten laveteille ja ittykeille. Suuri tutka-asema mahtuisi sekin kalliolle.

Vanha leirikeskus pitäisi purkaa ja rakentaa uudeksi. Väliajan tiloiksi nykyinen kelpaisi, kunhan päällystölle saadaan kunnon tilat. Majoitustila muuttuisi helposti kasarmiksi. Vanha maakellari pitää rakentaa uudeksi, jotta muonitus varmistuu. Esittelijän sivumennen lausumat arviot aurinko- ja tuulivoimaloista antaisivat takeet omavaraiseen toimintaan. Kuulemma alueella aina tuulee ja aina on paistetta. Turkuun ja sen Pansion sotasatamaan olisi reilu kolmenkymmenen kilometrin matka. Kallioilta olisi helppo valvoa Turun ilmatilaa.

Auraa huvitti, miten tosissaan Äiti Maria kyseli ja esitteli suunnitelmia nunnaluostaria varten. Nunnayhteisöt ovat pohjoismaissa pienet. Suunnitelmia voisi tehdä pariakymmentä nunnaa varten, sitten vielä työntekijät, vapaaehtoiset ja vierailijat. Kaikki se edellyttää hyvää logistiikkaa ja hyviä varastoja ja majoitustiloja. Tsasounan paikka on tietenkin katsottu liki ensimmäisenä. Siitä voisi tulla keskustelua, halutaanko kirkko enemmän näkyväksi majakaksi vai enemmän piilossa pilkottavaksi rauhan satamaksi.

Aura käyskenteli välillä itsekseen katsellen maisemaia ja ennen kaikkea pyrki salaa kuuntelemaan venäläisten puhetta. Mutta nämä pitäytyvät rooleissaan, puhuvat vain englantia ja keskustelevat tosissaan olevaan sävyyn nuorten pahoinvoinnista ja luonnon elvyttävästä vaikutuksesta. Korostivat kauas näkyvää maisemaa, nuorten ei tarvisisi tuntea ahtaan paikan kammoa. Kovin tarkasti kiersivät aluetta, kai halusivat saadan siitä hyvän kuvan. Aura yritti arvuutella, mitä he todellisuudessa kullakin arviolla tarkoittivat. Sitäkö, että avara maisema antaa hyvät toimintaedellytykset ilmatorjunnalle ja alueen puolustuksen tehokkaalle järjestämiselle.

Amerikkalaisia nuorisotyöntekiöitä esittävät venäläiset lupailivat tosissaan osallistua alueen hutokauppaan, jahka se saadaan järjestymään. Äiti Maria lupaili samaa. Myyntiedustaja, joka ei tiennyt ostajakandinaattien oikeaa puolta, oli tietenkin innoissaan. Oli tulossa kilpaa huuto, se nostaisi hintaa ja se taas myyntiedustajalle provisiota.

Auran uusi pikakomennus tiesi eroa Äiti Mariasta. Nunnalle järjestettiin huone Helsingistä Katajanokalta, läheltä Uspenskin katedraalia.

Aura puolestaan kiirehti Turun Pansion sotasatamaan. Sukellusvene oli valmiina lähtöön, akut ladattuina ja jääkaappi ja muut varastot täynnä.

Käsky oli kiirehtää Nevajoelle ja siellä Pietarin sotasataman edustalle. Äskeinen saladronen kuvaus oli tuonut uutta esille. Suuren hangaarin sisälle oli tapahtunut joko pieni tulipalo tai öljyisten roskien poltto. Hangaarista joka tapauksessa tuprusi savua. Variksen muotoon puettu saladrone oli jäänyt ihmettelemään eli lentelemään lähellä. Tuulettuvan hangaarin sisällä näkyi raollaan olevista ovista selvästi jonkinlainen toisinto aiemmin nähdystä ja Auran kuvaamasta mustasta pötkylästä. Uusi pötkylä oli matampi, pituutta ei nähnyt kunnolla. Ehkä se oli saman pituinen mutta kaksikerroksinen. Ainakaan edessä ei näkynyt pystyikkunoita.

Mikä se on, voisiko siitä saada selkoa. Tulipalosta saatiin alustava tieto paikallisradiosta, joku trasselivarasto oli syttynyt tuleen. Isoja vahinkoja ei kerrottu tulleen.

Suurlähetystön isompi huviristeilijä toimi Auran veneen saattajana ja myös vetäjänä. Koettiin että on kiire. Risteilijän alta vedettiin vaijeri ja se kiinni Auran sukellusveneeseen. Vaijeri kulki veden alla. Risteilijän suuret moottorit pyörittivät sen verran kovasti vettä, että vedettävän vanaa ei siitä erottanut.

Myös Auran sukellusveneen akkumoottorit avittivat. Niinpä meno oli aika hurjaa Turun edustan Airistolta aina Nevajoen suuhun. Siellä piti höllätä, jotta meriviranomaiset eivät puutu asiaan.

Vaikka kiire poltteli katsottiin parhaimmaksi Auran jäädä odottamaan sopivan tankkerin tuloa, ja ajaa sitten veden alla piilossa sotasatamaan saakka. Risteilijälle olisi pitänyt anoa lupa, eikä sen saamisesta ollut varmuutta ainakaaan pikaisesti.

Ajatus varmaan oli, että jos matalampi pötkylä on hinauksessa, muu liikenne estetään joessa. Koska tankkeri sai ajaa rauhassa, arveltiin pötkylän mahdollisesti olevan vielä sotasataman suojassa. Parempi mennä katsomaan. Suuren tankkerin alla pysyi piilossa. Matka sujui joutuisasti.

Sotasataman näkösuojaksi rakennetut kulissitalot ja pieni aito metsäinen saari olivat paikallaan. Aura pääsi nopeasti pilareiden suojaan. Hangaarin ovet olivat nyt tiukasti kiinni. Mutta jotain oli tapahtumassa. Sotasataman rantalaiturien luona oli outoa ja ylimääräiseltä vaikuttavaa liikehdintää. Jännittäväksi meni kun hangaarin suurten ovien keskellä oleva kapeampi kangasovi alkoi nousta ylös. Kohta oviaukosta ajoi esille iso kuorma-auto ja sen perässä toinen. Sen verran Aura ehti nähdä hangaarin sisälle, että varmistui siellä olevan suurelta vaikuttavan mustan pötkylän.

Kuorma-autot kaarsivat hitaasti vasemmalle, siellä oli tietojen mukaan sataman pääportti. Kuorma-autojen ulkoseinissä oli erilaisten kasvisten kuvia, mainoksia.

"Aleksein puutarha tuo eloa ja valoa" luki kummankin ison kuorma-auton seinässä. Kauniit kuvat olivat houkuttimina. Mitä puutarhatuotteilla, kasviksilla, juureksilla ja mahdollisesti kukilla on pötkylän kanssa tekemistä.

Aura valmisteli rapottia. Kone tiivisti raportin ja tukena olevat videopätkät alle puolen sekunnin kimpuksi. Tutkimusalus Maryllä teknikot saavat purkaa paketin ja tarjota amiraalille uutta pohdittavaa.

Amiraali Sarah Towson innostui heti välittämään tietoa.

Suojatun nettitilan palaveriin osallistui tiedusteluväen lisäksi pari puutarha-alan ja kasvinjalostuksen professoria.

- Pitempi aika suljetussa tilassa on henkisesti tosi rasittavaa, painotti professori Harding. - Jo puutarhatuotteiden katselu ja kasvun seuraaminen tuo henkistä apua. Ei tavitse katsoa maalin kuivumista seinällä, kuten pitkästymistä usein selitetään, Harding sanoi.

- Saati sitten se hyöty ja ilo, mitä tuoreet kasvikset ruokapöydässä tekevät, viehättävä professori Jane Holt vahvisti.

- Jos tässä harjaannutaan, siis ei harjoitella vaan harjaannutaan, pari vuotta kestävään Marsin lentoon, ovat tuoreet tomaatit ja salaatinlehdet ehdottoman hyvä asia. Ja kun katsoo kasviksien kasvamista ja kukoistamista, matkaajan pelko tulevaisuudesta laimenee, Holt tarkensi.

- Näyttää siis siltä, että venäläiset ovat tosissaan pyrkimässä tosi pitkän matkan avaruustutkimukseen, Sir Thomas omasta työhuoneestaan osallistui keskusteluun.

- Sitä paitsi tällaisessa toiminnassa kierto pelaa, Harding lisäsi, kun matkaaja syö näitä kasviksia valmistelee hän samalla näille juureksille ja salaateille ja muile ravintoa. Anteeksi vaan mielikuva, mutta ihmisen virtsa ja uloste ruokkivat kasviksia ja kasvit ruokkivat ihmistä, joka taas ruokkii kasviksia. Se on aitoa ja tehokasta luonnon kiertokulkua. Mitään ei päädy haaskuuseen. Avaruusmatkoilla roskat ja haaskatut aineet ovat täysin yksiselitteisesti kiellettyjä.

- Well, murahti tähtitieteen tutkimuslaitoksen johtaja Sally Sulman, vastikään esitettiin arvio, että yhden vesilitran kuljettaminen kansainväliselle tutkimusasemalle maksaa suunnilleen miljoona euroa. Meidän laitoksen omat laskelmat tukevat lukua. Ja kuten voitte arvata, esimerkiksi Marsiin lentävälle tutkimusalukselle ei voi välillä tankata mitään, ei vettä, ei ruokaa, ei sähköä. Kasvisten kuljettaminen avaruuteen lennon mukana on varmaan mukana jokaisessa suunitelmassa.

Sukellusveneiden päällikkönäkin ollut kolmen tähden amiraali puuttui puheeseen:

- Sinänsä on ymmärrettävää, että nämä, kuten te sanotte, pötkylät ovat eri kuorissa. Se lisää turvallisuutta. Imuovet ovat yhteydenpidossa apuna. Suurissa sukellusveneissä on nykyään usein liitännäinen, baby eli mukana on toinen pieni vaikka sabotointiin kykenevä syvänmeren sukellusvene. Se on kiinni emäaluksessa imuovien kautta. Vaikka ollaan jopa kilometrin syvyydessä, ovet toimivat. Emoalus ja kuljetettava ikään kuin suutelevat toisiaan. Näin varmaan tässäkin. Emoalus ja perässätulija ovat kiinni toisissaan. Kokki käy välillä hakemassa tuoretta ruokaa kasvihuoneesta ja varmistuu samalla, että valot ja kastelu toimivat. Avaruusmatkailuun tuollainen kuljetusväline, kuin perässä vedettävä reki, ei sovi, se kasvattaisi valtavasti avaruuteen ammuttavan raketin kokoa.

- Siitähän muodostuu helposti avaruusjuna, Sir Thomas sanoi.

- Niinpä. Kasvihuonehan voitaisiin viedä etukäteen Kuuhun ja napata sieltä mukaan. Kuun painovoima on paljon pienempi joten Marsiin lähtöön ei tarvita niin valtavasti työntövoimaa. Enkä tiedä, miten ydinvoimaa siihen tarkoitukseen voi käyttää. Siinä polttoaine riittää pidempäänkin reissuun, avaruustieteiljä Sally Sulman lisäsi.

-Kuustahan on löydetty syviä luolia. Ne suojaavat pieniltä meteoriiteilta ja avaruussäteilyltä. Luolia voi käyttää varusteiden varastointiin, ja sinne on helppo myös asettua väliaikaisesti asumaan. Luolat helpottavat merkittävästi tulevia pitkiä avaruusmatkoja.

- Well well well, tässäpä sitä pohdittavaa riittää. Eiköhän ryhdytä itse kukin omissa ryhmissä miettimään asiaa ja palataan viikon kuluttua pohtimaan asiaa uudelleen. Laitoksen sihteeri hoitaa kutsut ja kelloajat, Sir Thomas huolehti.

25

Suomen Suojelupoliisin ylitarkastaja Virtasta kutsuttiin sekä virallisesti että epävirallisesti Virtaseksi. Pelkästään Virtaseksi. Amiraali Towson ihmetteli käytäntöä.

- Eikö teillä Suomessa ole Virtasia useampi satatuhatta. Kaimoja on varmaan kylät täynnä. Miten te osaatte tarkoittaa juuri oikeaa Virtasta.

- Vitsi on juuri siinä. Kaikilla Virtasilla pitää olla etunimi käytössä, useilla myös toinen etunimi. On Antti Pekka Virtasia ja Siiri Helena Virtasia. On myös erilaisia määreitä, on Leuka-Virtanen, Nyrkki-Virtanen, Koskenlaskija-Virtanen ja niin edespäin, eläkkeellä oleva Supon virkailija Lars Larson selitti.

- Niinpä kun on yksi pelkkä Virtanen, eikä hänen yhteydessä sanotaan mitään etuliitettä kuten nyt puheessa kuullostaisi että Pelkkä-Virtanen. Ei. Vain Virtanen. Ja heitä on vain yksi.

- Eiköhän nimiasia tullut selväksi, Virtanen sanoi. Eihän meidän minusta tai suomalaisista sukunimistä pitänyt puhua vaan tuon laivareitin niemennokan myynnistä.

- Lisää kyselyjä on tullut. Joitakin on saatu tunnistettua. Kyproslainen Dmitri tunnetaan Venäjän yhteyksistä. Sitten on pari suomalaista, joiden arvellaan olevan vain bulvaaneja. He yrittävät helpon rahan perään. Haistavat tilaisuutensa. Etsivät sitten suurimman summan tarjoajaa ja myyvät tälle, oli ostaja sitten kuka tai mikä tahansa. Saksasta on pari kyselijää, molemmat haluavat tulla rakentamaan Suomea, koska heidän isoisänsä ovat olleet mukana Rovaniemeä polttamassa. Sikäläisten lähteiden mukaan miehet puhuvat palturia. Hakevat vain bisneksen mahdollisuuuden.

- No nämä amerikkalaiset Bill Smith ja hänen seuralaisensa. Keskilännen yläpuolella on kerrottu kaupunki ja siellä on töissä William Smith ja Rosalyn Brown. Olivat kylläkin kotimaassaan siellä Amerikoissa tällä hetkellä normaalisti töissä vaikka passiväärennösten mukaan olivat Suomessa.

- Heidät on tunnistettu Venäjän sotilastiedustelun väeksi, ainakin se Rosalyn. Herra kuuluu laivaston väkeen, mutta on viime aikoina pyörinyt muun muassa Ahvenanmaalla valokuvaamassa siltojen pultteja ja kiinnityksiä, tietysti myös itse siltoja. Viittaa tiedustelupuolen hommiin.

- He ovat jättäneet hyvältä kuullostavan alustavan tarjouksen alueesta. Lupaavat rakennustyöt suomalaisille ja aikovat maksaa säntillisesti kiinteistöverot ja tiemaksut ja muut kulut. Hieman on ajateltu, että päättäjille ei heidän tarjousta esitellä. Turun kaupungilla on etuosto-oikeus näihin rantamaihin. Siellä on henkilöitä, jotka haluavat sulan hattuunsa, että on hoidettu myynti hyvin ja saatu lisää veronmaksajia. Eivät välitä miettiä, kenelle olisivat myymässä. Ei taida kiinnostaa, että venäläiset ovat asialla, tai eivät välitä. Money talks, sanotaan, ja se taitaa pitää paikkansa.

- Sitten tämä Aura. Mahdottomalta tuntui ajatella, että hän on näinä aikoina täysi-ikäinen, vaikka vaikuttaa kymmenvuotiaalta tytöltä. Mutta hän esitteli mielestäni aivan toden tuntuisen kuvion, miten erilainen aseistus sijoitetaan alueelle, mihin tulee ilmatorjuntaohjukset, mihin tutka-asema. Kertoi saaneensa oppia nunnaluostarissa ja vierailuilla munkkiveljesten yhteisössä. Hieman ihmetyttää, mitä asioita ne luostareissa nykyään opettavat. Britit ovat kuulemma jatkaneet Auran opetustyötä. No joo, tiedän kyllä jotain Auran taustasta ja nunnaluostarissa harjoitettavasta aseettoman puolustuksen opeista. Kovin mielenkiintoinen pakkaus tuo Aura, sitä ei voi kiistää, ylitarkastaja Virtanen innostui esitelmöimään.

Keskustelun kohteeksi joutunut Aura käveli kevyttakin huppu nostettuna otsalle Tukholman keskustassa. Sergelintorilla oli mukava seurata vauraan väen liikkumista. Aura oli minilomalla. Sukellusveneen mekanikot olivat matkustaneet Lontooseen ja aikoivat tulla takaisin Turkuun parin päivän kuluttua. Luppoaika tuli Auralle yllättäen. Äiti Maria oli innokkaana mukana, hänelle oli luvassa esitelmiä Ruotsin vanhasta luostarilaitoksesta. Äiti Maria oli myös varannut itselleen huoneen luostarista, Aura yöpyisi suurlähetystön järjestämässä huoneessa.

Aura päätti siirtää kuninkaanlinaan tutustumisen huomiselle. Ruotsin valtiopäivätalo oli nyt vuorossa.

Aura tiesi maahanmuuton olevan Ruotsissa suurta. Katuvilinä sen helposti todisti. Eri värisistä ihmisistä ei voinut mitenkään päätellä, kuinka kauan he ovat asuneet tai näiden sukua on asunut Ruotsissa. Vanhan väitteen mukaan kaikkein yrmyimmät ilmeet olivat vastikään muuttaneilla, yrittävät näyttää peri-Svenssoneilta. Pitää kulkea kuin muita ei olisikaan. Seinän vierustassa seisten Aura oli muista syrjässä, eikä hän noin lyhyenä muutoinkaan olisi helpolla tullut nähdyksi. Koulutuksen oppeja ja samalla tottumusta. Oli hyvä olla tarkkailijana ja itse olla madollisimman huomaamaton.

Tuon miehen kävelyssä oli jotain, joka sai Auran kiinittämään huomion tähän. Tavallisen näköinen nuorehko mies, siistit vaatteet, pienet viikset, kalliin näköiset silmälasit, tavallisen kokoiset korvikset, puolipitkät tummat hiukset, eteenpäin pyrkivän ilme. Mutta silti, joku ei täsmännyt. Ikään kuin Aura olisi nähnyt miehen jossain ei kovin kauaa aikaa sitten. Jossain eri paikassa ja eri roolissa.

Uteliaisuus heräsi. Aura lähti kulkemaan miehen perässä. Olisiko kävelytyyli kiinnittänyt huomion, vai kasvojen ilme tai profiili. Missä hän on tuollaisen miehen nähnyt. Ei tule mieleen, ehkä tieto putkahtaa jossain vaiheessa.

Kiusasi kun ei muista. Auttaisiko analyysi. Voi sanoa että normaalimittainen tai ruotsalaisia ajatellen varmaan hieman alle keskimitan. Normaali vartalo. Pellavainen kevyt kesäpuku. Ei solmiota. Paita jotain silkintapaista, varmaan kallis sekin. Nuo viikset, jos saisi neuvoa niin ehkä sänkiparta tai suun ympäri levittäytyvä siisti karvapehko voisi paremmin pukea. Hieman leuassa ja kaulan alla näkyi tummempaa, taitaa parta olla tunkemassa ilmoille. Vaatteista ei oikein tiedä mikä on miesten muotia tai trendikästä, siis kallista. Olemus näyttää olevan sen verran itsevarma, että voi arvioida miehen kuuluvan jos ei rikkaisiin niin ainakin varakkaisiin. Kengät näyttivät kalliilta, jotain pehmeää nahkaa, ei sentään purjehduskengät. Keveän näköiset, varmaan kalliit.

Auraa hymyilytti psykologisointi. No, käyhän se ajankulusta, hän ajatteli.

Aura käveli kauempana miehen sivulla ja jättäytyi taas vähän taemmas. Mies käveli määrätietoisesti. Kääntyi sillan pielessä olevalle kioskille. Aura katseli kauempaa miten mies vaikutti tarkasti valikoivan ja sitten ojentavan komean keltaisen ruusun myyjälle. Ruusun varren pohjassa oli kirkas muovinen kasteluputki. Mies näkyi huolivan vain pienen sinisen paperipalan putken päälle ja siihen sininen rusetti. Keltainen ruusu näytti kauniilta ja kukoistavalta. Sininen paperi puki kukkaa.

Minnekähän käy ruusun poimijan tie. Kadunvarteen oli pysäköitynä tavallisen näköinen auto. Aura muisteli autojen merkkejä. Farmarimallinen, eiköhän tuo ole Volvo. Ehkä yleisin auto, merkki ja malli Ruotsissa. Mies meni autoon sisälle. Aura pujahti sähköjakelun pystylaatikon taakse. Taisi olla ongelma tulossa. Pitäisi varmaan pyydystää taksi, että pysyisi miehen perässä.

Aie jäi turhaksi. Mies istuskeli jonkin aikaa autossa, olisiko selalannut puhelinta, ainakin hartiat liikkuivat siihen tapaan, että jotain autossa tehtiin. Aura ei tiennyt, miten parkkimaksu Tukholmassa hoidetaan, ehkä puhelimella. Oisko kyse siitä. Taas asia josta pitäisi ottaa selvää, vai olisiko se turhan väärtti.

Eipä lähtenyt autoilemaan. Laittoi paiskomatta auton oven kiinni. Lähti kävellen jatkamaan matkaa.

Jahas, kääntyi eduskunnan korttelin luona kohti pääovea. Käveli vilkuilematta komealle ovelle ja sisään.

Aura jättäytyi kadulle. Poltteli. Pitäisihän hänen saada selville, mihin mies meni. Jokohan olisi sen verran aikaa kulunut, että miestä ja Auraa ei voisi luulla samaan seuraan kuuluviksi.

Suuressa eteishallissa kuhisi väkeä. Suurin osa näytti kuuluvan eri turistiryhmiin. Osa heistä seisoi odottavan näköisinä paikoillaan, varmaan odottivat oppaan tuloa johdattamaan heitä talokierrokselle. Pikkulapsia juoksenteli, hyppi ja kirkui kuuluvasti. Auraa moinen hieman ihmetytti, hän oli kuullut ja luullut ruotsalaisia hillitysti ja sivistyneesti käyttäytyviksi. No tietysti lapset ovat lapsia kaikkialla.

Hetken kuikuiltuaan Aura näki miehen sivustalla olevan infokioskin luona. Aura pysytteli kauempana miehen takana. Infon nuori nainen kuului selostavan Ruotsin eduskuntalaitoksen toimintaa miehelle englanniksi. Joku isompi ryhmä lapsia parveili kioskin luona, ehkä odotti oppaan tai opettajan tuloa. Aura tunsi sulautuvansa siihen sakkiin hyvin. Aura huomasi usean lapsen katsahtavan häneen ja olevan kuin olisivat samaa seuruetta. Ryhmään liittyessä oli helppo huomaamatta lipua kioskin viereen. Mies kuului nyt kyselevän vanhasta kuninkaasta, Kaarle kahdennestatoista. Kioskin hoitaja näkyi viittovan kädellään kohti suurta patsasta.

Tavallinen turisti siis, Aura ajatteli.

Mutta tuo miehen kädenliike. Mies kuunteli tarkasti ja näytti myötämielellä seuraavan kertomaa. Seuraavan sekä korvillaan että kehon eleillä. Miehen ranne kääntyi selostusta seuratessa selkeästi ylöspäin niin että kouraan muodostui kuppi. Sormet kiinni ja kupista tuli tiivis. Siihen voisi kaataa vaikka vettä janoiselle, Aura ajatteli. Ja sitten säpsähti.

Tuon eleen, ranteen liikkeen ja nyrkin kuvun hän on vasta nähnyt. Silloinkin hän ajatteli, että koura muodostaa aivan hyvän juomakupin.

Se tapahtui Turun lähellä komeassa niemessä. Äiti Maria ja hän olivat siellä muka katsastamassa paikkaa Suomen uudelle nunnaluostarille. Ja siellä hän näki amerikkalaiseksi tekeytyneen venäläisnaisen esittelevän tuon ranneliikkeen.

Mutta siellä tärkeän laivareitin varrella ranteen outoa liikettä oli esitellyt nainen, Rosalyn.

Nyt uusi terävämpi tarkkailu. Naisellisia piirteitä alkoi tulla esiin. Leuan tummennus, kuin partasängen alku, nyt sen voi ajatella olevan ihomaalilla aikaan saatu. Ei voi mennä niin läheltä tarkastelemaan, että sasi varmuuden. Sormet näyttivät olevan sirot. Sormuksia tai lakkaa ei ollut. Aura ajatteli, että hän ei ole osannut ottaa selville, käyttävätkö ruotsalaismiehet kynsissään lakkaa. Ehkä vain harva. Tämä Rosalyn oli kyllä lakaton. Toki on erilaisia lakanpoistoaineita ja varmaan keinojakin.

Entä oliko Rosalynillä kynnet lakatut kun Aura edellisen kerran naisen näki. Taas miinus. Ei ollut katsonut eikä mieleen painanut. Piti naista niin selkeästi normaalina naisena. Virhe. Aina pitäisi varmistaa myös ilmiselvät asiat.

Aura oli nyt varma, että kyseessä todella oli sama Rosalyn. Mielessä piti muuttaa ajatus miehestä naiseksi. Hyvin tämä kyllä oli muutoin naamioitunut. Ikään kuin posket olisivat korkeammat. Senhän saa hoidettua purukumin tapaisella lateksilla. Sen saa tarttumaan suuonteloon. Pienikin pala muuttaa ulkonäköä helposti. Entä kengät, nyt Aura oli varma, hän oli luostarin ostoreissulla vilkaissut naisen kenkiä ja muisti nyt varmasi arvioineensa naisen kengät maastoon sopiviksi mutta silti siroiksi. No onhan sanomalehti keksitty, Aura mielessään hymähti. Isommat kengät ja kengän kärkeen mytättyä sanomalehteä. Johan toimii.

Entäs vartalo. Naisen vartalokuva on erilainen kuin miehen. Rinnat pullottavat, yleensä. Aiemmin hän ei ollut kiinnittänyt juurikaan huomiota Rosalynin ulkomuotoon ja mittoihin. Rosalyn oli siis sen mukaan aivan normaalin näköinen, naisen profiili. Onhan toki kaikenlaisia tyynyjä ja teattereiden käyttämiä lisukkeita, niillä kyllä saa muodot piiloon. Rinnat litistetään ja vatsan päälle joku lisuke niin täydestä menee.

Aura siirtyi kauemmaksi katselemaan vanhojen valtiaiden muotokuvia. Tuli selväksi Ruotsin pitkä historia. Sivusilmin piti pitää mieheksi naamioitua naista silmällä.

Joku syy, joku hyvin tärkeä syy on saanut venäläisen naisen naamioitumaan mieheksi ja tulemaan valtiopäivätaloon.

Aulaan tuli taas tungosta. Joku vanhempien rouvien ryhmä hälisi aika kovaa ja parveili kohti ulko-ovea. Rosalyn katosi hetkeksi näkyvistä, siinä selvisi tämän pituus, ei juuri eronnut noiden ruotsalaisten naisten pituudesta.

Aura seurasi vaivihkaa perässä.

Rosalyn kulki määrätietisesti kohti suurta ratsastajapatsasta. Aura ajatteli nähneensä samanlaisen patsaan jo aiemmin.

Varmaan ulkona oli Kaarle kahdennentoista vielä komeampi patsas, tämä oli siitä melkoisesti pienempi, sisäkäyttöön sopiva.

Patsaan juurella oli kolme seppelettä ja ehkä kymmenkunta leikkokukkaa, pääosin ruusuja. Samanlaisia kuin Rosalynin patsaan juurelle laskemat, keltaisena hehkuva ruusu ja varren ja mahdollisesti vesiputken suojana sininen suojapaperi, sitä koristi vielä sininen solmuke. Ruotsin värit, Aura ajatteli. Ja heti lisäsi, että myös Ukrainen värit.

Aamukahvilla Aura oli yrittänyt lukea Dagens Nyheteristä uutisia. Otsikon mukaan Aura ymmärsi Ukrainan presidentin vierailevan huomenna Tukholmassa. Englanninkielisessä uutisten koosteessa kerrottiin tarkemmin, että presidentti Zelenskyin tarkoitus oli keskustella juhlallisuuksista, jotka aiheutuvat mahdollisesta Nobelin rauhanpalkinnon saamisesta jollekin ukranaiselle taholle, kuten kiertoilmaisu kuului.

Sitten tuli taas tungosta. Aura kuuli englanninkielistä ja ukrainankielistä puhetta, oli aika iso seurue, varmaan ministereitä tai muita korkeita henkilöitä. Tiukan näköisiä turvamiehiä kulki edessä auraamassa tietä. Seurueen täytyi olla amerikkalaisten ja ukrainalaisten yhteiskokouksen porukkaa. Siitäkin oli uutiskoosteessa kerrottu. Amerikanenglanti kuului sorinan läpi kovimpana.

Rosalynin kesäpuvun takki vilahti. Aura ehti näkemään kun Rosalyn lähti ratsastajapatsaan luota, ilman ruusua, oli siis laskenut kukan patsaalle. Auraa harmitti kun ei ehtinyt nähdä millaisen kumarruksen Rosalyn teki entiselle kuninkaalle.

Tungos tiheni taas. Eikö ruosalaisilla ole muuta tekemistä pilvisenä kesäpäivänä kuin tulla tutustumaan parlamenttitaloon. Rosalyn näkyi kadonneen. Äskeisen vierasjoukon lisäksi aulaan oli pakkautunut paljon kansaa, aika paljon koululaisryhmiäkin näytti odottavan turvatarkastukseen ja talokierrokselle pääsyä.

Aura koitti katsella ympärilleen. Vaikeaa oli. Pienuudesta oli haittansa. Väki käyttäytyi kuten likimain aina vanhemmat käyttäytyvät lapsiin nähden, tönivät ja olivat kuin eivät huomaisi lasta ollenkaan.

Mies tai siis nainen, se Rosalyn, oli auttamatta kadonnut. Voihan olla, että ehti pujahtaa jonkin ryhmän mukana kiertämään parlamenttia ja katselemaan sen pitkästä historiasta kertovia tauluja ja veistoksia.

Vähän otti päähän. Kadotti kohteen, Aura mietti kirjoittavansa tulevaan raporttiin. Turha tänne on jäädä. Varmaan Rosalyn palaa autolleen. Pitänee varautua mahdollisesti pitempään odotteluun Rosalynin auton lähellä.

Aie kuivui kasaan. Mitään farmari-Volvoa ei enää kadun vierustalla näkynyt. Kadonneet olivat niin auto kuin kuski.

Aura yritti soittaa amiraali Towsonlle. Ei onnistunut. Amiraalin puhelu yhdistyi laivaston päivystävälle esiupseerille.

Amiraali on Naton suurlähettiläiden ja sotilasasiamiesten miitingissä. Hänet voi tavoittaa huomenna aamiaisen jälkeen.

Tieto Rosalynistä piti kuitekin saada kerrottua. Aura laati raportin salattuun sähköpostiin. Pyysi anteeksi, että oli kadottanut kohteen, mutta pituudelle tai sen puutteelle ei taida mahtaa mitään, Aura kirjoitti.

26

Aamulla Britannian suurlähetystön huoneistossa Aura heräsi jatkuvaan hälytysajoneuvojen ulinaan. Äkkiä televisio auki. Ruotsin tv:n kuva näytti parlamenttirakennusta, välillä kuva siirtyi Rosenbadin linnaan kohteenaan vakavailmeinen pääministeri, sitten taas valtioneuvoston linnaan, jossa näkyi liikkuvan vain suojavaatteisiin ja happinaamareihin pukeutunutta väkeä.

Onneksi huoneessa näkyi BBC. Myös siellä kuva seurasi tiiviisti Tukholman tapahtumia.

Aura puhelin soi. Amiraalin kuva näkyi puhelimen ruudulla.

Suurlähetystö seuraa tarkasti tapahtumia. Yritä omalta osaltasi saada lisää selkoa. Tukholmassa on varmaan vaikea liikkua. Yritä silti. Kaikki pienetkin tiedonmuruset ovat tärkeitä.

Kaduilla näkyi vakavailmeisiä ihmisiä. Poliisin ja palokunnan autot kiisivät kyllä hurjaa vauhtia, mutta enää ei käytetty sireeneitä. Haluttiin varmaan hillitä paniikkia tai pelkoja.

Ihmisiä kiiruhti kaduilla, osa kohti parlamenttia, osa poispäin. Aura ei osannut arvioida, oliko väkeä nyt liikkeellä normaalia enemmän, ainahan suurkaupungissa ihmisillä näyttää olevan kiire ja heitä on paljon. Aura kulki kuulokkeet korvilla, Ruotsin radion lähetys suolsi kansainvälisellä kanavalla englanniksi tietoja. Niistä alkoi saada jo jonkinlaisen kuvan tapahtumista.

Siivoojat olivat tulleet parlamenttitalolle aamulla kello seitsemän, kuten joka arkipäivä. Ensimmäisenä eteisaulaan ehtinyt mopin kanssa heilunut mies kaatui tajuttomana maahan, toisten siivoojien mukaan löi pahan kuulloisesti päänsä. Toinen siivooja tuupertui lattialle ja kolmas perässä. Perässä tulleet siivoojat alkoivat hälyttää apua, on jotain hauheaa tapahtunut. Yksi siivoojista, pienikoinen Kroatiasta tullut nainen ymmärsi, että lattialle tuupertuneet pitää pelastaa. Hän kastoi moppinsa pesuveteen ja veti mopin kasvojensa suojaksi ja ryhtyi vetämään yhtä tuupertunutta kauemmas, suojaan. Kaksi muuta naista, vaikutivat nimien mukaan olevan Syyriasta, matkivat pelastajaa. He saivat vedettyä tuupetuneet siivouskomeroon. Ovi kiinni. Siellä he odottivat pelastajien saapumista. He pääsivät sairaalaan tarkistukseen saatuaan kaasunaamarit kasvoilleen.

Jotain häiriötä oli radiossa. Rätisi ja siten ääni loppui.

Katusulkuja oli jo paljon ennen parlamenttiin meneviä siltoja. Aura pujahti jonkun henkilön perässä asuintalon portaikkoon. Edellä kulkenut vanhahko herra vilkaisi nopeasti Auraan, mutta ei kiinnittänyt tähän enempää huomiota.

Suuren asuintalon portaikosta pääsi talon läpi käveltyä takaovelle. Nyt hän olikin jo aika lähellä parlamenttitaloa, talon kaunis julkisivu näkyi kadun päässä.

Kadulla näkyi kolme polisiautoa ja kaksi suurta pakettiautoa, jotka Aura arveli kuuluvan poliisille. Uusi iso paloauto ajoi paikalle. Aura näki kuinka suojapukuihin ja kaasunaamareihin pukeutuneet palomiehet kiirehtivät taloon sisälle. Nurkan takaa kadulle ajoi suurta linja-autoa muistuttava poliisin kenttäjohdon tukikohta-auto.

Hiljentynyt radio alkoi taas toimia. Radion juontaja pyysi anteeksi keskeytystä, oli ollut teknisiä ongelmia. Uusimman tiedon mukaan kaikkien siivoojien tila on kohtalaisen hyvä. Ovat saaneet jotain kaasua keuhkoihinsa. Vielä ei tiedetä, mitä kaasua. Tutkimukset ovat kiireellisenä käynnissä.

Koko parlamenttitalo on tyhjennetty ihmisistä. Kaasua on ilmassa edelleen, sisälle ei voi mennä kuin tiukasti suojattuna.

Tutkintatoimet on ulotettu myös kuninkaanlinnan ja valtioneuvoston Rosenbadin linnaan. Niissä ei ole alustavien tietojen mukaan havaittu mitään poikkeavaa. Kuningasperhe on varalta kuljetettu pois linnasta. Maan hallitus on ollut koolla turvaluolassa ja hallituksen johto on turvallisuusviranomaisten kanssa jatkuvasti yhteydessä.

Mutta mikä on kaasuhyökkäyksen tarkoitus. Mitä kaasua se on. Ketkä tai kuka on iskun takana. Kansainvälinen yhteistyö on tiivistä eri ystävällisten maiden välillä.

Aura soittaa amiraalille. Paljoa Aura ei osaa auttaa. Amiraali lohduttaa, että kansainvälinen yhteistoiminta pelaa. Britit saavat kaiken tiedon kunhan sellainen saadaan varmistettua.

Juuri kun puhelu loppuu, amiraali soittaa takaisin. Hän on lukenut Auran raporttia eilispäivän tapahtumista. Nyt pitäisi saada tietoon, missä Rosalyn on, ja tietenkin, millaisessa naamiossa. Auran tulee ensin antaa mahdollisimman tarkat tiedot paitsi Rosalynin naamioinnista myös siitä kartano-Volvosta, jota Aura kutsui farmari-Volvoksi. Ruotsalaiset ovat hyvin tarkkoja, että autosta käytetään kartano-nimitystä.

Tiedot annettuaan Aura lähtee kierrokselle. Missään lähikaduilla ei näy kaivattua autoa. Aura on mielissään, että häntä ei ainakaan julkisesti moitittu, vaikka hän ei ymmärtänyt laittaa Volvon rekkaria ylös.

Kaasuisku hallitsee päivän uutisia. Ukrainan presidentin vierailun ohjelma muuttui, enää ei ole käyntiä Ruotsin parlamentissa. Kuninkaanlinna säilyy ohjelmassa.

Aura pyydetään suurlähetystöön varhaiselle illalliselle. Ruoan lisäksi, paistettua kuhaa Walewska kantarellikastikkeessa, suureksi puheenaiheeksi jää tehty myrkkyisku.

Jälkiruoaksi tarjotun teen aikana amiraali soittaa. On saatu uutta tietoa. Automaattinen myrkkyrobotti ja myöhemmin myrkytyksien selvittelyssä oivalliseksi koettu hajukoira Sven merkkaavat kumpikin Kaarle kahdennentoista patsaan ja tarkemmin vielä patsaan juuren. Alustavia näytteitä on jo saatu, tarkempia saadaan kunhan museovirasto antaa luvan kaivertaa jalustasta pieni pala myrkyn selvittämiseksi. Se tietää hommia myös pääministerille, tämän tulee uhata viraston pääjohtajaa suoranaisilla potkuilla, mikäli lupaa ei saada. Tietysti kolo sitten korjataan museoviraston ohjeiden ja työnjohdon mukaan.

Ilmaan levinnyt myrkky on sariinin tapaista hyvin voimakasta ainetta. Vanhan kuninkaan patsaan juuresta saadaan alustavien arvioiden mukaan täysin vedenpitävä totuus myrkyn alkuperästä. Toiveissa on, että myös valmistusmaa selviäisi.

Amiraalin mielestä tilanne on kovasti selkiytynyt.

Tässä maailmanpoliittisessa tilanteessa vahvat epäilyt juontavat Venäjälle. Siellä on myrkyn käyttö melkeinpä rutiinia. Ja syitähän on, on Ruotsin Natoon liittyminen ja ukrainalaisen henkilön aiottu palkitseminen Nobelin rauhanpalkinnolla on kuin märän rätin heittäminen Äiti-Venäjän kasvoille. Ja tiedetään Venäjän tiedustelupalvelun keskinäiset riidat paremmuudesta. On saatava sulka jonkun ison pomon hattuun.

Tekotapa kiinnostaa. Siinä tulee kuvaan mukaan Auran havaitsema Rosalyn eli parlamenttitalossa vieraillut mieheksi pukeutunut tiedustelupalvelun virkailija, kapteenin nauhoja kantava Marija Jegorova. Hän tuli väärällä profiililla sisään ja kävi laskemassa keltaisen ruusun Kaarle kahdennentoista patsaalle, patsaan juureen. Se on koiran ja hajurobotin merkkaama vahvasti epäilty alkupaikka.

Amiraalin mielestä homma etenee nyt ripeästi.

Ruotsin poliisille ja turvallisuuselimille on kerrottu Rosalynin eli Marijan tuntomerkit ja auto on laitettu etsintään. Lentokentät ja satamat ovat hälytysvalmiudessa. Kuten arvata saattaa, tuollaisia kartano-Volvoja on tuhansia vaikkapa vain Tukholman alueella. Tietenkin, koska voi olettaa kyseessä olleen vuokratun auton, etsintärinki pienenee autovuokraamoihin.

27

Suuret rattaat alkoivat pyöriä. Yön aikana oli varmistunut myrkyn olevan sariinin sukua. Onneksi myrkky laimenee aika nopeasti. Vielä ei parlamenttitaloa voi avata, tuuletus ja perusteellinen puhdistus ottavat aikansa.

Ruotsin suojelupoliisin Säpon laboratorio oli tehnyt löydön. Kaarle kahdennnentoista patsaan juurella olivat leikkokukat ja seppeleet tallessa. Yhden keltaisen ruusun vesiputkilo oli syöpynyt rikki. Arvelu oli, että putki puhkesi joskus yön tunteina. Jotain happoa oli putken jäännöksissä yhä ollut. Putkessa oleva sariini pääsi siten leviämään suureen rakennukseen. Yöllä moni ovi oli auki, osa ovista toki suljettu, mutta sariinilla oli aika vapaa pääsy leviämään. Istuntosalin ovet ovat öisin auki tuuletuksen takia. Koska myrkkyä oli päässyt kansanedustajien työtilaan, istuntosaliin, oli sali käyttökiellossa ainakin pari päivää. Hätäkokouksen perusteella parlamentti olisi haluttu laittaa lomalle, mutta ryhmien puheenjohtajat estivät aikeen. Tuntuisi nololta, jos valtakunnan tärkeimmät päättäjät eivät olisi päättämässä näin tärkeän asian hoitamisesta. Parlamentin istunnot päätettiin siirtää varapaikkaan, suureen kongressikeskukseen.

Säpon johto päätti kutsua laajemman kansainvälisen kokouksen. Päätös oli pitää kokous salaisena. Oli syytä epäillä tietojen karkaavan. Lisäksi arveltiin, että kokemus olisi nyt valttia. Tämä tilanne ei ollut uraohjuksia vailla.

Naapurimaa Suomesta kutsun saivat Suojelupoliisin johdon siunauksella yliarkastaja Virtanen ja entinen supon virkailija Lars Larson. Virtasen valinta aiheutti hieman päänvaivaa Ruotsissa, ei tiedetty mikä on Virtasen, kovasti yhteistouhuista tutun miehen, etunimi. Muisteltiin että Suomen puolella mies tunnetaan pelkällä Virtanen-nimellä. Päätettiin käyttää tuota pelkistettyä versiota. Larson oli ruotsalaisille tuttu monista aiemmista yhteyksistä. Larsonin ammattitaitoon ja muistiin luotettiin. Suurena plussana pidettiin sitäkin, että Lars Larson ei koskaan ollut ottanut puheeksi Palmen murhan tutkimusta, vaikka muutamaa kiperää hommaa oli yhdessä ratkottu.

Kokouksessa todettiin, että edistystä on tullut. Tekijä on mitä suuremmalla varmuudella selvitetty, samoin myrkyn laatu. Sariini on pirullinen myrkky, joukkotuhoaseeksi luokiteltu, ja se on hajuton ja väritön. Teko oli häikäilemätön. On tärkeää saada tekijä kiinni ja vastuuseen. Mikäli tieto tekijästä ei leviä kokousväen ulkopuolelle, käyttäytyy Marija, kuten häntä alettiin nimittää, helposti varomattomasti.

28

Kalastaja Henrik Åke Fredriksson vaati, että hänet puhallutetaan ennen kuin hän kertoo tarkemmin asiansa. Fredriksson toivoi pääsevänsä myös jonkun kallonkutistajan tai psykologin syyniin. Hän ei aikonut suostua hullun tai humalaisen kirjoihin.

Puhallus näytti nollaa. Ruotsin Säpon tutkija Erik Rödvall kertoi osallistuneensa sen verran psykologian luennoille tehdessään maisterin tutkintoa, että katsoi itsensä kelvolliseksi ainakin päältä päin huomaavan Fredrikssonin hulluuden laadun tai olemattomuuden. Rödvall sanoi, että mistään hulluudesta ei ei näkynyt rippeitäkään. Voisiko Fredriksson nyt kertoa asiansa.

Kalastajalla oli merikartta mukanaan. Pieni kari, Pieni Klaavu nimeltään, sijaitsee Tukholman saaristossa parikymmentä meripeninkulmaa pääkaupungista lounaaseen. Klaavun takana on pienehkö Kappaöl -niminen saari. Fredrikssonilla on saaressa pieni kalastusmökki. Ranta on niin kivinen, että sinne on oudon aivan turha yrittää, ellei tahdon venettään särkeä.

- No joo, eilen kello 14.03 minä näin pienen sukellusveneen. Kansallistunnusta tai numeroa siinä ei ollut. Olin tullut rannalle kuselle isojen kivipaasien taakse.

- Olen käynyt aikoinani armeijan, olin laivastossa, itse asiassa sukellusveneitten torjuntajoukoissa. Silloin vannottiin, että niistä asioista ei saa kenellekään kertoa, niin en minä kerro muuta kuin että varmasti tiedän ja tunnen minkälainen vehje sukellusvene on.

- Se oli pieni se vene. Me joskus harjoiteltiin sen kokoisen upottamista, tehtiin tavallinen vene laidoistaan s-veneen näköiseksi, ja sitä ammuttiin välillä laivojen tykeillä, välillä it-piipuilla ja oikeilla torpedoilla, vaikka niissä ei ollut räjähdettä.

- Eihän siitä eilisestä sukellusveneestä ollut kuin hieman kantta näkyvissä, ja tietysti torni. Se torni oli matalaa sorttia. Siihen aikaan sen mallisia sukellusveneitä kutsuttiin kampeloiksi. Niitä on armeija-ajan mukan käytetty vakoiluun ja sabotaaseihin. Pituus 18,75 metriä, no joo, en minä niitä ala luettelemaan. Taitavat olla kiellettyjä puheenaiheita yhä.

Näytti että Säpon Erik Rödvall olisi halunnut kysyä tai kommentoida, mutta onnistui hillitsemään itsensä.

- Mitä minä sanoin. No joo. Siis ensin näkyi pieni purjevene, en ehkä itse olisi lähtenyt niin kauas niin heppoisella paatilla. Oli kyllä ihan hyvä ilma, ei juuri tuullut. Katselin sieltä kivien välistä. Purjeveneessä oli kaksi henkilöä. Ajoivat moottorilla, siinä oli ihme hiljainen ääni, olisiko sähkömoottori. Miehestä ei paljoa näkynyt. Nainen oli ehkä kolmikymppinen, semmoinen sutjakka. Helposti nousi purjeveneestä siihen sukellusveneen kannelle ja kansiovesta sisään. Sukellusvene peruutti hieman ja alkoi nopeasti vajota pinnan alle. Purjevene laittoi sitten bensamoottorin täysille ja ajoi pois, jonnekin kaupunkiin päin.

- Minulla ei ole valokuvia, kun kännykkä oli mökissä eikä minulla muuta kameraa ole. Saatte uskoa, että tämä on totta, vaikka kyllä minua hirvitti tulla kertomaan sukellusveneesta. Minä muistan ne vanhat jutut. Olin minä silloinkin näkevinäni veneen, mutta en silloin uskaltanut kertoa kenekään. Nehän pilkasi ja ivasi kaikkia näkijöitä. Niissä lehdissä ja telkussa. Se oli hävyttömän kuullosta.

- Olin silloin lokakuussa kaheksankymmentäyksi Karlskronan edusvesille, en minä kerro mitä siellä tein, tai joo, kalastin, se taitaa olla vanhentunut juttu. Mutta se venäläinen U 137 ajoi puolisukelluksissa, kansi vain vähän pinnan päällä, eikä siinä ollut ajovaloja eikä mitään valoja tornissa. Sitä minä ihmettelin, mutta en voinut ilmoittaa merivartijoille, kun olin, no niin, kalastamassa. Sitten se ajoi kivelle ja pääsi oikein televisioon, sen muistan kyllä.

- Enkä ole humalassa enkä ollut silloin. Uskokaa mitä uskotte, mutta totta joka sana.

Säpon tutkija Erik Rödvall kyseli tarkennuksia. Kovin paljoa ei tietoa tullut lisää. Sukellusveneeseen noussut nainen oli tavallisen näköinen, aika lyhyet vaaleat hiukset. Farkut. Joku laukku tai reppu sillä oli. Vaikutti tottuneelta kulkijalta, meni suoraan ja kyselemättä tornin matalasta ovesta. Kello oli ihan varmasti tuo neljätoista ja nollakolme, kalastaja on tottunut tarkistamaan aina kellon kun jotain tapahtuu.

Ei, ei siitä voinut päätellä mihin suuntaan se sukellusvene lähti. Nehän kääntyy veden alla ketterään, hän pääsi pari kertaa vedenalaisen kyytiin niissä harjoituksissa.

Rödvall sai tetokoneen ruudulle muutamia valokuvia Säpon arkistosta. Kalastaja Fredriksson oli meko varma, että sukellusveneeseen noussut nainen oli kuvaruudulla esitelty nainen. Rödvall kiitti tiedoista ja vähän hätisteli kalastajaa ulos. Rödvall tunsi, että oli jo kiire raportoida tiedoista eteenpäin. Sitä ne sanoivat Ruotsin suojelupoliisin Säpon päämajassakin.

Se potkaisi, anteeksi, hän, hän potkaisi aivan selvästi eilen. Siellä marketissa. Minun oli vaikea olla, piti maksaa kassalle ja samalla teki kamalasti mieli huutaa ja kirkua pelkästä ilosta.

Anna hohti aivan selvästi äidillistä onnea.

Boris Malkin tunsi oman sydämen olevan pakahtumaisillaan onnesta. Vaikka hän ei tunnustellessaan tuntenut pikkuisen potkuja Annan vatsassa, uskoi hän Annan kertoman.

Mitenkähän pienet kädet sillä, eikä kun hänellä, jo on. Ja joka päivä hän kasvaa ja kasvaa ja Annan vatsa pyöristyy ja kohta he ovat yhden lapsen perhe. Annan rinnat ovat terhistyneet. Kohta niistä heruu maitoa. Heidän lapselleen. Odotusaika, onko mitään sen onnellisempaa. Jaa no, ehkä sitten syntymä ja kaikki ne kasvun vuodet. Seurata pienen kehittymistä, nyt hän jo ottaa ensimmäsiä askeleita, hups, kaatuu, älä kulta pieni itke, yritä uudelleen. Että on hienoa.

Ja miten maman, mamosan, babuskan ilme kirkastui kun sai kuulla uutisen. Vähän ainakin helpottui muu tuska. Kun sisuskaluissa on jotain vikaa eikä lääkäriin pääse ennen kuin on riittävästi voitelurahaa. Mama itki lohduttomasti. Ei haluaisi ainakaan nyt, kun perhe on kasvamassa, pojaltaan pyytää tai ottaa vastaan rahaa, mutta pakkohan se on. Mutta kun ei tiedä, kuinka monta kymmentätuhatta ruplaa riittää, vai riittääkö sekään.

Kaikki on kallistunut niin hurjasti. Ruokakin. Leipä ja leivän päällykset. Lääkkeet ja vuokrat. Vaatteet, onneksi on entisiä, niistä saa muokkaamalla jotain. Joistain naapureista puhutaan, kun heitä ei ole näkynyt, että ovat joutuneet valtion hoivakotiin, ja kaikkiahan tietää millaista siellä on, kurjaa ja huonoa ruokaa ja huonoa hoitoa. Huutamista ja avuttomille vanhuksille rähjäämistä. Sekö on hänenkin kohtalo, mama pelkää.

Kyllä hän omaa äitiään auttaa, se on selvä. Mama kertoi miettineensä muuttoa Moskovan ympäristön pienempään kylään ja pienempään asuntoon. Ei siihen nyt voi mennä. Joka tapauksessa maman apua tarvitaan kun lapsi syntyy, ei jostain periferiasta jaksa matkustaa lasta hoitamaan. Anna joutuu menemään kohta synnytyksen jälkeen töihin. Pakko. Asunto pitää saada maksettua. Ei tulevaisuutta voi rakentaa virka-asunnon varaan. Siinä ei koskaan tiedä milloin tulee muutto, ja minne. Omissa nimissä on oltava asunto, se annetaan välillä vuokralle, ja tullaan komennuksen jälkeen siihen asumaan, kotiin.

Mutta kun ei tiedä. Ei tiedä minne elämäntie vie. Nytkin käsky kuului: varautukaa noin viikon palvelukseen Moskovan ulkopuolella. Kiireesti kenttäasepuku ja juhlapuku ja pari pyjamaa, alusvaatteita, hygieniatarvikkeita. Ja matkaan.

Minne. Ei kerrottu. Auto vie.

Pietarin valtatien varresta lähti äkkiseltään huomaamaton pienempi mutta hyvin hoidetun näköinen ja tasainen tie. Tielle oli suuri ajokiellon merkki. Tie kaartoi jyrkästi. Heti mutkan jälkeen edessä oli jykevä vartioitu sähköportti. Portti aukaistiin välittömästi. Tien molemmin puolin oli vankka aita, jaha se onkin tupla-aita. Kahden aitarivin välissä oli muokattua maata. Varmaan miinoitettu, Malkin ajatteli.

Penikulman päässä oli matala asemarakennus. Se ei näyttänyt asemalta vaan palasista tehdyltä. Malkin ajatteli, että ilmasta nähtynä asemarakennus näytti pieniltä mökeiltä, jotka ovat sattuneet kasvamaan sihen. Rata itsessään vaikutti ruohottuneelta. Itse asiassa rataa ei oikeastaan nähnyt, sitä ei juuri erottanut ympäristöstä. Junaan noustessaan Malkin huomasi ihmetellen, että ratapölkyt oli maalattu ruohotupsuja ja kukkia täyteen. Junan kohdalla raiteiden sivusssa oli pystyssä jotain laattoja, kuin matalaa seinämää. Mutta kohta junan edessä seinämälaatat olivat laskeutuneet raiteiden päälle. Seinämälaatat oli maalattu jotenkin sammaleen värisiksi.

Jaaha, Malkin tuumasi, junan paino nostaa edessä radan laatat ylös, ja kun juna on menyt ohi, laatat palaavat raiteiden päälle. Kirkas rata kiiltelisi, nyt raiteet jäävät laattojen alle piiloon. Ratapölkyt oli maalattu pienten ruohotupsujen näköisiksi. Niitä ei hevin erottanut ympäristön kasveista. Malkin arveli, että talven tullen laatat varmaan maalataan valkoisiksi, lumen värisiksi.

Aseman edessä oli tavallisen näköinen matkustajajuna. Uusilta ja siisteiltä näyttäviä vaunuja näkyi olevan kymmenen.

Oudommalta tuntui, että junan edessä oli kolme dieselveturia ja takana vielä yksi veturi.

Malkin yritti vaivihkaa katsella matkustajavaunujen helmoja. Niitten pitäisi näyttää huomattavasti normaalia tukevimmilta. Hän oli heti aseman nähtyään arvannut, että edessä on junamatka. Eikä millä tahansa junalla, vaan Putinin junalla.

Konduktööri näytti tiukalta ammattisotilaalta. Kohteliaasti hän tarkasti Malkinin henkilökortin ja ohjasi sitten hänet kuudenteen vaunuun. Kertoi että siellä on hänen nimelle merkitty hytti ja henkilökohtaiset ohjeet.

Ohjeisiin piti heti tutustua. Ohjelmassa oli juna-ajo huvilalle. Aikataulua ei näkynyt. Illallinen tarjoillaan vaunussa neljä. Siitä kuulutetaan. Arkipuku. Ilta on vapaata. Lisäyksenä Malkinille oli tieto, että kommodori Beljakov majoittuu vaunussa viisi.

Putinin juna. Siitä oli vähän kuiskien puhuttu upseerikerholla. Muodollisuus on valttia. Määräyksiä on noudatettava tikitilleen. Omat kännykät ja muut yhteydenottovälineet kuuluu säilyttää vaunun eteisessä vaunupalvelijan huomassa. Kaikille oli varattu kiinalaiset taskupuhelimet. Länsimaisia, lähinnä siis amerikkalaisia kännyköitä ei saa virantoimituksessa käyttää, eikä niitten julkinen käyttö ainakaan edistä uran etenemistä.

Hytissä oli junan oma personal computer, siihen tulevat tiedot ja tiedotteet ja sen avulla voi olla yheydessä muihin junassa olijoihin. Siis kommodori voi laittaa käskyjä ja junan turvallisuuspäällikkö tiedotteita ja ohjeita. Omasta junavaunusta ei saa poistua kuin kutsun tullen. Kutsu kertoo milloin on ruokailu ja teehetki ja milloin vapaata seurustelua. Siis ryyppäämistä, Malkin mielessään ajatteli.

Illallisella kokeneemmat ja tietävämmät kertoivat enemmän junasta. Panssarointi on vankka, ehkä tosi isolla ohjuksella voisi saada junan syöstyä raiteilta. Junan sisustustyyli on vapaata mukaelmaa Kremlin saleista, kuten tämä päällystön ruokasali ja sen upeat kattokruunut ja komeat tapetit osoittavat.

Enemmän tässä junassa matkustanut tiesi kertoa, että junassa on Lideriä varten oma kylpyläosasto ja sauna. Viinikellari ei häpeä mihinkään ravintolaan verrattaessa. Jos tuuri käy, tämänkin tason upseeristo saa maistella presidentin nautakarjan erinomaista lihaa.

Ahaa, sitä on varmaan tuotu Karjalan navetan teurastamolta, Malkin ajatteli.

Tuon kobe-lihan veroisen pihvin saaminen riippuu tuurista, kokeneempi upseeri kertoi. Toinen samanlainen joukko kuin me tässä, oikeastaan meidän kloonit, on junan etupään vaunussa. Sielläkin varmaan arvuutellaan, osuuko loistopihvien saanti nyt heille vai toiselle joukolla.

Tuplajoukkoa ei jaksa ihmetellä. Ainahan ykkösellä on seurana kaksi saattojoukkoa, eivätkä joukot saa edes keskustella toistensa kanssa. Varotoimia nekin, eivät pääse keskenään juonimaan pahoja.

Siellä kulkee toisen kommodorin kuljettama ydinsalkku, ja tämän adjutantti, varmaan komentajakapteeni hänkin, sekin miettii, miltä se toinen adjutantti näyttää ja maailmasta tuumaa.

Eri vaunuissa on eri ruoat. Varotoimenpide sekin, kaikki eivat saa sairastua samaan aikaan. Siis saada myrkytyksen, Malkin pohti. Kokeneemmat junamatkustajat tietävät kertoa, että Putinille tarjotaan aina, korostettuna aina, ainakin kuutta erilaista annosta. Kukaan ei tiedä minkä annoksen presidentti valitsee. Virallinen maistaja maistaa annoksesta, vasta sitten, noin viiden minuutin kuluttua, ruoka tarjoillaan Liderille. Sama koskee niin teetä kuin vaikkapa konjakkia. Matkaseurueen mukaan kukaan ei tiedä, mitä ylimääräisille annoksille tapahtuu. Saakohan keittiöhenkilökunta ne syödäkseen, arvaillaan.

Illallisen jälkeen baarissa tietävämmät osasivat surkutella, että junassa ei saa kulkea eri vaunuihin. Rataa olisi mielenkiintoista katsoa joko edestä tai takimmaisesta vaunusta. Rataa ei nimittäin ole, ei ainakaan näkyvissä. Satelliitti ei osaa kertoa radasta mitään, ei myöskään korkealle lentävä jenkkien vakoilukone. Niihin näkyy vain metsää. Pellot on metsitetty radan varrella. Putinin junalla ei ole tiedossa olevaa aikataulua. Juna voi ajaa mihin aikaan tahansa. Kukaan muu kuin joku korkea taho ei tiedä, milloin juna liikkuu. Eikä, mihin se on menossa.

- Lähtöaseman kaikki ehtivät nähdä. Ylhäältä se vaikuttaa pieniltä mökeiltä, eikä sellaista voi ainakaan ilmasta katsottuna yhdistää mihinkään rautatieliikenteeseen, junaa esittelevä majuri kertoi.

- Entä itse rata. Varsinkin talvella näky on lumoava. Suuri juna puskee eteenpäin. Edessä ei näy kuin aivan lähellä lyhyt pätkä raiteita. Mehän ei matkusteta kovin nopeasti. Vauhtia on alle 40 kilometriä tunnissa. Kulku on tasaista, eikö totta. Sivumennen sanoen vetureista löytyy tarvittaessa melkoisesti vauhtia, vaikka juna on normaalia paljon painavampi. Siis jos sattuu hätätilanne tai vastaava muu kiire. Neljä veturia takaavat kulun.

- Kuten nytkin näette radan varressa kasvaa tosi paljon kuusia. Ne ovat vihantia ympäri vuoden. Ne ovat osin liikkuvia ja osin kumartavia puita. Liikkuvat puut todella liikkuvat. Kuuset on kasvatettu suurten sammioiden reunoilla. Sammiot ovat laakerien päällä. Kun juna lähestyy sammiot pyörähtävät puoli kierrosta ja siirtävät puut ulommas. Junan mentyä ohi radanpeittopuut palaavat paikoilleen ja todella peittävät raiteet. Edes radan pohja ei erotu. Kumartavat puut taas ovat vinoon kasvatettuja. Junan paino heijaa puut kumarruksista pystyyn. Talvisin näky on lumoava. On kuin juna ajaisi keskellä lumiaavikkoa tunnelissa. Lider tykkää varsinkin talviaikana matkata välillä etumaisessa veturissa katsomassa miten puut taipuvat hänen ja junan edessä.

- Vauhti on hiljainen senkin takia, että kuuset eivät karista kovin paljoa lunta oksistaan. Talviaikaan junan perässä lentää helikopteri ja pudottaa keinolunta ja oikeaa lunta oksien ja radan päälle. Keväällä ja näin kesäaikaan kopteri pudottaa sammalta ja kunttaa radan päälle. Vakuutan, hyvät toverit, että te ette huomaisia koko rataa edes viiden metrin pääästä. Sitä vaaraa että te tai joku muu kuin radasta huolehtivat tulisi ja kompastuisi ratakiskoihin, ei ole. Kuten sanottu, radan alueelle ei ole kellään asiattomalla asiaa. Ja onhan siellä aitojen lähellä turvajoukkoja.

Majuri esitti sitten kädellään, kuinka puut taipuvat kumarrukseen ja ylös. Tietävän hymynkare näkyi kasvoilla.

- Pois vetäytyviä puita on käytetty jo paljon aiemmin, keisariajalla. Kun keisari saapui paikkakunnalle, hevostroikka ajoi kohti tiheää metsää. Kun hevoset ja reki tai vaunu tulivat puiden luo, puut todella kumarsivat syvään hänen korkeutensa edessä tai väistyivät tieltä. Maajussit olivat vetämässä. Keisari tunsi olevansa tärkeä.

- Tietysti kaikki tämä vaatii melkoisesti työvoimaa. Rataa on jatkuvasti huollettava. No, meillähän työväkeä riittää. Näillä syrjemmillä seuduilla radan piilottaminen ja hoito tuo moneen perheeseen tarvittavaa tuloa. Homma on jatkuvaa. Vaikka tämä juna ei pitkään aikaan kulkisi, pitäähän kaiken olla valmiina, tarpeen mukaan. Muita juna ei tässä kulje paitsi huoltojuna.

Johan on, Malkin ajatteli ja oli iloinen, että junapäällikkönä toimiva kenraali tuli vaatimaan pitämään pienempää ääntä, että ei häiritä ykkösen unirauhaa. Se tarkoitti samalla illan tarjoilun loppumista ja toi suuren huolenaiheen kaikille läsnäolijoille.

Juorut ja jutut Liderin suuttumuksesta tai raivoamisesta levisi hämmästyttävän nopeasti läpi junan. Ei tiedetty, mikä oli suuttumuksen syy, jotain vakavaa se oli. Lider oli huhun mukaan huutanut naama punaisena ympärillä oleville ihmisille, oliko ollut muita kuin presidentin omien turvallisuusjoukkojen kenraaleita, ei tiedetty. Joku oli tietävinään, että ainakin sotilastiedustelun johtoa oli ollut paikalle, todennäköisesti valistusjoukkojen johtoa myös.

Ykkösen musta päivä uhkaa jokaista lähellä olevaa. Siinä helposti jonkun pää, no ei sentään irtoa, mutta saa rajut haukut. Ja se tietää sekä haukutulle että muillekin raskaita aikoja. Yritettiin nähdä valopuolia, ehkä se voimistelija saapuu ja auttaa pomoa rauhoittumaan. Olisiko Kolja, presidentille niin tärkeä ja rakas lemmikki, pitkähäntäinen salmiakkiväritteinen kissa junassa mukana. Lider saisi lohtua, hellimistäkin.

Hieman hillittyä nurunremakkaa aiheutti tieto uusimmasta tempusta. Voimakas radiosignaali oli saanut lännen lentokoneet sekaisin. Eivät enää osanneet suunnistaa kaikille kentille. Finnairin koneet ovat saaneet kiellon lentää Viron Tarttoon, kun siellä ei saada avustavaa lennonmäärittäjää neuvomaan koneen alastuloa. Hurraata ei huudettu, mutta pienen naurunremakan tieto sai aikaan. Näytetään niille lännen natseille, että Venäjällä osataan ja tehdään.

Boris Malkinia nauru hieman kylmäsi. Ei kai voi iloita, jos kone joutuu onnettomuuteen. Siviilikoneissa on aika paljon odottavia ja synnyttäneitä äiteja kyydissä. Ja isoäitejä. Sellaisen ajatteleminen toi enemmän tuskaa ja huolta kuin iloa.

Junapalvelija oli valmistanut vuoteen valmiiksi ruokailun aikana. Mikäs tässä, pois paha maailma, Malkin ajatteli. Vaikka votkaa virtasi muisti Malkin viime ajatuksissa ihastella onneaan. Kohta hän on isä ja nyt saa nauttia isä aurink, eikä kun isänmaan suuren pojan Vladimirin suosiosta. Kunhan Vladimir Suuri ensin saadaan rauhoittumaan.

30

- Onnea ylennyksen johdosta, amiraali sanoi puhelimessa.

- Laivaston esikunta on nimittänyt sinut vakituiseen virkaan, tittelinä on sotilasvirkailija. Katsottiin, että kirjanpidollisestikin on helpompaa kun kuulut riviin. Ja nimityksen myötä sinulle on myönnetty korpraalin korkea arvo. Aura ja Napoleon, yhteistä teille on korpraalin titteli ja pituus. No taisi se Napoleon olla muutaman sentin eli jonkun verran pitempi.

- Kiitän, rouva amiraali.

- No joo, ei me olla sen kummemmin rouvia tai isoja herroja. Kun sinut on palkattu ylimääräisenä sotilasvirkailijana, etkä ole suorittanut asepalvelusta, sinun ei tarvitse tehdä mitään sotilaallisia kommervenkkejä. Eikä tarvi tuntea arvomerkkejä. Rekrytoinnistahan oli aikoinaan puhetta. Byrokratia jauhaa hitaasti. Mutta nyt sinua voi pyynnön sijaan myös käskeä.

- Niin että korpraali valmistautuu työtehtävään.

Amiraali kertoi uusimmat tapahtumat. Vieras sukellusvene oli havaittu aivan Tukholman edustalla. Luotettavalta vaikuttavan lähteen mukaan s-vene oli venäläinen. Havaitsija oli ollut Ruotsin armeijassa sukellusveneiden torjuntajoukoissa ja tunsi siten veneet, osasi kertoa sen pituuden ja tehonkin. Miehelle oli näytetty kuvia erilaisista sukellusveneistä ja tämä oli tunnistanut veneen kampelaluokkaan kuuluvaksi.

Veneeseen oli kuljetettu nuorehko nainen. Tunnistajalle oli näytetty valokuvia, ja tämä oli suurella varmuudella tunnistanut naisen Venäjän sotilastiedustelun kapteeni Marija Jegorovaksi, siis samaksi naiseksi jonka Aura oli nähnyt ja sitten tunnistanut.

Iso kysymys on, mihin Jegorova kuljetettiin.

Kun on kyse sukellusveneestä tarvitaan etsintöihin mukaan myös oma s-vene. Ison-Britannian laivaston johto oli luvannut antaa kaikkea mahdollista tukea. Etsinnässä oli Ruotsin parlamenttiin tehdyn myrkkyiskun tekijä. Ruotsin tehokkaiksi tiedetyt omat sukellusveneet ovat tukena, tai paremminkin johtavat operaatiota, ollaan sentään Ruotsin valtion mailla ja vesillä.

Aura piti tilannetta aika vaikeana, haastavana, kuten nykypuheessa usein sanotaan. Nopeuttaakseen ajoa Aura oli saanut hinausapua isolta huviristeilijältä, mutta ainahan Turusta Tukholmaan ajo vie aikaa.

Tulee asettautua vieraan sukellusveneen kipparin asemaan ja sitä kautta koittaa aavistella, mihin matka käy. Suuntia oli äkkiseltään ajateltuna vain kaksi. Joko Kaliningradiin tai Suomenlahden pohjukkaan ja siitä Nevajokea pitkin Pietariin.

Siis mikä suunta nyt pitäisi valita.

Kaliningrad tuntuisi houkuttelevammalta. Siellä on Venäjän laivaston suuri tukikohta. Lentokuljetukset pelaavat, vaikka koneet joutuvat lentämään Suomenlahden kautta kansaivälisessä ilmatilassa.

Kaliningradiin vastustajat varmaan ajattelisi s-veneen kulun johtavan. Sillä reitillä on tosin hurjan paljon liikennettä. Nato-maiden aluksissa on tehokkaat kuuntelulaitteet.

Kuuntelulaitteet ovat myös Suomenlahden kiusana. Toisaalta siellä kulkee hurjat määrät venäläisiä tankkereita ja rahtialuksia. Sellaisen alla lymytessä voi olla aika varma, että ei tule huomatuksi.

Kolmas vaihtoehto voisi olla se, että sukellusveneelle on Ruotsissa tai Suomessa riittävän hyvä piilopaikka. Sellainen että laituriin uskaltaa kiinnittyä ilman että sivulliset näkevät.

31

Itse asiassa tämä on melkoinen kylä, Malkin ajatteli. Edessä näkyi ensin asemarakennus, tai mikähän se on. Ei siellä ole tarjolla tietävämpien mukaan ainakaan matkalippuja, eikä bortskeittoa nälkäisille, eikä suojaa kodittomille. Tärkeille ihmisille on kyllä omat hienot kamarit tai länsimaisittain loudget, niissä kyllä kelpaa oleskella, jos on tullut isoimmalle käskijälle joku yllättävä viivästys. Kauempana metsän puolella pilkotti joku pitempi rakennus. Turvallisuusjoukkojen kasarmi varmaan, Malkin mietti.

Asemarakenusta ei asemaksi tunnista. Jo rakenuksen muoto oli erikoinen. Kuin pieniä mökkejä asetettu rinkiin, ketjuun. Keskellä oli aukio. Hyvä iltanuotion paikka, Malkin mietti, vaikka tuskinpa aukiolla saa nuotiota polttaa. Eikä vakoilusatelliiteilla ole täältä mitään kummempaa raportoitavaa. On vain metsää ja muutamia pienehköjä loma-asumuksia ja se turvaväen kasarmi, sekin näyttää ylös kuin olisi pienemmistä osista tehty. Näyttää vähän navetalta, ylöspäin.

Junaraiteet, ainakin viereinen väistöraide, näkyi nyt selvästi, mutta vain lyhyen pätkän. On oikein hippimeininkiä, Malkin ajatteli ja päätteli sitten, että sellaista vitsiä ei taida kannattaa julki esittää. Hippiraiteet ja ratapölkyt oli maalattu niin, että ylhäältä raiteet näyttivät komeilta kukkaistutuksilta ja matalilta pensailta. Taitaa olla vakoilusatelliitien turha yrittää paikantaa rataa.

Ykkösen superpanssaroituun limusiiniin johti junasta kaarikäytävä ja auton yli yltävä katos. Läpi ei näkynyt, oliko käytävässä mitään liikettä. Kaari tuli kiinni heti kun juna pysähtyi. Salamurhaaja ei näe milloin ykkönen nousee autoon. Malkin vähän ihmetteli, että saattueen muihin autoihin ei johtanut samanlaista katosta. Ehkä turvajoukot kokivat, että ollaan niin selkeästi omien luotettujen joukossa, ettei salamurhaajiin tarvitse varautua. Muihin saattueen autoihin menevät kultapunoksia kantavat kenraalit ohjattiin suurten sateenvarjojen alla. Satelliitti ei saa selkoa, ketä kuljetetaan.

Muut saivat poistua junasta vasta kun neljän auton saattue pääsi liikkeelle.

Päämiehen huvilalle oli matkalaisille järjestetty bussikuljetus, mutta sinne saattoi myös kävellä, jos jaloittelua kaipasi. Malkin kaipasi. Siinä sai samalla kuvan kylästä.

Valdain kylä Novgorodin alueella, suunnilleen Moskovan ja Pietarin puolivälissä. Aika paljon erilaisia julkisia rakennuksia, mutta missään kartoissa ei ole Valdaista mitään mainintaa. Toriaukion lähellä oli iso komea, kolmikerroksinen ja näyttävästi koristeltu rakennus. Sen voimistelijan kartano, kävelyseurana oleva rajajoukkojen majuri vähän kuiskaten sanoi. Talossa on yli tuhat neliötä, lisäsi. Malkin tarkensi mielessään, että on nelikerroksinen, vaikka alin kerros saattaa olla kellari ja siellä on talotekniikkaan kuuluvia laitteita.

Komea ja suuri talo. Ilmankos Malkin oli arvioinut talon olevan Putinin palatsi.

Keskustassa metsikön takana näkyi suuri kylpylärakennus. Majuri kertoi, että siellä on 25 metrin allas, hamam ja tavallisempia saunoja. Yrttikylvyille on oma tilansa, samoin tilat tarvittaessa paikalle tuleville hierojille ja hammaslääkärille. Myös kosmetologille on omat huoneet. Keilahalli kuuluu talon varustuksiin. Siellä on myös defibrillaattori ja muita elvytyslaitteita, kuten tietysti myös itse päätalossa.

Kylpylän takapihalla on jääkiekkokaukalo ja tiukkakurvinen kartingrata. Malkin ajatteli, että mahtaakohan kukaan uskaltaa yrittää voittaa Liderin kartingissa. Tai missään muussakaan.

Putinin palatsin kyllä arvasi heti kun sen näki. Korkea ja jykevä sähköistetty aita kiersi kartanoa. Vartioston tiukkailmeiset virkailijat katsoivat tarkkaan henkilökortit ja lupalaput, myös majurilta, joka sentään on käynyt talossa varmaan satakunta kertaa.

Mallia oli taloon otettu Kremlistä ja myös Talvipalatsiin viittaavia rakennuskoristeita näkyi. Majuri sanoi talossa olevan yli kolmetuhatta neliömetriä, ja sisällä on kaikki tarpeellinen, myös täydellinen kopio Kremlissä olevasta presidentin työhuoneesta, samanlainen on kuulemma ainakin kahdessa muussa presidentin lomapaikassa, majuri lisäsi. Vihollinen ei koskaan tiedä, mistä työhuoneesta on kuvat tai missä on tehty presidentin haastattelu.

Se että kartanon tai palatsin lähellä oli komeakupolinen kirkko ei tietenkään yllättänyt. Kirkkoa kutsuttiin Vladimirskajaksi. Venäjän patriarkka Kiril oli siellä tuttu vieras. Toisenlaista varjelusta tarjoa kauempana neljän kilometrin päässä kalliolla oleva ohjusasema.

Ydinsalkun kantajan adjutantille oli majoitustila suuressa pihatalossa. Boris Malkin jäi arvelemaan, pääseekö hän itse lainkaan käymään palatsissa sisällä. Niin kauan kuin kommodori Beljakov hoitaa tärkeän hommansa, niin kauan adjutantti joutuu olemaan sivuroolissa, ja sen myötä sivutalossa.

Päästyään takaisin kotiin, virka-asuntoon, Boris Malkin puhkui intoa saada kertoa kaikesta tapahtuneesta. Ensin piti tietenkin kuunnella Annan vatsaa. Eipä sieltä juuri muuta kuulunut kuin pientä todennäköisesti suolen kurnutusta.

Kun jalkojen säryn oli kerrottu vaivaavan saattoi jalat kietoa tiukasti rautapeiton sisään. Se esti mahdollisen kuuntelun nilkan rautapannan avulla. Oliko pannassa kuuntelulaite, sitä ei vaan tiennyt. Vahvat perinteet puolsivat kuuntelun epäilyä. Virallinen syy pannan käyttöön oli, että he ovat niin tärkeitä upseereita, että on pelko vihollisen yrittävän kidnapata heidät. Silloin pannan paikannuslaitteen avulla apua voidaan lähettää paikalle.

- Ykkönen oli kuulemma vielä seuraavanakin päivänä ollut pahana. Oli huutanut ja paiskonut esineitä. Onneksi sentään vain yhden aidoista Fagerben maljakoista, niitähän oli salissa monta.

- Juoruthan kulkevat, vaikka olisi kuinka tiivis porukka. Liderin ärtymys johtui vihollisen sotaponnisteluista. Viime tingassa oli saatu säilymään Kertsinsalmen silta, yksi tykkivene oli itsemurhatehtävän lailla ajanut itsensä vedenalaisen droonin eteen. Kaikki kolmetoista merimiestä kuolivat, osa heistä hukkui. Ja nyt on pelko, että Nato-maat Saksa etunenässä lähettävät rintamalle uusia kamalan tehokkaita ohjuksia. Voitto saattaa liueta yhä kauemmas. Silta saattaa tosissaan olla vaarassa. Ja se silta on Putinille tärkeä jo symboliarvoltaan.

- Eikä siinä kaikki. Ehkä tämä on pahin. Äskeisten presidentinvaalien yhteydessä oli tehty salainen mutta luotettava mielipidemittaus. Siitä oli nyt saatu selvitys. No, oli vähän avattu äänestyslippuja ja vaihdettu tilalle uusia ja tehty kyselyitä länsimaiden gallupien malliin. Sen verran paljon oli tutkittu, että mittaustulos oli ollut hirvittävä. Vain 42 prosenttia äänestäjistä antoi kannatuksen Putinille. Siinä olivat mukana kaikki ne kasarmeilta äänestämään käsketyt sotilaat, ja eläkeläisryhmät, joille luvattiin ja annettiin ruokapaketit siellä äänestyspaikoilla. Tilastonikkarit sanovat että se mittaus oli varsin luotettava, että vaikka olisi kuinka suuri virhemarginaalin osuus niin yli viittäkymmentä prosenttia ei saa millään vehkeellä vääntämällä. Paitsi tietenkin ns. virallisessa totuudessa. Siinähän

kannatukseksi saatiin reippaasti yli kahdeksankymmentä
prosenttia. Länsimaissa luvulle on raskaasti ilkuttu, mutta mitä
siitä. Se on virallinen luku, ja se saa riittää. Kansalle.

- Kommodori siitä minulle kertoi ja huonetta siivoamassa
käynyt nainen kertoi samaa. Siivooja oli ollut salissa kukkia
kastelemassa ja vähän väkisten kuullut suuriäänisen keskustelun.
Itse asiassa molemmat sanoivat, että jos tieto tulee julkisuuteen,
alkaa hirmuinen teurastus. Oppositio saa voimaa ja aseita
yllyttää kansaa johtajiaan vastaan. Länsimaat tietenkin siinä
urakassa avustavat.

- Vasta yksi kenraali ja kaksi everstiä on saanut potkut. Saivat
lähteä välittömästi talosta pois. Stalinin aikaan heitä ei enää
nähtäisi. Voi olla että potkitut saavat pitää päänsä.

- Ja vielä, yksi tärkeistä kaasuoligarkeista Max Petrov on
loikannut länteen. Oli loikannut heti vaalien jälkeen, pelkäsi kai
levottomuuksia, ehkä myös sitä, että oligarkkien omaisuutta
kansallistetaan, siis sosialisoidaan, kun tarvitaan lisää varoja
Ukrainan rintamalle. Loikka oli vasta nyt varmistunut ja tieto
tuotiin presidentille junaan. Petrov oli hiljalleen siirtänyt lähes
kaiken omaisuutensa kansainvälisille pankeille, eikä asiasta
Kremlissä tiedetty. Nyt on ainakin kolme tai neljä oligarkkia
kotiarestissa. Heidän kohtaloaan mietitään. Suuret rahansiirrot
joutuvat Kremlin yhä tiukempaan kontrolliin. Isoilla pojilla on
hurjasti kansainvälisiä bisneksiä niin pakkohan rahaa on
siirrellä. Voi olla vaikea piste.

- Joskus miettinyt, että pitääkö kaiken olla yhden ihmisen varassa, Anna kuiskutti Boriksen korvaan. - Jos olisi vaikka kuten entinen politbyroo, voisiko se toimia paremmin. Ainakin olisi useampi päättämässä. Valtakunnan vaakunan kotkalla on kaksi päätä. Ihan tuntuu että toinen pää on leikattu pois ja vain yksi on jäljellä. Yksipäinen kotka.

- Onhan meillä hallitus. Politbyroon aikana pääsihteeri käytti suurinta valtaa, pelättyäkin valtaa. Tosiasiassa hallitus ei tee yhtään päätöstä ilman Putinin lupaa. Tai joo, Kremlin varjossa puhutaan, että syntymäpäivälahja Putinille päätettiin etukäteen kysymättä, Malkin virnistäen sanoi.

Mies nosti päätään, heijasi sitten sitä ja viittasi kädellään rautapeiton peittämään jalkapantaan.

- Näin on hyvä, Malkin sanoi ja viittasi uudelleen kohti pantaa. Anna kohautti olkapäitään, että minkäs mahtaa.

Malkinit arvelivat kuiskutelleensa jo ehkä liian pitkään. Jos pantaa kuunneltiin, pitkä vaikenemiskausi voi herättää hämmennystä. Oli vedettävä jalat pois rautapeiton sisältä.

- Mutta kylläpä se teki hyvää. Kyllä niissä puheissa raudan ja magnetismin vaikutuksesta tuntuu olevan perää, Boris Malkin sanoi vaimolleen Annalle ja painoi päänsä Annan vatsalle. Voi sitä onnen määrää kun pikkuinen jalka selkeästi tuntui, ja voimakas potku.

- Meidän pieni potkija. Jospa siitä tulee uusi Lev Jashin. Hän oli maalivahti, "Musta hämähäkki". He kyllä osaavat potkia.

- Entä jos hän onkin tyttö, Anna hykersi.

32

Jos haluaa tietää, mitä aikeita vastustajalla on, on kaapattava tämän sielu, Aura muisteli vanhan kotinsa eli nunnanluostarin lähellä olevasta munkkiluostarista saamaansa neuvoa.

Vieraan sukellusveneen sielua ei nyt ole kaapattavissa, joten pitää tyytyä arvauksiin, Aura mietti.

Vieras sukellusvene ja sen matkustaja Marija Jegorova varmaan pelkäävät julkituloa. Voisi olla edessä raskaat syytökset Ruotsin parlamenttirakennukseen tehdystä myrkkyiskusta.

Mutta lähteekö Jegorovan kaltainen huippukoulutettu sabotaasien tekijä häntä koipien välissä pakoon. Tuskin, ellei se tunnu välttämättömältä. Ei varmaan muutoin.

Jegorovan kaltainen on varmaan opetettu epäilemään kaikkea. Jos hän aikoo pakoon tai vain piiloon, hän varmaan pyrkii välttämään kaikkea todennäköistä. Sitäkin, että hän pääsisi salaa kulkemaan minne lystää. Päin vastoin hän arvattavasti epäilee, että hänet on nähty tai havaittu vaikkapa jollain elektronisilla laitteilla. Ja sitten ruotsalaiset tutkijat arvuuttelevat, minne hän on menossa tai mennyt.

Johtopäätös on, että ainakaan Kaliningradiin ei ole suunta. Sinne meno vaikuttaisi liian ilmiselvältä. Siksipä voisi olla niinkin, että juuri sen vuoksi suunta olisi Kaliningradiin: ruotsalaiset tukijat tuskin osaisivat epäillä niin kieroa ajattelua.

Aura nosti veneensä lähelle pintaa. Salattu ja hyvin pakattu kysely lähti matkaan: onko eilen tai tänään ollut epäilyttävää liikennettä lähiseudulla, esimerkiksi venäläisen tai jonkun sen liittolaismaan rahtilaivan tai tankkerin liikkeitä ja hidastelua, ehkä outoa pysähtelyäkin.

Nyt ei noudatettu sovittuja aikatauluja radioviesteille. Oli jo kiire. Puolisen tuntia odottelua ja tietoa tuli Auran vastaanottimeen. Kaliningradiin päin ei ole mitään epäilyttävää näkynyt. Mutta Neitsytsaarille rekisteröity mutta arvattavasti venäläisomistuksessa oleva liki 200-metrinen tankkeri Juanita on ollut tällä alueella odottamassa lastaustilan vapautumista Pietarin länsisatamassa, kuten oli viranomaisillle selvittänyt. Suunta on siis Suomenlahdelle ja sieltä Pietariin. Mahtaisiko Aura tarkoittaa tätä laivaa. Muita suuria aluksia ei ole havaittu tehneen outoa, turhalta vaikuttavaa mutkaa.

Juanita. Olisikohan se. Aura pyysi ja sai välittömästi Juanitan reittikuvauksen. Ajaa yllättävän hitaasti, kymmenen solmun luokkaa. Jonkin verran mutkittelee, merikartan mukaan ikään kuin välttelee tunnettuja osamatalikkoja. Niissäkin on syväystä kolmisenkymmentä metriä. Mutta ei siis aja sellaisten päältä vaan kiertää kauempaa syvempien vesien kautta. Jos on alla, piilotteleva sukellusvene vaatii kyllä tilaa ja syvyyttä.

Pakkohan se on olla Juanita. Ellei laiva sitten toimi noin hämäyksen vuoksi.

Suurlähetystön suuri huviristeilijä on edelleen Auran veneen lähellä. Siitä vetoapua, liina kiinni Auran sukellusveneeseen ja matkaan. Meno on lievästi sanoen hulppeaa. Sukellusvene pysyy pinnan alla ja vetoliina katoaa risteilijän jälkikuohuihin.

Viiden tunnnin huippuvauhtisen ajon jälkeen edessä häilyy suuri tankkeri. Satelliitin välittämä kuva kertoo nimen Juanita.

Tankkerin lähelle ei saa mennä. Ajetaan kaukaa kaartaen ohi. Huviristeilijä siinä esittelee vauhtiaan, varmaan ovat menossa jonnekin rantapaikkaan illalliselle, tankkerista näytää.

Ei menty ruokailemaan. Riittävän etäälle päästyään huviristeilijä pudottaa vauhdin nollaan. Liina irti s-veneestä. Risteilijä kaartaa kohti rantaa. Aura ajattelee risteilijän väen todella nyt suuntaavan jonnekin rannikon sataman laituriin. Illalliselle. No mitäs, Auran mikrossa lämmittämä juurespata maistuu herkulliselta.

Jos tankkeri ajaa suoraan se sivuuttaa Auran sukellusveneen jossain neljänsadan metrin päästä. Satelliitti lähettää jatkuvasti kuvaa tankkerin reitistä ja ajosta. Näyttää ettei poikkeamia kaavailtuun reittiin ole. Ollaan jossain Porvoon saaristossa.

Kaukana horisontissa vilkkuu korkeassa piipussa varoitusvalo, saattaa olla paikallisen öljynjalostamon piippuja, Aura havannoi.

Auralla on liki tunti aikaa etsiä hyvä lymypaikka. Se löytyy pienen merenalaisen harjanteen takaa. Harjanteen rinteellä näkyy kumma häkkyrä. Pakko mennä katsomaan. Ikivanha laivan hylky. Runkoa hieman jäljellä, maston pätkiä näkyy lähellä, ankkurin kettinki näyttää vajoneen hiekan ja mudan sekaan. Mikä lie ollut aluksen kohtalontie.

Pitää olla varovainen, ettei pölläytä hiekkaa ja mutaa lellumaan veteen. Sellainen voisi houkutella ohikulkijaa tulemaan katsomaan, mikä on saanut mudan liikkeelle.

Toisaalta oli alkanut tuulla, merivesi velloi, ylhäällä saattoi kohta olla ilkeä olla. Äskeinen auringonpaiste vaikutti olevan ohi, Aura ei kovin syvällä ollut, mutta valon vähenemisen huomasi sukellusveneen ikkunoista selvästi. Kesäillat ja yöt ovat varsin valoisia näillä leveysasteilla. Mitä mustemmat pilvet, sitä hämärämmäksi maailma käy. Sydänyöllä on jo aika pimeää.

Merikartta kertoo että meren harjanne on aika korkealla, kymmenessä metrissä. Sinne ei tankkerilla ole mitään asiaa, eikä alla roikkuvalla sukellusveneellä, jos sellainen siellä on. Lähellä menee normaalisyvyinen väylä, yli kuusikymmentä metriä.

Aura nostaa veneen periskooppisyvyyteen. Piiska ylös. Eipä paljoa näe ainakaan pohjoiseen katsoessa. Merivesi pärskyy ihan kunnolla. Kameran linssi kastuu heti. Taitaa olla alkamassa

Suomenlahdella tuttuja äkkipikaisia myrskyjä. Myrsky nousee nopeasti ja laantuu nopeasti. Aura kuulee radiosta varoituksen myötä tiedon, että myrsky loppuu parin tunnin kuluttua. Lännen puolella näkyy suureneva valo. Iso tankkeri puskee lähemmäs myrskystä välittämättä. Vai välittääkö sittenkin, Aura miettii, kun tankkerin vauhti näyttää hiljenevän ja kohta kokonaan pysähtyvän ja kääntävän sitten terävästi kylkensä päin myrskyä.

Antaa tuulensuojaa, Aura ajattelee

Kohta tankkerin sivulta merestä nousee esiin sukellusveneen torni. Sukellusvene on sen verran pieni, että aallokko heiluttaa sitä, vaikka pitkä ja korkea laivan kylki antaa hyvin suojaa.

Aura zoomaa piiskan kameralla tarkempaa kuvaa. Välillä myrskyn nostamat pärskeet haittaavat näkemistä. Tankkerista on laskettu veteen kohtuullisen kokoinen moottorivene. Se ajetaan sukellusveneen viereen. Tornin ovi aukeaa ja yksnäinen hahmo tavoittelee moottoriveneestä heitettyä köyttä, saa kolmannella heitolla kiinni. Meri velloo aika voimakkaasti, moottorivene nousee ja laskee aaltojen mukaan.

Näyttää vaaralliselta, oikeastaan hyvin vaaralliselta,

Hahmo, näyttää naiselta, menee nyt takaisin sukellusveneen tornin suojaan. Tankkerin kannelta piirtyy näkyviin pitkäkaulainen nosturi. Siihen on kiinnitetty jonkinlainen kori.

Kori heiluu hieman holtittoman näköisesti ilmassa. Pääsee miltei sukellusveneen kanteen kiinni.

Naishahmo tulee taas tornista kannelle, saa otteen korista ja kiipeää ketterästi kyytiin. Kori nousee hieman ylemmäs ja ohjautuu sitten moottoriveneen päälle. Aura huokaisee helpotuksesta kun naishamo näkyy pääsevän veneen kannelle ja pujahtaa siitä hyttiin.

Nostokori palaa tankkerin kannelle. Sukellusvene pudottautuu meren syliin. Myrskykin vaikuttaa hieman jo laantuvan. Pian ei äskeisistä tapahtumista näy jälkeäkään.

Naishahmo on Marija Jegorova, Aura päättelee. On tärkeää saada tietää, minne tämä menee. Moottoriveneen perässä näkyy kaksi suurta perämoottoria. Niille ei Auran sukellusveneen vauhti pärjää millään. Meri aaltoilee yhä voimakkaasti. Täyttä vauhtia ei voi ajaa. Pinta-ajoa ei kannata edes harkita.

Onkohan suurlähetystön huviristeilijän miehistö ehtinyt syödä. Ei auta. Aura tietää risteilijän kapteenin olevan arvoltaan kapteeniluutnantti. Siis korpraali käskemään kapteeniluutnantti ja muu miehistö nopeasti töihin.

Risteilijän miehistö ei ainakaan radioon viitsi morkata käskyä. Kehuvat että kova keli on sellainen, että silloin tietää olevansa merillä. Risteilijä kaartaa kauempaa ja lähtee tavoittelemaan sukellusveneen matkustajaa kuljettavaa venettä.

33

On näissä hommissa etunsakin, Boris Malkin tuumaa. Vaikka kuljetaankin tavallisella reittilennolla.

Tavallisella. Ei todella. Mutta lähtö oli kuten normaalin koneen lähtö, taululla oli lähtöajat, matkustajiakin oli muutama kymmenen, kaikki tavallisissa sivilivaatteissa. Malkin tunsi kuvista edessä jonottavan kenraalin. Oli kuin kuka tahansa tavallinen matkustaja. Kommodori Beljakov näkyi ehtineen jo turvaportin luo. Jono eteni reippaasti, sen nopeus toki olisi ihmetyttänyt jonoa katselevaa.

Matkustajat olivat omassa jonossa lentoaseman reunalle. Turvaportti ei ollut toiminnassa. Aika kammottavaa olisi kyllä ollut, jos olisi mitattu henkilöiden kantamien taskuaseiden määrä. Kaipa kaikilla kenraalien ja kommodorien luokkaan kuuluvilla oli aseenkantopakko.

Muutenkin jonotus sujui jouheasti. Virkapukuisia miliisejä oli paikalla aikamoinen ryväs. Toinen ryväs täyttyi varmaan noista muka paikkoja katsovista siviiliasuisista turvapoliiseista.

Kaiken piti näyttää aivan normaalilta lentoon lähdöltä. Mutta tälle lennolle Kazaniin olisi ollut turha ulkopuolisten yrittää.

Mikään ei saanut vihjata ulkopuolisille, että tässä on erityislento lähdössä matkaan. Kun mitään normaalista lentoliikenteestä eroavaa ei ole näkyvillä, eivät viholliset osaa jäljittää presidentin konetta.

Lentokoneeseen meni kaksi kulkukäytävää. Malkin ja muut käyttivät takaosan käytävää. Lentoemäntiä ja stuertteja oli ohjaamassa koneeseen menijöitä. Vaikutti että oli kiire.

Toinen kulkukäytävä tuli kauempaa. Lentoaseman rakennuksen tuntija olisi osannut kertoa, että siellä kohtaa taloa oli presidentin osasto. Yleensä presidentti kulki koneeseensa kauempaa, eri rakennuksesta, sotilasilmailun puolelta, poissa uteliaitten katseilta. Mutta sitä konetta kaikki osaisivat tarkastella ja lentoreittiä seurata. Se voisi olla vaarallista. Tuota naapuritaloa käytettiin yleisesti ja julkisesti silloin kun valtion ykköskone nousi kuljettamaan presidenttiä tämän virallisille matkoille.

Heti kun matkustajat olivat päässeet istuimilleen, näkyi koneen etupäässä liikettä. Sinne meni muutamia matkustajia.

Lähtölupa tuli heti. Taisi pari lentoa joutua väistämään, odottamaan uutta vuoroa. Kone nousi ripeästi taivaalle. Vierellä näkyi kolme Suhoi-hävittäjää. Ei ihan vieressä mutta ei kaukanakaan. Lentämistä harrastaneet ymmärsivät, että hävittäjäkoneet olivat suojaustyössä. Ohjukset roikkuivat telineissä koneitten alla.

Enemmän kuin busines-luokan istuimet, Malkin arvioi. Sitten tulivatkin jo lentoemännät sampanjatarjottimien kanssa.

Kenraalin ääni toivotti erityisesti Venäjän federaation preidentin sydämellisesti tervetulleeksi lennolle.

Lentoasemalla oli varsin hyvin toimiva koreagrafia, Malkin arveli. Lentoasemalla varmaan kukaan ei olisi arvannut Putinin tulevan koneeseen. Kaikki oli kuin normaalissa lentokoneen lähdössä. Kun ei arvaa ketä lento kuljettaa, eivät salamurhaajat pääse osille.

Koska lento oli merkitty lennettäväksi Kazaniin saattoi siitä arvata, että tämä kone suunnattiin aivan muualle. Lentokoneen kaartaessa kohti Mustaamerta nähtiin perässä tulevan samannäköisen lentokoneen jatkavan kohti Kazanin vanhaa kaupunkia. Pitäähän lentokonebongareiden pysyä lennoista kärryllä.

Se mitä Malkin näki Sotshissa painui mieleen syvälle.

Satamassa seuruetta odotti Kasatka, pienempi alus Putinin laivastosta. Vain 80 metriä pitkä, mukavuuksia vain kohtalaisesti. Sisäuima-allas, sauna, kuntosali, elokuvateatteri. Sanottiin että alus on lahja parilta oligarkilta.

Mutta oliko presidentti tyytyväinen. Kaikkea muuta. Malkin näki kuinka Putin potkaisi komeaa laivaansa. Syy selvisi salamannopeasti tapahtumaa katsoville. Putinin piti saada juuri tänään tieto, että hän tai siis presidentinhallinto saisi takaisin Italian poliisin takavarikoiman Scheherazaden, todella arvolle sopivan kuusikantisen ja 140-metrisen huippuristeilijän. Ja juuri tuli tieto, että Italia ei päästäkään alusta lähtemään, länsimaiden pakoitteiden perusteella takavarikko jatkuu.

Siinä aluksessa jo kultainen vessapaperiteline maksaa enemmän kuin tavallisen kalastajan paatti. Kultaa on muutoinkin aivan presidentin arvon mukaisesti. Siihen alukseen saattoi kutsua kenet tahansa presidentin tai kuninkaallisen drinkille tai kuulun Mihailovin valmistamalle illalliselle.

Ja nyt, italiaanot tekevät tietenkin lännen usutuksesta tuon hävyttömän tempun, eikä laivaa anneta oikeaan käyttöön.

Presidentti todella potkaisee Kasatkan kylkeen. Varmaan harmittaa. Se tietää kovia aikoja pomon seurueelle. Eikä sitä voimistelijanaista näy lähimailla lohduttamaan, tiedä sitten onko hän ollenkaan matkassa mukana.

Muista aluksista ei ole Scheherazaden korvaajaksi. Tsaika on pieni, vain 54-metrinen ja siinä on majoitustilaa vain 12 hengelle ja 11 hengen miehistölle. Olympia on Laatokalla pieniä kalastusretkiä varten, Burevestink, Nega ja Shellest ovat vain muutaman miljoonan dollarin arvoisia veneitä, joten niitä ei juuri laskea. Shellest on Sotshissa Kasatkan apuveneenä.

Juorut ja arvelut liikkuvat vimmalla. Kasatkan ajot voivat kohta loppua ellei jollain keinolla saada huoltoa ja pientä moottoriremppaa tehtyä. Mutta kun varaosat ovat pakoitteiden takana amerikkalaisessa tehtaassa. Pitäisikö vaihtaa koko moottori venäläiseen. Se ei oikein houkuta. Tai kiinalaiseen; eipä sekään innosta laivaväkeä.

Boris Malkin katselee Kasatkan kakkoskannella olevaa aluksen kokoon nähden isohkoa pelastusvenettä. Mielessään hän arvelee veneen olevan Liderin maihinnousuja varten. Olisipa edes tuollainen omana, niin olisi ihminen onnellinen. Voisi viedä Annan ja kohta syntyvän lapsen ajelulle. Olisipa edes tuollainen vene, eikä tarvis olla niin tyyris ja varmaan turhan koristeltu sisus, kuten arvattavasti Liderin veneessä on pakko olla. Paremmin hänelle sopisi joku skandinaavinen tyyli, oli jotenkin tykästynyt selkeisiin linjoihin työmatkoillaan länsimaissa.

Liian kapeat nauhat, Malkin arvioi itseään. Hän joutuu kauempaa katsomaan Putinin Mustanmeren palatsia, valtavaa rakennusta. Kasvihuonekin on 2500 neliön kokoinen, Malkin kohta kuulee.

Onneksi ehkä silti, ettei palatsi ole majoitustilana. Siellä on Las Vegasin tyylinen kasino. Sellaisissa jo keisareiden aikana upseerit saattivat menettää kaikki tulevatkin rahansa. Armoa ja anteeksiantoa voi sitten anoa palatsin omassa juhlavassa kirkossa. Jos se ei auta, apua voi hakea myös palatsin omasta suuresta viinitarhasta.

Mitä muuta presidentin omistuksessa tai ainakin hallinnassa on. Hiljaisessa juttelussa vakiväkeen kuuluvien kanssa tulee heti mieleen valtava kattohuoneisto Sotshin keskustassa, siinäkin yli kaksituhatta neliötä.

Näissä omistuksissa on valtava työ. Kuinka Lider jaksaa omistautua valtion asioiden hoitoon, kun jo pienemmissäkin, näissä omissa asioissa, riittää pohdittavaa. Tietysti kanslialla on valtavasti työvoimaa, mutta voisi vähempikin asioiden määrä riittää yhdelle ihmiselle.

Malkinin mieleen tulee koulukirjojen kertoma, kuinka Putinilla on vain vähän omaisuutta, kaksi pientä huoneistoa, kolme venäläistä autoa ja kaksi autotallia. Tuloja on vain presidentin palkka. Syntyisin varsin vaatimattomista oloista. Aika hyvin on leiviskänsä hoitanut, ajatukset karkaavat Malkinin mieleen.

Kansa saa varautua suuren johtajan suojaan. Vastikään pidettiin koko valtakunnan kattava väestönsuojeuluharjoitus. Moni varmasti säikähti kun kovaäänisistä alkoi kuulua hirmu kovaääninen varoitusujellus. Ihmisiä oli kehotettu hälytyksen äänen kuullessaan avaamaan nopeasti televiso. Muut televisio-ohjelmat keskeytettiin ja kerrottiin, että tällä kertaa kyse on harjoituksesta. Painotettiin, että harjoitus heijastelee kasvavaa vaaraa aseellisesta konfliktista. Siinä olisi mukana Venäjän rajaa lähellä olevat ydinasevallat. Harjoituksen järjestämisessä mukana olivat myös kuluttajansuoja- ja hyvinvointivirasto.

Malkin muisti miten harjoituksen alkaessa myös Murmanskin meriministeriön väki kiirehti väestönsuojiin. Siellä arvuuteltiin, laskettiinko myös Suomi, Ruotsi ja Norja ydinasevalloiksi. Vielä niillä ei ydinaseita ole, mutta saattavat hankkia, arveltiin.

Kaupungilla vanhat ihmiset yhdistivät varoitussireenien ulvonnan toisen maailmansodan tapahtumiin, Leningradin piiritykseen ja kaikkeen siihen kauheuteen.

34

Suurlähetystön huviristeilijän päällikkö ilmoittaa amiraalille, että sukellusveneestä naisen hakenut vene pääsi katoamaan. Paikaksi arvioidaan Kotkan saariston sokkeloiset saaret. Todennäköisesti siellä on joku sovittu satamapaikka.

Satelliiteistakaan ei ole hyötyä. Pilvinen sää estää kuvaamisen. Satelliittien lämpökameroita olisi turha käyttää, koska vene on kohteeksi sen verran pieni, ja sitä olisi vaikea yksilöidä kaikkien paikalla liikkuvien veneiden joukosta..

Aura on ajanut kohti Kotkaa. Välillä on suuria aavoja. Muuta liikennettä ei juuri näe. Siellä on voinut ajaa liki pintaa vain ilmaputki, piiska ja pienen tiiviisti pakattua vetyä käyttävän aggregaatin pakoputki veden pinnan yläpuolella. Varsinaista uupeloa akkuvirrasta ei ole, mutta mieltä ravitsee tieto, että akut ovat täynnä. Ovat valmiit mihin tarve kulloinkin vaatii.

Illalla yhteydenoton aikaan Aura saa radioonsa sanomat. Pyynnön. Vaiko sittenkin sotilaalle annetun käskyn. Auran on ajettava minisukellusveneensä tiettyyn laituriin lähellä Loviisan ydinvoimalaa. Suurlähetystön auto on siellä ja kuljettaa Auran saman tien Turkuun. On alkamassa joku Naton suurten sotaherrojen kokous, ja englantilainen amiraali on luvannut esitellä Auran ja tämän sukellusveneen toimintaa ranskalaiselle kenraalille. Nuoren naisen läsnäolo on välttämätön, jotta kenraali saa todettua omin silmin asian. Varmaan moni muukin suuri Nato-herra haluaa tutustua kehuttuun nuoreen naiseen.

Näytteille. Kuin karjanäyttelyyn, Aura kiukuttelee mielessään. Pakko on mennä kun käsky käy.

Sukellusvene jää näkösuojaan suureen venehalliin. Aura esittää toivomuksen pohjan putsaamisesta, kun kerta vene on valmiina hallissa, varmaan helppo nostaa ylös. Pohjan puhdistus nopeuttaa veneen kulkua ja säästää virtaa.

Aamulla Turussa Auralla onkin jo kiire Turun Linnaan. Nato-pomojen kokouksen lounas pidetään siellä. Lounaan jälkeen on Auran määrä esitellä itsensä ja veneensä.

Vanha linna. Balkanilla, Keski-Euroopassa ja tietenkin Isossa-Britanniassa on satoja vanhempia ja komeampia. Vaikka kyllä Turun Linnakin ihan näyttävä on.

Linnassa on väkeä hyörimässä. Henkilökuntaa ravaa edestakaisin, viedään lasipakkauksia ja suurissa kärryissä helisee siihen tapaan, että siellä viedään varmaan kalliita lautasia.

Auralle tulee hieman kiire. Linna suljetaan yleisöltä kello kahdeltatoista. Aura huomaa henkilökunnasta jonkun katsovan

tavalista pidempään, kun Aura pyytää pikaohjetta päästä
katsomaan suurta kokoushuonetta. Hänelle neuvotaan tie
kuninkaansaliin ja viereiseen kungattarensaliin. Molemmissa
nopea katsahdus. Varmaan lounas on kuningattarensalissa,
hieman pienemmässä, ja kuninkaansali toimii paikalle tuotujen
isojen mutta tuolittomien pöytien perusteella aterian aputilana.

No, kaipa tuosta selviää, Aura ajattelee. Sitten tuleekin jo
vahtimestari hätistelemään ulos. Alkaa on puolen päivän aika.

Auraa käy sääliksi naapurihuoneessa linnaa ihasteleva
rollaattoria käyttävä vanhempi nainen. Näkyy ontuvan ainakin
vasentan jalkaansa, kulkee niin varovasti että saattaa vikaa tai
särkyä olla oikeassakin jalassa. Vanha rouva hieman jupisee
itsekseen, mutta tottelee kuuliaisesti, mitä henkilökunta vaatii.

Aura aikoo tarjota apuaan, mutta huomaa, ettei tarvitse.
Henkilökunta ehtii tueksi. Rollaattoria työntävä rouva ohjataan
kauemmas nurkkaan. Kiiltävästä ovesta päätellen siellä on hissi.

Arviolta viisivuotias tyttö kiukuttelee vanhemmilleen. Hän
olisi välttämättä halunnut mennä prinsessojen saliin. Tytön
vastaansanomaton argumentti oli, että kerta on kuninkaan- ja
kuningattarensali, täytyy olla myös prinsessojensali, ja hän
haluaa sinne. Isän ääni hieman kovenee, kun hän vakuuttaa
tyttärelleen, että nyt se ei onnistu, tullaan ihan kohta uudelleen
käymään.

Auralla on vielä pari tuntia aikaa ennen lounasta. Herrojen kanssa häntä ei ole ole lounaalle kutsuttu, vaan vasta lounaan jälkeen. Herrain Kellari kuullostaa mukavalta ravintolan nimeltä. Yksityinen lounas parhaassa seurassa, Aura hyrisee itsekseen. Hän valitsee paikan kaempaa ikkunan vierestä. Siitä näkee, miten turisteja hätistellään Linnan pihastakin jo pois. Paistetut ahvenfileet maistuvat hyvältä, vaikka alkoivat olla hieman liian kuivia. Pikkaisen lisää kuumaa, makeaa kastiketta pyynnön mukaan, ja aterian maku heti kohenee.

Linnan puistossa on luonnon rauhaa. Lähellä on Forum Marinum, merenkulkumuseo. Siellä on myös joitain sukellusveneitten torjuntaan käytettäviä aseita. Merimiina vaikutti todella vaaralliselta. Jos hänen veneellään saisi tuollaisen pallon räjähtämään, ei Auran veneestä jäisi oikeastaan mitään jäljelle. Sukellusvenemiehistöjen hätää oli helppo kuvitella. Kaukaan kuuluvat hälytysajoneuvojen äänet sulautuivat siihen kuvitelmaan täydellisesti, kunnes Aura havahtui. Jotain on tapahtunut, vai kuljetetaanko Nato-herroja Turun Linnaan pillit noin kamalasti huutaen.

Ei, ei herranen aika, museorakennuksen ohi kiisi hälyäänet hirmuisesti huutaen erilaisia autoja. Museorakennuksen ikkunasta näkyi Linnankadulle. Taas uusi poliisiauto ja heti perässä kaksi ambulanssia. Palokunnan suuri tikasauto piti sekin kovaa kiirettä.

On otettava selkoa, mitä on tapahtunut. Mutta Linnan edustalla oli tiesulku, poliisin auto hälyvalot vilkkuen. Poliiseja kadulla estämässä kulkemisen. Ohi ei päässyt, vaikka Aura selitti olevansa menossa tapaamaan Nato-sotilaita. Poliisi ymmärsi ja puhui hyvää englantia, mutta näytti ettei tämä uskonut Auran puheita. Tuollainen pikkutyttö muka kutsuttuna Nato-herrojen kokoukseen, älä hulluja puhu.

Olihan hänellä radio. Mutta BBC ei kerro Suomen ja Turun tapahtumista mitään. Onneksi amiraali Towson soitti, oikeastaan hälytti. Hänellä oli uusimmat tiedot, toki vielä epävarmat.

Lounaan puolivälissä oli kolme ruoankuljetusrobottia ilmaantunut Turun Linnan takana hälyttämään Linnan henkilökuntaa avaamaan hissikäytävän oven ja varmistamaan, että robotit pääsevät kolmanteen kerrokseen. Siellä sijaitsevat kuningattarensali ja kuninkaansali. Ruokakuljetukset sinänsä olivat tavanomaisia, alakeroksen keittiöstä kuljetettiin lämmintä ruokaa usein juuri sen hissin kautta.

Linna ja sen ruokailusalit olivat tietenkin hyvin vahvan vartioinnin alaisina. Mutta ruokaroboteihin ei osattu juuri kiinnittää huomiota. Robottien kansien päällä oli komeat kuvat mansikkakakuista. Jaaha, oli siis herännyt epäily, ettei aiemmin tilatut kakut riitäkään, oli tilattu lisää.

Tietysti ruoka- ja kaupparobotit olivat tuttuja kaikille Naton kokoukseen osallistujille, mutta nyt kärryissä näytti olevan lisää hupia. Kakun kuvan vieressä oli kuva komeasta soihdusta kärryjen kansien reunoilla. Kannessa oli myös piirros etukäteen ohjelmoiduista kärryjen reiteistä. Siispä kahvin ja konjakin aikana salissa himmettiin valoja, oli pilvinen päivä. Kuninkaansalin ovi avattiin ja kärryjen soihdut sytytettiin.

Näky oli komea. Robottikärryt parkkeerasivat itsensä täsmälleen piirroksen osoittamiin kohtiin. Kärryjen kannet aukenivat yhtä aikaa. Soihdut paloivat, loivat kaunista vihreää valoa. Kuului pieni poksahdus. Kärryjen sisältä nousi korkea pilvi. Ja lemu. Kamala lemu. Kärryissä oli jokin propelli, ja se levitti sitä lemua ympäriinsä. Käry oli paksua. Ensimmäiset yökötykset kuullostivat kovilta, kunnes itse kukin kumartui ensin yrittämään oksennusta ja samaan aikaan nousta ylös tuoliltaan ja lähteä yrittämään yhtenä kaaoksena pois salista. Salin molempien päiden ovilla oli hallitsematon kaaos. Suuret sotaherrat punnersivat toistensa ohi naamat vihertävinä. Kasvot ja pukujen rinnukset oksennusten värittäminä. Paikalla ollut television kuvaaja oli ehtinyt pienen pätkän taltioida, kunnes kuvaaja makasi lattialla oman oksennuksensa päällä.

Oudolta näytti että pitkänhuiskea ruotsalainen amiraali näytti miltei autuaalta kaiken kamaluuden keskellä.

- Surströmming, helvetin hyvää hapansilakkaa, näin vahvaa tuoksua harvoin saa, amiraali toisteli katsellessaan kollegoittensa pahoinvointia.

Kiire tuli hänellekin pois salista, sillä kaikki kolme robottikärryä syttyivät yhtä aikaa palamaan. Liekit olivat ensin sinertävät ja sitten kirkkaan keltaiset. Kärryt paloivat ja toivat omaa katkeran kamalaa käryä salin ilmaan. Ruotsalaisamiraali näkyi hänkin jo yökkäilevän, taisi siinä hajussa olla muutakin vaikuttavaa ainetta kuin hapansilakkaa.

Mitä helvettiä oli tapahtunut. Mitä helvettiä. Ruotsalaisamiraalin toinnuttua saatiin kohta selvitys, että ainakin hapansilakkaa oli hajussa vahvasti mukana. Varmaan siinä oli jotain muutakin, vahvistetta tai terästettä, pahoinvointia vahvasti aiheuttavaa. Se tiesi, että ainakin tämän ja huomisen ajan nämä Nato-sotaherrat olisivat töihin kykenemättömiä.

Johtopäätöksiä yritettiin harsia kokoon. Oli pidetty luonnollisena, että saliin oli tuotu lisää kakkua. Kukaan ei mitään epäillyt. Mutta ei tiedetty mitä kautta robotit olivat kulkeneet Linnan takaseinustalle hissikäytävän luo. Kuka oli robotit matkaan laittanut, kenen robotteja ne olivat. Ja mitä oli tuo kamalalle haiseva aine. Hajupommi. Hapansilakan hajupommi, ensin ruotsalaislehdet huusivat lööpeissään, sitten termi tuntui vakiintuvan muidenkin maiden tiedotusvälineisiin.

Mikä oli hajupommin tarkoitus. Varsinainen myrkytys se ei ollut, sekin olisi ollut mahdollista. Haluttiinko vain häiritä tai nöyryyttää. Kuvia Linnan portaikoissa makoilevista herroista oksennustensa päällä tai vieressä levisi auttamatta, ja nopeasti. Kännykkäkamerat lauloivat, viisaimmat saivat myytyä omat kuvansa iltapäivälehdille.

Vai oliko kyseessä varoitus. Mutta ennen kaikkea kuka tai ketka olivat iskun takana.

Aura seurasi kauempaa tilanteen kehittymistä. Ensimmäiset ambulanssit lähtivät pois paikalta, nyt ilman ulinaa eli heillä ei ollut enää kiirettä eikä kyydissä potilaita. Palokunnan suuret autot ympäröivät yhä Linnaa. Suuren tikasauton tikkaat oli laskettu alas ja auto näytti valmistautuvan poistumaan paikalta. Kymmenkunta paloauto oli yhä paikalla Linnan ympärillä, mutta mitään kiireen tuntua ei enää näyttänyt olevan.

Eri maiden rekisterissä olevia autoja alkoi liikennöidä Linnaan. Varmaan tuotiin puhtaita univormuja likaantuneitten tilalle. Melkoinen sotku olisi puhdistaa kaikki kunniamerkit ja asetakkien arvomerkit.

Jos se olisi ollut sariinin kaltaista, kuten äsken Tukholmassa, siinähän olisi tullut isoja ja tärkeitä ruumiita. Aura ihmetteli asiaa amiraalille.

Siihen oli selvitys. Jos olisi surmattu yli kaksikymmentä korkeaa Naton sotilasliiton upseeria, olisi kohta samalla voimalla jollain konsilla surmattu epäillyn maan korkeita upseereita. Siitä voisi alkaa ja voimistua paha kierre. Niinpä ei maan korkeinta johtoa voi vihollisen konstein surmata, sillä siitä seuraisi valtava kostoiskujen sarja.

Ehkä haluttiin vain näyttää mahtinsa ja nöyryttää, amiraali Sarah Towson arveli. Mikäpä on parempi keino kuin saattaa isot herrat naurun alaisiksi. Oksennuslammikot rinnuksilla ei todella lisää arvovaltaa. Ja nyt vastustajat varmaan ilkkuvat, kuinka ruotsalaisten herkku saa amiraalit oksentamaan.

- Olen kyllä haistanut ja vähän maistanutkin hapansilakkaa, kun ruotsalaiset sitä niin tyrkyttivät, englantilaisamiraali kertoi. Ei se minun suuhun mikään varsinainen herkku ole, mutta menee näkkieivän päällä varsinkin jos on seuraksi kunnon akvaviittisnapsi.

35

Annan vatsa oli valtava ja kuin puolikas suurta palloa. Kun Boris Malkin painoi korvansa vatsaa vasten kuului vatsan korinan keskeltä myös hinkkausääniä. Vauva ilmiselvästi valmistautui jo tulemaan pesästään maailmaan.

Kunpa näin olisi aina. Vallitsisi rauha ja mielen tyyneys. Poissa olisivat synkät ajatukset tulevaisuudesta. Poissa olisivat pahat aavistukset Liderin voinnista, terveydestä, itse asiassa mielen terveydestä, mutta sellaista ei saanut sanoa, ei edes ajatella.

Huoli oli kertynyt vuoren lailla. Presidentti tuntui piiskaavan itseään täyteen hurmioon puhetilaisuuksissa. Ja niitä puheiden pitoja Lider oli haalinut miltei joka päivälle. Puheita joskus koululaisile, yhä enemmän nuorisolle, eläkeläisryhmille omat puheet, mutta ennen kaikkea sotilaille. Kuinka länsivaltojen mieli ja tahto on hävittää ikiaikainen Äiti-Venäjä ja sen suuret ihanteet. Homot ja lesbot johtavat noita saatanan natseja. Kohta ne tulevat ja purevat pieniltä lapsilta päät poikki ja raiskaavat kaikki naiset. Ne tulevat ja yrittävät hävittää kaikki venäläiset maan päältä, nuo verenhimoiset paholaisen kätyrit.

Vaan eivät onnistu katalissa aikeissaan. Venäjä ei koskaan luovuta, me taistelemme itsemme vapaiksi lännen hurmoshenkien katalista teoista. Emme koskaan alistu. Meillä on varstossa sellaiset aseet, että lännen hurtat hävitetään meitä uhkaamasta ja kiusaamasta. Sellaiset aseet, että lännen koirat kalpenevat jo niistä kuullessaan.

Boris Malkin huokasi syvään.

Nuo puheet alkoivat olla kaikki yhtä ja samaa. Ei mitään rakentavaa. Ja presidentin häntyrit paasaamaan kuinka suuri Putin pelastaa paitsi kansansa myös koko maailman. Lännen huoranpenikat ajetaan susien ja karhujen suuhun. Saavat ansionsa mukaan kun uhmaavat Venäjän mahtia.

Ja Lider sitten toistelee noita lauseita, kuinka kansalta on tullut pyyntö ja mandaatti käyttää kaikkia tarvittavia aseita. Kaikkia.

Ydinasejoukkojen harjoituksista on tullut liki jokapäiväisiä. On harjoiteltava torjumaan vihollisen ydinohjukset ja samalla viritettävä omat ohjukset valmiiksi. Suuret sukellusveneet ovat syvällä meren sisässä. Käsky, yksi käsky, ja ohjukset lähtevät hävittämään lännen kaupungit. Mutta edes aktiiviupseereille ei kerrota, missä päin ydinsukelusveneet ovat valmiudessa tai mitä paikkoja ne uhkaavat. Amerikan edustalla on varmaan ainakin yksi, ehkä useampikin, valmiina lähettämään terveiset niin Washingtoniin kuin New Yorkiin.

Lider ei pysy hetkeäkään paikallaan. Ydinasesalkun kantajat joutuvat liikkumaan johtajansa tavoin. Äkkikomennus Mustanmeren huvilalle, sieltä Kronstadtiin ja sitten ollaankin suuren ydinsukellusveneen kyydissä. Pieni trippi merellä. Sielläkin taisteluharjoitus. Putin kiittää ripeästä toiminnasta ja vanoo, että kaikkien on oltava valmiina minä hetkenä tahansa, aina. Heti.

Malkin tuuraa sukellusveneessä kommodoria. Ohjuksia on komea rivi, pelottava näky. Mutta vielä pelottavampi näky oli Liderin katse, silmät tuntuivat seisovan päässä, suupieliä nyki, mies oli tiukka kuin banjon kieli. Saattaa katketa milloin tahansa, Malkin ajattelee. Mielessä välähtää, katkeaisi jo, loppuisi tämä hullutus. Ajatus huimaa, Malkin nykäisee ryhtinsä tiukaksi. Sotilas on sotilas ja tottelee käskyä.

Tottelee käskyä. Entä jos Lider nyt käskee ojentamaan ydinsalkun ja latelee koodin. Maailma räjähtää.

Eikä vain maailma. Anna ja syntymistään odottava lapsi. Ja mama. Ja naapuriasunnon Sergei, joka hävisi hänelle veikan jalkapallokisoissa, jää sekin votkapullo nauttimatta.

Ei vain niin. Vaan koko maailma. Myrkkykaasut ja saastepilvet leviävät joka paikkaan. Kaupungit katoavat rauniokasoiksi. Jos joku niistä ydinlatauksista selviää, ei varmaan selviydy tulevasta ajasta, ei ikitalvesta eikä uudesta jääkaudesta. Katoaako koko ihmiskunta ikuisiksi ajoiksi. Loppu. The End.

Ei helvetti. Ei. Anna ja pian syntyvä lapsi. Eivät he saa kuolla, ei myöskään mama, ei Sergeikään. Ei kukaan turhan takia.

Vaan miten estät. Sotilas tottelee kun esimies käskee.

36

- Lapsikulta, et ole tainnut lukea täkäläisiä lehtiä. Se on vanha Neuvostoliiton ja sittemmin Venäjän pääkonsulaatti. Joutaakin purkaa. Häviää, anteeksi vaan, venäläispierujen haju Turusta, opettajalta vaikuttava ja hyvää englantia puhuva hienostunut vanhempi rouva vastaa Auran ihmttelyyn, miksi aika uudelta ja hyväkuntoiselta vaikuttavaa suurta rakennusta ollaan purkamassa. Rakennustelineitä on jo nostettu talon sivustoille.

Rouva näkyy olevan mielissään, että pikkutytöltä vaikuttava ukomaalainen tyttö haluaa tietää kaupungin asioista.

Aurinko paistaa lämpimästi. Rouva kertoo haluavansa mennä varjoon suuren puiston eteen penkille hetkeksi levähtämään. Aura seuraa mielellään mukana.

Suurten vaahteroiden varjossa on mukavan viileää. Rouva alkaa kertoa Turun historiasta, piispojen maihinnoususta ja tarinaa Lallin tappamasta piispa Henrikistä. Aurasta on mukava kuunnella, mutta sitten keskittyminen herpaantuu. Turun Linnassa näkynyt vanha nainen rollaattorin kanssa tulee pääkonsulaatin talon eteen ja ottaa kännykällään kuvia. Kovin pieni on maailma, Aura hymähtää itsekseen.

Lisää ihmettelyä Aura kokee käveltyään jokivartta pitkin edessä häämöttävään Tuomiokirkkoon. Sama rollaattorinainen on ehtinyt kirkkoon ja seisoo kuvaamassa kirkon pieniä aitioita. Aura ihmetelee, miten nainen on päässyt kirkkoon rollaattorinsa kanssa, rappujen askelmia on sentään aika monta. Onko kirkossa hissi, vaan missä.

Aura ajattelee, että on mukavampi pysytellä pylväiden takana. Vanhempi nainen voisi luulla, että Aura on seuraamassa tai vakoilemassa rollaattorinaista. Sattumaahan tämä on, Aura ajattelee.

Urkuri on tullut harjoittelemaan. Pian soi Bachin Toccata d-molli BWV 538, Aura muistelee nunnaluostarissa usein kuultua teosta. Ei oikein lähde sujumaan. Uusi yritys. Se tuntuu menevän paremmin. Mutta vielä uusi alku. Jo lähtee. Turun Tuoiokirkon urut ovat mainesanojen arvoiset. Musiikki jylisee ja täyttää koko suuren tilan. Aura ajattelee jo, mahtoivatko ihokarvat nousta pystyyn hurjan alun aikana.

Ihmisiä, lähinnä kieliään pälpättäviä turisteja parveilee pitkin kirkon käytäviä. Olisivat edes hiljaa. Eikö niitä ole opetettu kirkossa käyttäytymään hiljaa ja hillitysti.

Rollaattorinaista ei enää näy. Voihan tämä olla vaikka komean saarnastuolin suojassa. Eipä ole syytä tarkistaa. Vaikka hieman käy huoli, miten nainen rollaattorinsa kanssa on selviytynyt ulos, jos on sinne jo ehtinyt.

Näytti selyiytyneen, Aura huomasi Turun lentoasemalla. Suora lento Lappeenrantaan oli täynnä. Aura muisteli lukeneensa jostain, että Lappeenrannassa olisi viikonloppuna suuret messut ja kuulut ravit. Ne tuovat asiakkaita lennolle.

Rollaattorinainen oli koneessa asettumassa istuimelleen hätäuloskäynnin kohdalla. Sai rollaattorin siihen eteensä.

Ravi- tai messuvieraista osa puhkesi taputuksiin kun kone laskeutui kiitotielle. Enemmän matkustaneet tuijottivat kiusaantuneina eteensä taputusten ajan. Aurasta taputukset olivat aika hauska tapa, turha sellaisesta on toisille ilkkua.

Lentoasemalla Aura katseli, missä päin on polkupyörien telineet. Hänelle oli luvattu tuoda pienempikokoinen pyörä odottamaan telineeseen, avain on istuimen alla.

Rollaattorinainen näkyi odottavan autoa. Tuli isompi tilataksi. Kuljettaja riensi nostamaan rollaattorin kyytiin. Nainen kuului tiuskaisevan kuskille jotain. Kuski sanoi englanniksi, että hän tuli täsmälleen tilattuun aikaan, oikeastaan minuutin etuajassa. Nainen nosti kättään tarkistaakseen ajan.

Nainen nosti oikeaa kättään lähelle silmiään.

Sitten, hyvin nopeasti oikea käsi alas ja vasen käsi ja siinä kello silmien lähelle.

Siis mitä, Aura ajatteli. Nainen oli tottunut katsomaan oikeassa kädessä olevaa kelloa, mutta nyt hän piti kelloa vasemmassa kädessä.

Ketkä pitävät rannekelloa oikeassa kädessä. No, putinistit ainakin, ja heidän myötäilijänsä. On otettu mallia Putinista, tällähän kello on aina oikeassa kädessä. Tietysti ihmisillä on vammoja ja vaivoja, sairauksiakin, että joutuu vaihtamaan totuttua kättä toiseen. Ei tuon vielä juuri mitään tarvitse merkitä.

Eikö. Jos nainen on henkilö, joka kantaa kelloa oikeassa kädessä ja sitten vaihtaa kättä hyvin nopeasti, mitä se tarkoittaa. Ainakin sitä, että nainen ei halua tulla huomatuksi Putinin kannattajaksi.

Nyt pitäisi katsoa naista tarkemmin, vertaillen. Mutta on liian myöhäistä. Tilataksi menee jo ja katoaa jonnekin. Paikalle tuotu polkupyörä on yhä lukossa, avain toki kädessä, mutta on jo myöhäistä. Nainen on kadonnut.

Mikä olikaan taksin rekkari. Onneksi hän painoi sen mieleensä. Tilataksi, jossa taksi-kyltti katolla, mutta ei omistajan tai firman nimeä.

On raportin aika. Tarkka ja mahdollisimman yksityiskohtainen kertomus amiraalille. Varmaan hän saa haukut huonosti hoidetusta tehtävästä. Vaikka eihän hän varsinaisesti mitään tehtävää hoitanut muuta kuin omasta mielestä.

Samaa mieltä on myös amiraali. Odottamattomia sattumia. Vaikea niihin on äkkisyöksyllä puuttua. Mutta tiedot on kerätty ja niihin nyt reagoidaan myös Suomen Suojelupoliisin kanssa.

Menee liki tunti ja amiraali soittaa. Tilataksi on löytynyt. Suomen poliisi on selvittänyt asiaa. Kuski kertoo, että on tilattu englantia puhuva isompi auto lentokentälle. Kyyti oli Lauritsalan satamaan. Siellä auto oli hätistelty jo pois. Kuski oli sen verran utelias, että katseli kauempaa, piilosta, kuinka rollaattorinainen nousi aika vaivattoman tuntuisesti suuren huviristeilijän kyytiin.

Kuski oli painanut mieleensä risteilijän rekisterinumeron ja nimen. Valetta 2 oli veneen nimi. Taksikuskilla oli iso työ selittää, mikä nimessä suomalaisia naurattaa. Sitten pitää kuitenkin korjata, että kahdella ällällä se on, siis Valletta, vaikka se kuullostaa paremmalta yhden ällän kanssa. Veneen omistaja on maltalainen yhtiö. Ei tiettävästi yhteyksiä pakoitteiden alla oleviin venäläistahoihin.

Amiraali käskee Auran pysymään Lappeenrannassa, katselemassa ja kuullostelemassa. Jotakin on tapahtunut. Täytyy saada selko. Rosalyn eli Marija on jo osoittanut taitavuutta itsensä muuntamisessa. Peruukki, erilaisia meikkejä, itsensä vanhemman näköiseksi tekeminen on varsin helppoa, mutta yritäpä nuorentaa, ei onnistu, useimmat naiset huokaavat. Poskipäiden erilainen korostaminen, kasvoihin viiruja ja juonteita ohuella ja himmeällä kynällä. Peittävä hattu, uusi kävelytyyli, hauraalta näyttämään saatu olemus. Rollaattorin käyttäminen tekee ihmisestä automaattisesti vanhemman, tai sairaamman, näköiseksi. Keinoja on paljon.

Jos rollaattorinainen on amerikkalaiseksi tekeytynyt Rosalyn, joka oli jo Tukholman parlamenttitalon iskun takana, voisi tämä siten olla syypää Turun Linnan hapansilakkaiskuun. Rosalyn, siis Marija Jegorova, venäläinen kovan koulutuksen saanut tiedustelu-upseeri.

Hapansilakkaisku. On saatu talteen jäämiä paitsi silakoista myös oudommasta myrkystä. Jotain kaukaista sukua sariinille, mutta ei ainakaan noissa pitoisuuksissa tappava. Kiusallinen ja ikävä seuraus kyllä, pahoinvointia aiheuttava, mutta ei ainakaan noissa pitoisuuksissa ole hyväkuntoista tappava.

Kohteeseen tai paikkaan tutustuminen ei koskaan mene hukkaan. Aura käy turistikierroksella vesibussilla Saimaan kanavan vartta pitkin. Vesibussi ajaa kahden sulun läpi. Se lienee turisteille tärkeintä, nähdä ja kokea kuinka isohko vesibussi laskeutuu sulkuporttien avautuessa ja pääsee liikkumaan edessä näkyvässä kanavassa. Paljon ennen valtakunnanrajaa vesibussi kääntyy takaisin ja nyt turistit saavat kokea veden nostovoiman. Raskas vesibussi nousee ketterästi kahdeksisen metriä ja pääsee ajamaan takaisin Lappeenrannan satamaan. Turisteille on tärkeää, että on käyty miltei Venäjän portailla.

Vesibussin opas kertoo, kuinka kanavalla on takavuosina ollut vilkasta liikennettä. Nyt saattaa mennä viikko, ettei yhtään alusta kulje kanavassa. No, tänään meni aamulla ryhmä italialaisen ja maltalaisen venekerhon aluksia kanavaa pitkin. Oli kiva nähdä vanhan ajan menoa pitkästä aikaa. Tuntuu että laitteet ja sulkujen koneistot pysyvät paremmin kunnossa, kun niitä käyttää oikeaan tehtävään.

Opas kertoi ylpeänä, että heillä on tuore videopätkä tuosta venekaravaanista, yli kaksikymmentä komeaa venettä kiertää Eurooppaa ja nyt sitten ajavat Saimaan kanavaa pitkin Suomenlahdelle ja siitä todennäköisesti seuraavaksi Visbyn kaupunkiin Goltlantiin.

Aiemmin veneet ajoivat miltei aina Pietariin. Nykyisin se taitaa olla sattuneista syistä aika harvinaista, opas selostaa kansainväliselle turistiryhmälle.

Oliko karavaanin veneitten joukossa nimi Valletta 2. Aurasta näytti että nimi vilahti. Pitää saada selko.

Auralle tulee kiire soittaa amiraalille. Ei saa yhteyttä, tämä on neuvottelussa, keskus selittää. Mikä olikaan se suomalainen Supon mies, osaisiko tämä auttaa.

Lars Larson innostuu heti. Lupaa yrittää, vaikka hieman epäröi. Eivät kaikki luota entiseen virkaveljeen. Mutta koitetaan.

Pian Lars Larson soittaa. Hän on saanut Lappeenrannan poliisin pyytämään kopion kanavalla videoidusta pätkästä. Video on nyt Larsonin puhelimen näytöllä. Maltahan hetki, kyllä siinä suurten veneiden joukossa on myös Auran kysymä maltalainen risteilijä Valletta Kakkonen. Aura on saanut taksikuskin puheista sen verran selkoa, että osaa itsekin huvittua veneen nimestä, tai sen pienestä muunnelmasta.

37

Tikku-ukko, Boris Malkinin mieleen välähtää. Kävelee kuin tikku-ukko. Ilmankos presidentin kävelystä ei näytetä kuvia paitsi Kremlin suuren salin tilaisuuksista. Niissä Lider kävelee kohti valtavan suuria ovia. Vartiomiehet avaavat oven ja seisovat sitten päätä pitempinä ja päät kummallisesti niskat kenossa kunnioittamassa presidentin ohikulkua.

Mikseivät käske oven avaajiksi lyhyempiä miehiä, ei olisi niin suuri ja häkellyttävä ero.

Läheltä katsottuna on kuin tikku-ukko kävelisi. Boris Malkin muisti nähneensä tikku-ukkosotilaan jossain lastenohjelmassa Ahvenanmaan hotellissa. Mitähän on Liderin lahkeissa, kun joutuu tuolla tavalla kävelemään.

On siitä ollut puhetta, hieman kuiskutellen, sillä tiedetään että minkäänlaista arvostelua tai ilkeämielisiä arveluja ei sallita. Puhetta siitä, että Lider kulkee julkisissa tilaisuuksissa aina kevlar-kankaasta tehdyissä puvuissa. Se toppaa kiväärinkin laukaukset. Kevlarin arvioidaan olevan viisi kertaa kestävämpää kuin teräs. Sekoituksessa sanotaan olevan niin titaanioksidia kuin grafiittia. Ja ehkä myös pistoolin laukaukset pysäyttävissä alusvaatteissa, nekin jotain ohuempaa ja keveämpää kevlaria.

Talvella ja syksyllä ja yleensäkin huonolla säällä on helpompaa. Silloin Liderin turvana on rautatakiksi sanottu takki. Tiukkaa kevlar-muunelmaa. Painaa väkistenkin aikamoisesti tavallista talvitakkia enemmän. Kesällä on vaikeampaa. Pitää olla kevyen näköinen kesäpuku, mutta sekin suojakangasta. Siitä hyvät asusteet että prässit pysyvät housuissa. Talvella lakki on tietenkin luoteja estävä, samoin kevyeltä näyttävä kesähattu.

Millaisethan uimahousut johtajalla voivat olla, Malkin miettii ja säikähtää: moisia aatoksia ei saa miettiä, sellaiset saattavat tulla huomaamatta esiin esimerkiksi tuhdin humalatilan aikana. Ja siitä se isompi riesa varmaan syntyisi. Hyvästi hyvä ura.

Pietarin sotasatamassa oli sotilaallinen näytös kun Lider saapui Nemiksi nimetylle alukselle. Kunniakomppania, suuri

soittokunta, arvomerkkien välkettä, kolmen Suhoi-hävittäjän
ylilento tupruttamassa Venäjän värit taivaalle.

Vanhojen merenkulkijoiden oli vähän vaikea tunnistaa Nemi
alukseksi. Musta pötkylä, satamassa kaksikerroksinen, kolmas
eli ruumakerros näkymättömissä veden alla. Ja mikä oli tuo
aluksen päällyste, hieman suomumainen, musta kuin piru. Ja
katolla, kannella joukko matalia antenneja mutta ei muuta. Ei
näytä miltään kunnolliselta alukselta. Keulassa suuret ikkunat,
siellä varmaan on ohjaamo, komentosilta.

Ja laivan maihinnousuoven vieressä pieni ydinvaaran merkki.
Koneen täytyy olla ruumassa, merikarhut arvelivat.

Oudommalta vaikutti jonkinlaisella napanuoralla Nemissä
kiinni oleva hieman pienempi musta pötkylä, se näytti
matalammalta kuin itse Nemi. Lisuke oli lähes ikkunaton.

Nopeasti katselijoiden kesken alkoi kiertää tieto, että lisuke oli
ruokavaunu. Siellä oli suuri puutarha. Ydinkoneen tuoma
keinovalo kasvattaa niin perunoita kuin punajuuria ja
monenlaisia maustekasveja. Omavarainen laite, katselijat
arvelivat. Eläkkeelle lähipäivinä siirtyvä sukellusveneen
päällikkö arveli, että Nemi ja sen lisuke voivat matkata
vuosikausia veden alla piilossa vihollisilta. Ydinvoima antaa
valoa, lämpöä ja auttaa kulkemaan aika syvälläkin.

Kokeilevat varmaan, miltä pidempi aika vedenpinnan alla
vaikuttaa, voiko siellä elää ja toimia. Ei haittaa vaikka koko muu

maailma tuhoutuu. Nemissä elämä jatkuu kunhan laitteet ja ravintohuolto toimivat. Puhdistamo tuottaa merivedestä juomavettä, jätehuolto tuo ravinteitä kasviksille. Mikäpä on eläessä. Poissa on paha maailma.

Poissa on paha maailma, Boris Malkin hätkähti äsken kuulemaansa. Ei se niin voi mennä. Pahassa tai paremmin hyvässä maailmassa ovat sentään läheiset, Anna ja kohta syntyvä pieni lapsi, mama ja kaikki sukulaiset. Moskovan ja Pietarin ja Musmanskin ystävät ja toverit. Ei niin voi mennä.

Elämä asettui uuteen asentoon kun Nemi pääsee liikkeelle. Nevajoki on tyhjennetty muusta liikenteestä. Painutaan varalta heti syvemmälle päästyä pinnan alle. Lisuke on nimetty Nemoksi. Nemo seuraa kiltisti perässä. Saattajana ovat dieselkäyttöinen pienempi ja suuri ydinsukellusvene sekä kaksi suurta tankkeria. Sukellusveneet ajavat pinnalla, kansi hieman näkyvillä. Täyttävät väylän. Siihen ei mikään eikä kukaan pääse väliin vaikkapa kuullostelemaan, mitä varten saattue on kulussa.

Ennen Suomenlahdelle tuloa Malkin saa käskyn ilmoittautua suojajoukkojen kenraalille. Malkin arvaa jo syyn, ei tarvitse olla varpaillaan. Kenraali ojentaa kätensä ja onnittelee tuoretta isää. Anna on synnyttänyt terveen tyttären, paino 3460 grammaa.

Uutinen kuulutetaan aluksen väelle. Onnittelujen tulva on suuri, kommodori Beljakov ensimmäisenä. Lider lähettää onnittelunsa henkilöstöpäällikön kautta. Vastaantulijat halaavat tuoretta isää.

Riemua häiritsee, että Malkin ei pääse ainakaan viikkoon
vaimonsa ja lapsensa luo, mutta videoyhteys järjestetään
sairaalaan. Paljoa ei lapsesta näy, mutta Malkin kokee, että hän
on paljolti äitinsä ja myös Boriksen näköinen. Että on pieni ja
niin kaunis. Voi kun viikko menisi nopeasti ja pääsisi kokemaan
lapsensa sylissäpitoa. Mamalle on ilmoitettu ja riemu siellä on
ollut suurta.

Vaan sitten tämä Lider. Huhut kertovat räyhäämisestä,
huudoista, kiroilusta, vanhojen upseerien simputuksesta. Yhtenä
syynä pidetään sitäkin, että Puola on nimennyt Kaliningradin
muka uudelleen, nyt nimeksi sanotaan Krolewiec ja koko aluetta
Obwod Krolewieckiksi. Vääristelevät historiaa, Lider on
huutanut, kyse oli sentään Neuvostoliiton korkeimman
neuvoston puheenjohtajasta Mihail Kalinista ja hänen mukaan
nimetystä alueesta. Venäjän kunniakasta historiaa ei mikään
valta saa väärentää.

Sitten tämä sotilaallinen erikoisoperaatio. Länsi kutsuu sitä
sodaksi Ukrainaa vastaan. Uutta Bulava-ohjusjärjestelmää
vastaan on tehty sabotaasi. Tiukka käsky on pitänyt ohjusten
räjähdykset salaisuutena, mutta epäily on, että länsimaat saavat
sabotaasin tietoonsa. Tehdas toimii Udmurtian Votkinskissa.
Miten siellä voi estää tietojen kulkeutumisen. Uhkailua ja
väkivaltaa on käytetty, mutta toimiko se, sitä sopii epäillä. Ja
siitä alkaa suuri ilkkuminen. Onneksi kuuteen Borei-luokan
ydinsukellusveneeseen järjestelmä ehdittiin asentaa. Mutta uusia

ohjuksia ei ole, ei ennen kuin uusi tehdas saadaan toimintakuntoon.

Ukrainan tilanne on huolestuttava. Sotaväessä liikkuvan epävirallisen tiedon mukaan jo puoli miljoonaa sotilasta on kaatunut tai kadonnut. Rivejä paikataan yhä enemmän vangeilla ja sotakarkureille. Riviin on tuotu murhamiehistä alkaen erilaista rikoksiin taipuvaa väkeä. Heille on epävirallisesti luvattu lisäpalkkoina valloitetuilta alueilta ryöstettyjen kotien ja erilaisten myymälöiden aarteet, rahat ja arvoesineet.

Mutta kuri on jäätävän kova. Ammutaan pienistäkin rikkeistä. Oppikoot. Pohjois-Koreasta on tullut muutama tuhat miestä, mutta heistä tuntuu olevan enemmän harmia. Pitää koko ajan vahtia, etteivät vaan saa mitään tietoa länsimaiden oloista tai ruokahuollosta. Se on ollut tiukka ehto joukkojen tulemiselle. Puhelimella voisi saada näkymiä länsimaista ja niiden kaupoista, mutta sellainen on ehdottomasti kielletty, Määräystä rikkovalle tulee kova rangaistus eturintamaan pakottamisen lisäksi.

Entä Putinin huviloiden tulipalot. Sabotaaseja on pakko epäillä. Altain alueella Ongudain lähistöllä oleva huvila paloi kokonaan. Rakennus on Gazprom Neftin omistama mutta Putinin käyttöön annettu. Vartiointia on lisätty kaikissa Putinin käytössä olevissa rakennuksissa. Mutta matalalla lentävä polttoainetta ja räjähteitä täynnä oleva pienehkö drooni, vaikea sitä on torjua, syöksyy puunlatvojen tasalta.

Kohta koko suuren veneen täyttää kiihtymys ja arvailu, mitä uusimmasta uutisesta seuraa.

Kolja on kuollut. Liderin kissa on tapettu. Kolja kuoli suuren susikoiran ja amstaffin sekoituksen, vihaiseksi tappelijaksi ja myös tappajaksi opetetun koiran hyökkäyksessä. Hyvä kaunis Kolja, kaikille korvaamaton, oli Moskovan rantabulevardilla saattajan kanssa kävelemässä ja katselemassa jokirannan riemuja, lintuja, eläimiä, ihmisiä.

Ja silloin se tapahtui. Kauhea Karloksi nimetty koira oli tempaissut itsensä irti omistajan käsistä. Ja suoraan Koljan kimppuun. Koljan ulkoiluttajalla oli tietenkin ase mukana, mutta mitään ei ehtinyt tehdä. Kolja menehtyi väittömästi.

Kamalan Karlon omistaja tietenkin pidätettiin heti. Lakia tuntevat arvioivat 16 vuoden työleirin olevan minimi. Vaikka oli liki omaa väkeä, Kremlin pysäköinnin vartijoita. Karlo tietenkin ammuttiin heti siinä rantabulevardilla, kävelijöistä välittämättä. Arvuuteltiin kuinka kovan rangaistuksen Koljan ulkoiluttaja saa huolimattomuudestaan. Riittääköhän viisi vuotta kovennettua.

Koko vene aisti järkytyksen. Ja lisää oli tulossa. Presidentti oli ravoissaan määrännyt kaikki, korostettuna kaikki susikoiran ja amstaffin risteytykset surmattaviksi. Koljan tappajien rodun ei sallita enää olevan elossa. Käsky koirien tappotuomiosta kuulutettiin kattavan koko valtavan valtakunnan Vladivostokia ja Siperian kaukaisempia pohjukoita myöten.

Tapettava ja virtaan heitettävä, vanha maamon kertomus Malkinin lapsuudesta ajalta, jolloin uskontoon suhtauduttiin vielä kielteisesti, ponnahti väkisin mieleen.

- Toivottavasti Koljalla on jälkeläisiä. Ainakin sukulaisia varmaan löytyy. Tietenkään ne eivät ole Koljan veroisia, kommodori Beljakov supatteli iltapäiväteen aikana Malkinille.

Elämä jatkui. Komentohuoneen seinällä oleva suuri kartta kertoi, missä mennään. Minne mennään, sitä saattoi vain arvailla. Nyt oltiin Itämerellä Gotlandin alapuolella noin viidenkymmenen metrin syvyydessä. Teetä hörppivä väki arvaili, ajetaanko Kronstadtiin.

Ei ajettu. Sen sijaan sukellusvene nousi pintaan. Nyt sai aluksen väki ottaa kännykkänsä esille. Kannelle viritettiin turvapylväät ja köydet. Kauhea puhepulputus alkoi heti, vaikka soittoaika oli rajattu viiteen minuuttiin ja soittaa sai kerralla vain muutama järjetysnumeron mukaan.

Pikkuinen voi hyvin, Anna rallatti iloisena puhelimeen. Maamokin on innoissaan ja on unohtanut kaikki vaivat ja sairaudet pikkuista Lenaa hoitaessaan.

Lenaa, Malkin vähän kummastuen sanoi. No, se nyt on väliaikainen nimi pikkuiselle, työnimi, mutta eikö olekin aika sopiva, ihastunut äiti kertoi.

Ja saman tien naapurin uutisia. Volodja naapurista on aivan kauhuissaan. Anna joutui lainaamaan suuren hädän keskellä

naapurille yhdeksäntuhatta ruplaa, jotta Volodja pääsee
eläinlääkärille hakemaan todistuksen, että tämän Boriksessa,
suuressa karhumaisessa koirassa ei ole minkään amstaffin verta.
Susikoiraa on, mutta kaukaa monen sukupolven takaa. Miliisi
oli jo kadulla kysellyt ja hätyytellyt. Eläinlääkäriin on pakko
päästä ja saada todistus Boriksen sukujuurista, muuten seuraa
nopea vienti miliisilaitoksen varaston taa, ja yksi tarkka laukaus.

Lisää puheenaihetta toi navigointiupseerin adjutantti
Konstantin. Hän ehti napata puhelimeensa paitsi omia virallisia
uutisia myös pätkän saksalaisen kanavan uutisia. Saksasta
kuului kummia. Kanava väitti, että Putinin uudeksi seuralaiseksi
sanottu pietarilaisen liikemiehen nuori kauniiksi kehuttu tytär
olisi kadonnut ja sitten ilmaantunut Berliiniin anomaan
turvapaikkaa. Ja saman juorun mukaan Putinin seuralaisena
nähty kuuluisa voimistelijanainen olisi saanut tiedon kuultuaan
niin pahan migreenikohtauksen, että oli joutunut kieltäytymään
menosta Putinin datsalle.

Heti kuiskutellen johtopäätöksiä, edellyttäen että
saksalaislähde tiesi asiat osin oikein, että ensinnäkään vieraan
vallan väki ei tiedä, missä presidentti nyt on. Luulevat että
huvilallaan, vaikka on täällä Nemissä, sukellusveneessä. Ja että
korkeille herroille voi tulla kuumat paikat, jos Lider äityy
ärjytuulelle moisten vastoinkäymisten takia. Varmaan äityykin,
arveltiin.

38

Käsky tuli koko päällystölle kokoontua tilannehuoneeseen. Siellä oli kuten ennenkin, eli paksu verho halkaisi huoneen kahtia. Edessä oli pitkä pöytä, keskellä komeampana muita oli Liderin tuoli, vierellä parin metrin päässä oli kummallakin puolella kolme tuolia. Siellä istujat olivat kaikki kenraalitason päälliköitä, kaksi amiraalia valkoisissa asuissaan, toinen oli matkan operatiivinen päällikkö, toinen vastaisi läntisen maanpuolustusalueen sukellusveneistä.

Verho jakoi huoneen kahtia, kuten aina. Molemmilla puolilla oli likimain samanlainen kattaus upseereita. Kaksoismiehitys oli aina niin, että toinen puoli ei toisia nähnyt. Verhon takana oli Malikin tavoin ydinsalkun kantaja ja tämän adjutantti. Ja muut upseerit, henkivartioston pomot ja sihteeritkin. Kaikkia pitää olla vähintäin kaksi, oli pysyvä määräys.

Lider oli tutussa vedossa. Puhe alkoi rauhallisesti, oikeastaan varsin analyyttisenä, mutta kohta muuttui madonluvuiksi lännen verikoiria ja natsiraiskaajia kohtaan.

Boris Malkin ei pettynyt odotuksissa, puhe kulki samoja tuttuja teemoja. Liderin ilmeettömät kasvot saivat lisää väriä, rauhallisena alkanut puhe muuttui huudoksi, kädet heiluivat, sylkeä lensi suupielistä. Malkin arvasi oikein, kohta Lider nousi seisomaan jatkaessaan puhettaan, suoranaista huutoaan.

Retkikunnan päällikkö, kenraalieversti, meni kuiskaamaan Liderin korvaan jotain. Lider vaikeni, mumisi jotain että olkoon, katsotaan, se kuului mikrofonista.

Jotta tiedetään missä mennään, kenraali sanoi, katsotaan tässä välin suora lähetys BBC:n uutisista. Ennakkotietojen mukaan lännen verikoirat ovat lisänneet hyökkäyksiään rauhaa rakastavaa Venäjän kansaa ja sen johtoa vastaan. Katsotaan mitä ilkeyksiä ovat nyt keksineet. Lännen johtajat ovat taas kokoustaneet ja yrittäneet keksiä juonia Äiti-Venäjää vastaan.

Malkin ihmetteli, että kuinka ne uskaltavat. Tietysti täällä on vain luotettavia korkeampia upseereita, mutta silti. Lännen uutisia ei ole syytä seurata, jos mielii kantaa huolta omasta itsestään. Läntinen hapatus voi tarttua, ihan tosissaan varoiteltiin jo kouluaikoina. Toisaalta sotakorkeakouluissa seurattiin kyllä länsimaiden uutisia, mutta samalla opittiin, miten niihin tulee suhtautua, epäillen ja vihamielisesti.

Ison-Britannian pääministeri oli näköjään neuvotellut USA:n, Saksan ja Ranskan valtiojohdon kanssa. Huoli oli kasvanut, ei tiedetty mitä Venäjä aikoo. Viime aikoina on taas väläytelty ydinaseen käyttöä, ja se herättää huolta. Juonivatko ne suurta Venäjää vastaan, houkat.

Varsinainen pommi oli kuitenkin lopussa. Ison-Britannian psykiatrien yhdistys oli laatinut yhdessä tutkielman Putinin käytöksestä. Latinaperäisiä sivistyssanoja tuli toisensa perään. Malkin käänsi mielessään termit siten, että sanat tarkoittivat suuruudenhullua, tosielämästä vieraantunutta, faktoista välittämätöntä, mieleltään sairasta.

Sanat hätkäyttivät. Miten ne uskaltavat. Ei tuollainen voi pitää paikkansa. Lännen hurttien panettelua.

Tv-uuutiset loppuivat laukauksiin. Suuri tv-ruutu räsähti rikki.

- Ne hullut, älyttömät imbesillit, vastuuntunnottomat natsit, mistään mitään ymmärtämättömät hullut, Lieder sähisi edelleen hieman savuava pistooli kädessään.

Tilannehuoneen väki jähmettyi paikoilleen. Ei kuulut risahdustakaan. Mutta sitten Lider suorastaan pomppasi kohti ovea. Väki nousi salamannopeasti seisomaan ja seurasi kuinka presidentti katosi yksityispuolelleen.

Siitä alkoi kiire. Valtavan suuri televisioruutu oli pirstaleina. Upseerien katseet etsivät luotien jälkiä. Lider oli ampunut viisi laukausta ultrakapealla mini-Jaryginin erikoispistoolillaan kohti tv-ruutua ja siinä olleita englantilaisia psykiatreja. Kaikilla korkeammilla upseereilla oli hyvin kapea mini-Jarygin pistooli taskussa, presidentille oli tehty vielä ohuempi ja pienempi, kapeampi kuin uudet älypuhelimet. Erikoismallin lisäksi Liderin käytössä oli myös erikoispatruunat. Tiedettiin että kuudes luoti oli varsinainen muurinmurtaja, räjähteenä oli uutta Mns-seosta. Sen sanottiin puhkaisevan nykyaikaisen hyvin suojatun panssarivaununkin. Mutta minne laukaukset olivat osuneet. Tietävät kenraalit yrittivät laskea, montako luotia oli ammuttu, ei kai kuutta. Onko sukellusveneen runko niin kestävä, että Jaryginin luodit eivät sitä läpäise.

Väki tunsi paineen vaihtelun. Veneen päällikkö oli päättänyt toimia ripeästi. Tilannehuoneen seinällä olevat syvyysmittarit kertoivat sukellusveneen nousevan kuudenkymmenen metrin syvyydestä nyt vauhdilla kohti pintaa. Pakkohan se on. Jos luoti tekee vaikka kuinka pienen reiän tai pahemman naarmun sukellusveneen runkoon, meren paine repäisee reiän suureksi, ja se tietää kaiken loppua. Vesi syöksyy hirmuisella voimalla sisään, loppu tulee.

Tulo merenpinnalle oli kuin hississä olisi matkannut. Pehmeän mutta äkkinäisen nousun loppumisen tunsi. Hiljainen keskustelu toi esille, että on syytä tarkoin tutkia, onko jotain vahingoittunut, onko paikattavaa. Paksujen ikkunoiden läpi näki meren aaltoja. Ylin kerros oli yli pinnan. Rantaa ei näkynyt. Ohjevalo kertoi, että on käytettävä himmeää ajovalaistusta. Veneen pitkä kuhmu näkyisi helposti vieraille. Valojen himmenemisen lisäksi ohjevalo käski välttämään melua. Se tiesi matalaäänistä keskustelua, tai vain odottelua, että mitä tulee tapahtumaan.

Boris Malkin arvasi taas oikein. Sukellusvene ajoi pinnalla hiljaista vauhtia. Karttakuvaa muistellen tuli selväksi, että ajettaisiin kohti Pietarin suurta sotasatamaa tutkimaan vauriot. Kronstadtiin ajo kulkisi hyvin vilkkaan meriväylän yli, sitä ei kannattaisi valita. Nevajoella saa aina tukittua reitin niin, ettei muita kulkijoita pääsisi samaan aikaan jokeen.

Senkin arvasi, että ennen illan pimenemistä ikkunoista näkyi suuren laivan lähestyvät valonheittimet. Iso tankkialus oli tulossa suojaamaan sukellusveneen kulkua. Saattajana oleva ydinsukellusvene oli sekin noussut pinta-ajoon. Liderin vene oli näitten välissä, suojassa. Nemi-sukellusveneen perävaunua ei näkynyt, todennäköisesti se pysyttelisi sukelluksissa Nemin takana hinauksessa, näkymättömissä.

Rapina ja kaukaa kuuluva kopse kertoivat, että miehistöä oli Nemin yläkannella tutkimassa mahdollisia vahinkoja. Tietoja tarkistuksista ei kerrottu. Malkinin esimies kommodori Beljakov oli välttelevän tuntuinen, tältä ei passaisi kysyä mitään.

39

Kuva aiheutti säpinää USA:n sotilastiedusteluorganisaatiossa DIA:ssa. Defense Intelligence Agency on yleisesti tunnettu tehokkuudestaan. Mutta tämä kuva tai paremminkin satelliitin välittämä videopätkä herätti ihmetystä.

Videolla näkyi oikeassa reunassa suuri tankkeri, mittakaavan arvion mukaan yli 210-metrinen. Vasemmalla laidalla puski eteenpäin suuri sukellusvene. Nämä olivat helppoja kohteita. Vertailukuvaamalla löytyi kohta tankkilaivan tiedot. Sukellusvene todettiin uudeksi venäläiseksi ydinveneeksi, liki tankkerin pituiseksi.

Selvitys oli helppo tehdä. Vaikka kuinka telakoilta tilattiin samaa sarjaa useampi alus, aina niissä oli jotain eroa. Aiemmin valmistuneen aluksen päällikkö moitti jonkin yksityiskohdan osalta jotain telakan mielestä turhaa, mutta pakkohan oli reagoida ja tehdä seuraavaan alukseen pieni muutos. Se näkyi ja erotti laivat toisistaan.

Mutta entä tuo kolmas. Tankkerin ja sukellusveneen väissä kulki joku hippilaivaksi luokiteltu. Näytti ylhäältä proomulta tai vastaavalta. Vain kansi oli näkyvillä. Se oli outo. Edessä ja takana oli kyllä portaikot alaspäin, muutoin kansi näytti varsin sileältä. Se näytti joltain puutarhalta tai puistolta. Suuria puita, pensaita, köynnöksiä, välissä pöytiä ja lepotuoleja.

Mikä tuollainen hippilaiva voi olla. Ei ole ennen tullut esiin. Pitänee kysyä, tietävätkö ystävämaiden tutkijat jotain.

Ison-Britannian sotilastiedustelu katseli kuvia kummissaan. Muistettiin Venäjällä toimivan sotilasasiamiehen amiraali Sarah Towsonin kertoneen Pietarin telakalla rakennetusta oudosta sukellusveneestä ja sen liitännäisestä, ruokaa tuottavasta perävaunusta. Eivät he aiemmin ole tuota pötkylää tuon näköisenä nähneet. Ilmiselvästi kuvista tuttu alus, mutta tuo hippitouhu kyllä kummeksuttaa.

Pitäisikö pötkylästä amerikkalaisille veljille kertoa. Epäröitiin. Tulevat turhaan sotkeutumaan asiaan.

Kerrottiin vain, että tällaisista hippiveneistä on kuiskittu. Putinin lapset ja muut isojen oligarkien penskat ovat varmaan leikkimässä paratiisia. Jos sukellusvene seuraa hippilaivaa pitempään, se vahvistaa tuollaisen arvion, amerikkalaisille kerrottiin. Lapsikatrasta tai teini-ikäisiä pitää suojella.

Olkoot amerikkalaiset tuossa uskossa. Brittien tehtävä on ottaa omana tietona selkoa asiasta.

Aura sai selkeän käskyn sotilastiedustelun operaatiojohdolta. On mentävä ja otettava selkoa.

Nyt ei kohteliaasti pyydetty. Nyt oli komentokeskuksen käsky. Samalla kerrottiin, että Auran sukellusvene oli varusteltu valmiiksi. Lisäyksenä oli, että nyt oli pesuvälineisiin varattu myös sampoota. Aiemmin merenneidon tukka oli tiettävästi pesty saippualla, ja siitä esitettiin nyt anteeksipyyntö.

Siis matkaan. Auran miniukellusveneen ruudulle tuli jatkuvaa kuvaa hippilaivan, tankkerin ja sukellusveneen liikkeistä. Brittien oman satelliitin teräväpiirtokamera toi lisää kuvia hiippien kansielämästä. Aura piti selvänä, että Nemi-sukellusveneen perään liitetystä ruokahuollon apulaivasta oli tuotu kannelle hämäykseksi puita, pensaita ja kukkia. Ei tietenkään haluttu esitellä alusta tai näyttää Nemin rakenteita tai miltä Nemi muutoin näyttää.

Mutta miksi. Miksi Nemi ei ollut sukelluksissa. Oliko vene jotenkin vahingoittunut. Kulkuhan oli kovin hidasta. Ja näkyvissä. Sukellusveneen pitäisi ajaa sukelluksissa. Lisäpohdintaa toi kuvissa näkyvä varjo. Jossain syvemmällä, ei sentään ihan saattueen alla oli joku tai jotain. Iso valas, olisiko valtava sinivalas päättänyt seurata ylhäällä olevia laivoja. Ehkä ei, ei sentään, syvällä uiva varjo liikkui samaa vauhtia laivojen kanssa. Teräväpiirtokamera yritti läpäistä meren sameuden, mutta selkoa tai varmuutta ei saatu.

Sen täytyy olla sukellusvene. Mutta kenen. Olisiko Putinin joukot laittaneet pienemmän sukellusveneen ylimääräiseksi vahdiksi, sehän oli venäläisille tuttua touhua, varmistusta. Auralle laitettiin varoitus, vaikka nuori nainen oli asian itsekin ruudulta havainnut.

Sitten saatiin avuksi sateliittikuvaa. Sitä ja viistokameran kuvaa ajettiin yhteen, kohdistettiin samaan pisteeseen, jolloin kuva terävöityi.

Näytti sukellusveneeltä. Varmistus saatiin. Mutta kenen vene, siitä ei saa selkoa. Sukellusvene kulki selkeästi kauempana, ikään kuin pysytteli piilossa.

Aura on tottunut väijymään. Se tarkoittaa pitkästyttävää, todella pitkästyttävää paikallaan oloa. Mahdollisimman hiljaa. Koko ajan tulisi olla valppaana. Valmis huomaamaan ja kirjoittamaan raporttiin ylös tapahtumat, kelloajat ja omat huomiot ja arvelut.

Mahdotontahan se tosiasiassa on. Pitäähän välillä lepuuttaa mieltä ja päätä ja kehoa, antaa lepoa. Syödä, levätä, voimistella ahtaassa kajuutassa, onneksi on fysioterapeuttien ja laivaston kuntovalmentajien laatimia ohjelmia. Tietysti myös laitteet auttavat. Satelliitit seuraavat merenkulkua ja hälyttävät, jos jotain on tulossa lähelle. Piiskan päässä oleva videokamera kuvaa ja hälyttää sekin, jos huomaa mitään erityistä.

Auran väijypaikka on hyvä. Matalikolla suurten kivien välissä on hyvä olla piilossa. Satelliittien ennakkoon laskema outojen sukellusveneitten reitti osuu lähelle, jos eivät muuta suuntaa. Matalikolle eivät uskalla tulla, jäisivät kiinni.

Kaksi sukellussalusta on mielenkiinnon kohteena. Isompi pötkäle ja sen perässä vedettävä hieman matalampi pötkylä. Ja aika mahtava saattojoukko, valtava tankkeri ja tosi iso ydinsukellusvene. Ja uusimpana outo kolmas sukellusvene. Se tuntuu kadonneen, olisko sukelluksissa syvemmällä. Satelliitit eivät näe enää sen liikkeitä.

Aura leikkii ajatuksella käydä uimassa meressä ja aiheuttaa ehkä taas hirmuisen myllerryksen vedenneitona. Sitä vartenhan hänelle annettiin tälle reissulle shampoota mukaan. No jaa, ei tietenkään, näissä oloissa sellainen ei onnistuisi. Siispä ohjaamontuolista siirtyminen vessan tuolille, siinä on hyvä pestä itseään ja hiuksia. Tietää, että pesu tuo raikkaamman olon.

Shampoota hiuksissa. No, merivettä riittää. Suolattomalla vedellä voi tehdä loppuhuuhtelun, sitä vettä pitää säästää, veneen oma puhdistuslaite tuottaa kyllä suolatonta vettä, mutta hitaasti. Juomavesi on pulloissa.

Shampoota silmissä kun hälytys tulee. Radio piippaa äkäisen tuntuisena. Satelliitin tuottama kuva heiluu ja hyppelee, mutta saa näytettyä epämääräisen hahmon, joka tarkentuu matalaksi sukellusveneen kanneksi ja siitä törröttäväksi torniksi. Etäisyys Auran veneeseen on kaksi ja puoli merimailia.

Nopeasti tukan huuhtelu ja pää pyyhkeeseen. Takaisin ohjaajan tuolille. Piiskan kamerakin on jotain outoa huomannut, kuvan varoitusvalo vilkuttaa, kohta se piippaa.

On saatava selkoa. Piiska ylemmäs. Merenkäynti on hieman yltynyt. Aallot ovat kasvaneet, heilumisen huomaa veneestä.

Sukellusveneen torni näkyy häälyvänä putkena. Tv-monitori parahtaa kuuluvasti. Satelliitti välittää kuvaa saattueen tulosta kohti Auran lymypaikkaa, tai ei ihan kohti mutta reitti menee läheltä, kuten oli aiemmin arvioitu. Piiskan korkealle nostettu kamera näkee sekin jo saattueen tulon.

Kolmas sukellusvene tulee lähemmäs. Kuohua nousee keulasta, veneen kantta on arviolta vajaan metrin näkyvillä.

Piiskan kamera piippaa. Kameran linssi näyttää nyt tyhjälle taivaalle. Kamera värisee, yrittää etsiä kohdetta. Nyt värinä pysähtyy. Taivaalla näkyy epämääräinen leijuva kappale. Kamera tarkentaa ja zoomaa.

Se on drooni. Tuleeko se tänne. Ei. Drooni kiertää kehää kolmannen sukellusveneen ympärillä ja lähtee sitten kohti lähestyvää saattuetta.

Droonissa ei ole lentovaloja. Taivasta vasten sitä on vaikea havaita. Sitten vaisto ohjaa kääntämään kameran linssi kolmanteen sukellusveneeseen.

Mitä ihmettä. Mitä nuo kannelle nostetut kapeammat ja pitkät putket ovat. Ovatko ne jotain ilmatorjuntatykkejä tai pienten ja ohuiden ohjusten lähtöasemia. Putkia on kolme. Piiskan kamera yrittää saada tarkempaa kuvaa. Kunpa hän nyt muistaisi oikein, miten tietokoneen kuvien korjauksen ohjelma toimii, sen pitäisi saada pysäytettyä vapisevakin kuva, ja tarkentaa siihen.

Oudosta sukellusveneestä nousee nyt jo toinen drooni ja sekin suuntaa saattuetta kohti. Pitää saada kunnon kuvaa, Aura miettii ja nostaa oman veneensä kansiaukon merenpinnan tasalle.

Aura zoomaa kameraa kohti outoa s-venettä ja sitten taas kohti saattuetta. Täältä asti ei näe, miten saattue reagoi drooneihin. Pitäähän ainakin ydinsukellusveneen laitteiden havaita hieman merenpinnan yli nousseen oudon sukellusveneen.

Saattue näyttää siltei pysähtyneen. Auran veneeseen ei näy mitään outoa liikehdintää, saattue pysyy samassa muodossa, hippilaivaksi sanottu sukeltava pötkylä edelleen selkeästi pinnan yläpuolella. Pötkylän kannelta voi kameran kuvasta erottaa isojen puiden huojuntaa.

Oudon sukellusveneen molemmat droonit näyttävät palaavan takaisin. Oudolta tuntuu. Ydinveneessä ainakin on tehokkaat droonien paljastavat ja tuhoavat laitteet. Mikään ei viittaa, että siellä olisi hätyytelty tai käytetty tulivoimaa.

Kun droonit olivat kadonneet sukellusveneen suojaan alkoi vene laskeutua pinnan alle. Kovasti aaltoileva meri peitti kaikki jäljet. Saattue näytti nostavan vauhtia ja jatkavan suoraan. Kohti Pietaria, Aura ajatteli kurssista.

Tietokoneen ohjelma toimi. Kolmannen sukellusveneen kannella olevien kolmen putken salaisuus paljastui. Ne olivat ilmiselvästi suurten digikameroiden zoom-putkia.

Aura yritti laittaa kaikki havaitsemansa amiraalille lähtevään raporttiin. Aura ei keksinyt nähdyn operaation tarkoitusta. Vai oliko kyse pelkästä valokuvaussessiosta. Jos niin, niin miksi.

Hässäkkä Nemi-aluksella jatkui. Oliko sukellusvene vaurioitunut, ja miten paljon. Onko kulku enää turvallista.

Kovaäänisen piipaukset kutsuivat tai paremminin käskivät kaiken väen kokoontua suureen saliin. Jokainen tiesi paikkansa. Salia jakava paksu verho osoitti, että edelleen oli kaksi erillistä porukkaa, joiden ei soisi tutustua toisiinsa.

Iso pomo tuli huoneistostaan. Näytti energiseltä.

- Ystävät, toverit. Todelliset juhlapäivät tapaavat olla harvassa. Nyt on aihetta juhlaan. Saanen onnitella joukkomme tuoretta komentajakapteenia ylennyksen johdosta. Hyvät naiset ja herrat, toveri Marija Jegorova.

Boris Malkin katsoi kummissaan. Vanha tuttu Marija Jegorova oli siis samassa aluksessa, mutta toisella puolella verhoa. Aiemmin maavoimien kapteeni. Uudet merivoimien hihamerkit loistivat. Jegorova näytti reippaalta ja todella hyvin meikatulta, se vahvisti että Nemin sisuksissa oli myös uusi tv-studio ja siinä pätevät maskeeraajat.

Kättentapatukset olivat asiaankuuluvasti reippaat.

- Ystävät, toverit, Lider jatkoi, elämme historiallisia hetkiä. Vihollinen kohdistaa yhä pahempia hyökkäyksiä meitä kohtaan. Syytä emme tiedä, olisiko vain pelkkää kapitalistien halua kukistaa ja sortaa paremmin toimivat yhteiskunnat.

- Yhä pahempana käy heidän hyökkäys. Eräs meidän akateemikoista arveli, että kyse on pelkästä kateudesta, inhosta parempia ihmisiä kohtaan. He pelkäävät omia kansalaisiaan, pelkäävät että nämä kansalaiset kääntyvät noita johtajia vastaan. Että heidän kansalaiset haluavat parempaa elämää, parempaa johtamista, parempaa ihmisarvoa.

- Hyökkäykset vain voimistuvat. Se kertoo että noilla lännen hurtilla on hätä kädessä. He pelkäävät kansan kostoa. Siksi he haluavat tuhota ja hävittää suuren isänmaallisen sodan voittajat tyystin maan päältä.

- Mutta he erehtyvät, pahan kerran erehtyvät. Me emme alistu, me taistelemme. Me puolustamme oikeita ihmisen elämän arvoja, meille niin pyhiä arvoja.

- Ystävät, toverit. Meidän on syytä aloittaa oma offensiivi noita barbaareja vastaan. Tiedän että olemme valmiit. Me olemme aina valmiit puolustamaan meille tärkeitä arvoja.

- Varmaan olette saaneet tiedon meidän uudesta teknisestä ratkaisusta. Oreshnik-ohjusjärjestelmässä on kuusi taistelukärkeä. Ne vievät vihollisen lamauttavan aseen jopa 5500 kilometrin päähän. Osaatte varmaan arvioida, mihin kaikkeen Oreshnik yltää. Tiedossa on, että vihollisella ei ole minkäänlaisia mahdollisuuksia torjua meidän ohjuksia. Nopeutta järjestelmällä on 11 Machia eli ne yllättävät vihollisen todella housut kintuissa lentäessään 3,7 kilometriä sekunnissa.

234

- On aika antaa lännen hurtille opetus.

- Kommodori Beljakov, te kannatte tärkeää salkkua. Alkaa olla aika ottaa salkun voima ja kunnia yhteiseen käyttöön.

Komentajakapteeni Malkin tunsi niskakarvojensa nousevan pystyyn. Mitä helvettiä ne nyt aikovat. Ei helvetti. Aikooko presidentti todella ottaa käyttöön ydinsalkun koodin ja laukaista suuren Venäjänmaan ydinasearsenaalin kohti vihollista.

Ja mitä se tarkoittaa.

Ei helvetti. Se tarkoittaa todellisen helvetin pääsevän valloilleen ympäri maapalloa. Maailmanloppua. Ainakin maapallon suurimman osan hävittämistä.

Miljoonia, ei vaan miljardeja kuolleita. Siviilisaation ja ihmiskunnan lähes totaalista hävittämistä.

Pienen Lenan ja Annan ja mamin ja naapurin Sergein ja koko suuren Moskovan väestön kuolemaa. Sillä onhan selvää, että jos he lähettävät nyt ydinohjukset kohti Amerikan ja Euroopan suurkaupunkeja ja tärkeitä sotilaskohtaita, ei kulu kuin pari minuuttia ja vihollisen ydinohjukset ovat jo valtavalla nopeudella matkalla kohti suuren Venäjän tärkeitä kaupunkeja ja sotilaskohteita. Ei kukaan ehdi siinä ajassa suojaan.

Maailmanloppu. Koko tunnetun ja asutun maailman loppu. Ainakin suurimman osan hävittämistä. Miljardeja kuolleita. Kaikkihan ovat nähneet elokuvista tai television lähetyksistä, millaista tuhoa vuoden 1944 atomipommit saivat aikaan Nagasakissa ja Hiroshimassa. Ja nykyiset ydinpommit ovat tuhatkertaa voimakkaampia. Ja niitä pommeja on paljon, tuhottoman paljon.

Nagasakin ja Hiroshiman tuhoja on sotilasakatemioissa katsottu monta kertaa. Tuhot tiedetään.

Nytkö sitten tuhatkertaiset tuhot. Ja pikku Lena ja äitinsä, ja mami. Ei. Ei.

Entä he. Sukellusvene on rampa ankka. Sukelluksiin ei voi eikä uskalla mennä, kun ei tiedä, onko veneen korissa vaurioita. Eivät hekään pysy suojassa hirmuiselta tuholta.

Siinä samalla Boris Malkinille kirkastui koko sukellusveneen tarkoitus. Siis Lider räjäyttää koko maailman tuuskannuuskaksi ja itse aikoo painua syvälle meren syvyyksiin, turvaan. Odottamaan että ydinlaskeutumien myrkyt laimenevat. Nousta sitten lähelle pintaa ja tutkia sensoreille, voiko ylös nousta. Mutta siihen asti pysytellä suojassa pinnan alla, vuosia, ehkä vuosikymmeniä. Ydinvoima tuottaa sähköä ja lämpöä, puhdistuslaitteen tuottavat juomavettä. Perässä liikkuva pötkylä tuottaa tuoreita vihanneksia, ei keripukki pääse uhmaamaan.

Heitä on aluksessa vajaat sata henkilöä. Keitä muita jäisi henkiin. Vihollisen omia ydinsukellusveneitten miehistöjä, joitain riittävän kaukana seilaavien kauppalaivojen väkeä. Ehkä kaukaisten saarten asukkaita. Mutta onko kenelläkään sitten enää mahdollisuutta elää pitempään kaikkien saastepilvien keskellä. Loppuuko ruoka. Vedet saastuvat, maaperä saastuu. Ei taida elämisen edellytykset olla kummoiset.

Ja kaikki tuo on tapahtumassa heidän silmien alla. Ilman että kukaan voi mitään.

Näytti että usea muukin oli ymmärtänyt asian Malkinin tavoin. Näkyi kuinka usemman korkean opseerin käsi liikkui muka huomaamatta kohti kainaloa, tai yleensä paikkaa, missa kukin säilytti virka-asettaan. Varmistivat että ase on mukana.

Äkillinen kova laukauksen räsähdys yllätti kaikki. Malkin oli seurannut tarkoin Liderin käytöstä. Säikähti kyllä itsekin kovasti, mutta samalla ihasteli Liderin asekäden nopeutta. Tuollaisia salamannopeita vetoja harjoiteltiin ja harrastettiin tiedusteluakatemiassa ja varmaan monissa muissakin sotilaskouluissa. Äkkiveto kainalon alta, ase oli heti valmis, laukaus siinä samassa. Kuin elokuvissan. Ei sentään varjoaan nopeampi, mutta silti. Oli tainnut Lider harjoitella vetoja vielä noinkin vanhoilla päivillä.

Säikähdys oli silmiinpistävän voimakas. Kenelläkään muulla ei asetta sentään ollut käsissä, Liderkin tökkäsi aseensa ilmeettömänä kainaloon. Suuressa salissa istujat ovat kaikki nousseet seisomaan. Ihmetyttää ja huolettaa, mitä tapahtuu.

Mikä tarkoitus ampumisella oli. Jotain Lider ajoi takaa. Halusiko vain kertoa, että hän itse ainakin on valmiina. Mutta

ampua tällaisessa paikassa. Vain hullu voisi… Ei, ajatusta ei saa
päästä karkaamaan. Voi muutoinkin tulla kiperät paikat.

Vai huomasiko Lider upseerien hienoiset kädenliikkeet kohti
näiden omia henkilökohtaisia aseita. Halusiko varoittaa.

Mutta ase tuollaiselta ampujalta pitäisi saada pois. Jospa se ei
ymmärrä, mitä vahinkoa luoti saa aikaan sukellusveneessä, ja
kuinka vene tulee kelvottomaksi sukeltaa jo epäilystä. Kyllä
isonkin pomon pitää tuollainen asia ymmärtää. Pienikin reikä
taikka nirhaantunut kohta repeää veden paineesta, ja se tietää
sen veneen loppua. Ja miehistön loppua.

Entä jos se vaan ei välitä. Ei helvetti, ei. Mutta vaikuttaahan
tämä pitkäkestoiselta touhulta. Selkeästi pitkäaikaista asumista
varten rakennettu sukellusvene ja sille vielä huoltoalus. Se on
vuosien työ. Kaikki tuo kestävän pinnoitteen hankinta, ei
kevlaria tai titania puussa kasva, ei, sitä on pitänyt hankkia
vuosikausien ajan.

Voiko olla niin, että Lider on vuosia sitten päättänyt lopettaa
koko maailman. Tähtäimenä siis maailmanloppu. Mikä sellaista
saa tavoittelemaan. Ei ainakaan normaali terve mieli. On
puhuttu, salaa tietenkin, että nykyinen Lider haluaa jäädä
historiaan suurmiehenä, suurempana kuin Pietari Suuri tai Isä
Aurinkoinen, Stalin siis. Sitäkö tämä on.

Halusiko ampumalla vain herätellä heidät. Että juuri nyt on
tosi kyseessä.

Äskeinen laukaus. Sitä heti laskemaan. Tuo oli kuulu kuudes laukaus. Salainen Mns-yhdiste oli luodin osana. Jotain aineesta tiedettään, vaikka on varottu utelemasta.

Kuten äskeisestä räsähdyksestä välähtäen miltei saattoi kuulla, kyse oli kahdesta räjähdyksestä, tai pitkitetystä yhdestä. Joka tapauksessa tavallisempi luodin aines räjähtää ensin esteen kohdatessa. Siis vaikkapa panssivaunun kyljen. Normaali panos poistaa tai pehmentää edessä olevaa estettä. Ja siitä sekunnin tuhannesosan kuluttua Mns räjähtää ja läpäisee hirmuisella voimalla ja nopeudella panssarikyljen. Se on silloin sen vaunun tuho.

Entä täällä. Törmäyksen kestävää kevlar-pinnoitetta on seinissä ja katossa, ja titania rakenteissa, ainakin tukipalkeissa ja ikkunoiden pielissä. Lider oli ampunut vinosti ylöspäin. Kattoa kohti. Ei näe kunnolla. Ei luoti sentään ihan reikää ole kattoon tehnyt, vai onko. Jotain katossa kiiltää. Sukellusveneen sisällä on normaalia himmeämpi valaistus, jotta ikkunoista ei kajasta ulos valoa: osassa ikkunoista ei ole paikalla pimennysverhot, on haluttu tuoda sisälle avaruuden tuntua.

Lider on poissa. Katse oli kohti kattoa, sivusilmin näki jotain vilahtavan. Kohta huomasi, että päämies oli livahtanut taas omaan yksityistilaansa.

Hämmennystä kesti hetken. Nemin päällikkö rauhoitti tilannetta ja kertoi keskusradiossa tarjoilun alkavan. Pientä purtavaa, erinomaista kaviaaria ja hyvää votkaa, teetäkin halukkaille.

Pian Nemin päällikkö kertoi muutoksista. Ajetaan rauhallista vauhtia Pietarin sotasatamaan. Bussit odottavat ja vievät halukkaat asemalle, Moskovan junaan on varattu kaksi vaunua. Murmanskiin lähteville on paikat pohjoisen pikajunassa.

Ollaan sotilastehtävissä. Kennelläkään ei ole lupa kertoa tästä matkasta kennellekään. Se lienee kaikille itsestään selvää.

Samalla selviää aluksen naamiointi. Kannelle tuodaan varastopötkylästä suuria puita ja pensaita. Tehdään puutarha, sitä saavat lännen satelliitit ihmetellä. Väkeä käyskentelemään puutarhan käytävillä, sinne tulee myös kahvilaa ja baareja. Jotain hippimäistä tunnelmaa. Saavat ihmetellä lännenssä. Aluksen vauhti on varalta hidas. Sekin lisää hippimäisyyttä.

Nyt jos koska Malkin kaipaisi vaimonsa tukea. Loikoilla pimeässä, kuiskutella, mutta nyt ei rakkaudesta vaan maailman todellisuudesta. Saada Annalta tukea ja varmuutta.

Onko todella niin, että maailmanloppua on siiretty jonnekin tulevaisuuteen, huomiseen. Siihen asti että Nemi saadaan täyteen kuntoon, toimintavarmuuteen, sukellusvarmaksi, ja sitten ydinsalkun koodi käyttöön. Itse vaipua muiden sukellusaluksella olevien kanssa syvyyksiin, suojaan, ja kaikki muut katoavat. Anna ja pieni Lena ja mami, kaikki.

Mutta mitä voi tehdä. Toki hänellä on taskussa upseerien pieni taskuase. Sillä voisi. Entä sitten. Kosto seuraisi varmasti. Kohteena silloin Anna ja Lena ja mami, ehkä naapurit joihin on tutustunut ja luonut joitain suhteita. Lähellä ei ole ketään, jonka kanssa keskustella, voisi kysyä neuvoa. Jos sellainen hanke leviäisi, siitä seuraisi syytökset, että olisi joku salaseura, salajuoni, salainen suunnitelma. Rangaistus olisi armoton.

Jospa Lider vain hieman pelottelee, testaa lojaliteettia, ehkä vain pilailee. Hevosenleikkiä, tai paljon pahempaa.

42

Amiraali lähetti salatun signaalin kautta Auralle pitkän viestin.

On tärkeää saada enemmän tietoa venäläisen laivasto-osaston touhuista, hippilkuorrutteisesta laivasta ja sen perässä vedettävästä pötkylästä. Mitä alukset aikovat, minne ovat menossa. Entä Kremlistä levinnyt juoru, että Putin on kadonnut, ettei vain olisi saattueessa mukana, kuten yksi väite sanoo.

Ja lisää juoruja. Yhdysvaltain uusi eli vanha presidentti on soittanut Venäjän presidentille, oikeastaan ei tiedetty varmasti kumpi oli soittanut ja kumpi sitten vastannut. Mutta joka tapauksessa Putin oli soiton jälkeen saanut tietojen mukaan voimakkaan reaktion, hurjan kohtauksen.

Sanottiin amerikkalaisten vaatineen venäläisten alistuvan tuleviin käskyihin ja operaatioihin. Vastineeksi he saisivat likimain puolet Ukrainasta ja vapaat kädet mahdollisiin tuleviin sotilaallisiin operaatioihin. Mahdollisesti Baltiaan tai Skandinaviaan, ja olihan Keski-Euroopassakin historian paljastamia alueita ja kohteita, joita voisi pitää vanhan Venäjän vallan alle kuuluvina. Mutta kaikki tämä edellyttää, että Venäjä yksiselitteisesti tunnustaa USA:n isännäkseen tai ainakin ottoisäkseen. Ja että Venäjä siten toimisi puskurina Kiinan mahtia ja mahdollista aggressiota vastaan.

Tiedettiin että Kremlissä kuohuu. Hirmuista. Että pitäisi toimia alistettuna. Että toimisi Kiinaa vastaan. Mitä häpeällisiä ehdotuksia. Ei ikinä. Venäjä ei alistu. Entä jos joutuisi sotaan suurta ystävää vastaan. Kiina on kaukana Kaukoidässä, mutta silti pelottavan lähellä Moskovaa. Ohjuksilla alle puoli tuntia.

Putin joutuisi Amerikan puudeliksi, sylikoiraksi. Ei, ei, ei. Siihen ei Venäjä koskaan suostuisi. Ei koskaan. Historian suurin sotapäällikkö ei voi koskaan tuollaiseen suostua.

Mutta olisiko vaihtoehtoja.

Siitä se raivo oli noussut. Ja hurjistuneet käskyt.

On näytettävä lännen matelijoille, että Iso-Venäjä on yhä ja aina voimissaan. On alettava häiritä lännen hurttien tietoliikennettä ja kiusaksi vielä sähkön siirtoa. Venäjän öljyä kuljettaa satoja aluksia Nevajoen suun laitoksista kaikkialle maailmaan. Lännen natsit kutsuvat laivoja Venäjän varjolaivastoksi. Ankkurit alas ja vauhdilla eteenpäin. Laahaava ankkuri nappaa länsimaiden kaapeleita kiinni ja katkaisee. Eivätköhän ilkkumiset lopu. Jos eivät, lisää tulee, keinoja kyllä keksitään. Jos vaikka sata vanhaa mutta suurta öljytankkeria laahaa perässään ankkureita pitkin Suomenlahden pohjaa, niin johan alkaa vaikuttaa. Varmasti loppuu ilkkuminen. Eikä löydy pikku valtioista pysäyttäjää tai estäjää. Siitä saavat.

Ja jos, lähteiden mukaan, sattuukin käymään pieni öljyvahinko Itämeren tai Suomenlahden rannikolla, ei siitä ainakaan haittaa ole. Eikä sen vahingon tarvitse niin kovin pienikään olla. Jos sattuu isompi vahinko, korvaus on sitä suurempi.

Tilanne siis kovenee, Auralle viestitään. On hirmuisen tärkeää saada selkoa Venäjän aikeista, ja siitäkin, pitävätkö juorut paikkansa. Ja jättikö Venäjän päämies hurjistuessaan todella tyystin huomioimatta Amerikan Yhdysvallat, johon kiukuttelun tosiasiassa olisi tullut kohdistua. Loppuiko rohkeus.

43

Aura seurasi väijyetäsyydellä suuren saattueen kulkua. Se muuttui helpoksi, sillä alukset pysähtyivät. Ankkureita ei tankkerista laskettu. Merikortti kertoi tässä kohdin syvyyttä olevan liki puoli kilometriä.

Ydinsukellusveneen kohdalla meri näytti kuohuvan. Auran
pieni drooni, kalalokin näköinen, kaarsi aika kaukaa.
Kuohunnan syytä ei näkynyt. Olisiko pinnan alla. Aura ajoi
varovasti sukelluksissa lähemmäs, piti tarkkaan vahtia että oli
ydinsukellusveneestä katsottuana kello puoli viidessä, siihen
suuntaan perinteisesti sukellusveneistä ei juuri nähnyt, se alue
jäi katveeseen.

Kuohunnan syy selvisi. Suuren sukellusveneen vatsan luo oli
parkeerattu pienekokokoinen sukellusvene Losharik. Näkyvyys
ei ollut hyvä, mutta tapahtuman saattoi vanhojen tietojen
mukaan arvata. Ydinveneen sivulaidalla oli suuri luukku, se
avautui kun ensin oli täyttynyt merivedellä. Luukusta tuli pari
vaijeria, ne kiinnittyivät Losharikiin ja vetivät sen sisään.
Negatiivinen synnytys, Aura hymähti.

Luukku kiinni. Sitten suuri ydinsukellusvene alkoi laskeutua
pinnan alle. Torni jäi selkeästi näkyviin. Belgorodin kannella
telineissä ollut pieni sukellusalus Bester irtosi emostaan ja alkoi
vajota alemmas. Belgorod nouisi uudelleen pinta-ajon
korkeudelle.

Miehitetty sukelluspallo, Aura ajatteli. Tai sukkula. Työkalu,
vehkeestä roikkui monenlaisia waldoja, työkäsiä. Sukellusvehje
tehty korjaustöitä varten. Ja sabotaaseja tekemään.

44

Komentajakapteeni Boris Malkin ajatteli olevansa tähänastisen uransa huipulla, sukelluspallo Besterin päällikkönä. Komennus oli yllätys. Vaivihkainen selitys, miehistön joukossa on joku outo vatsatautiepidemia, siitä ei saa puhua ettei varsinkaan Lider saa tietoa siitä. Jos saa, alkaa helvetinmoinen puhdistusoperaatio sekä aluksessa että miehistössä: onko joku tahallaan tuonut viruksen, onko tarkoitus heikentää Liderin kuntoa. Tiesi että syytökset ja tutkimukset olisivat kovia. Ja sitten koko alus pestäväksi todella väkevillä desinfiointiaineilla. Lysoli ja muut myrkyt haisevat sen jälkeen hyteissä ja koko aluksessa monta viiikkoa, se tiedetään kokemuksesta.

Komennuksia tulee, komennuksia menee, Malkin ajatteli. No, hänellähän on kyllä myös sukellusveneistä kokemusta. Komennuksiin pitää sopeutua. Enemmän sopeutumista aiheutti yksi miehistön jäsen. Kahden kokeneen sukellusvenemiehen lisäksi Malkinille ilmoittautui komentajakapteeni Marija Jegorova.

Taas niitä juttuja, joita ei kannata jäädä ihmettelemään. On pidetty itsestään selvänä, että Nemi-aluksessa on ainakin kaksi erillistä miehistöä, ja ne eivät saa kohdata. Nyt Jegorova on kuitenkin käskettynä ydinsukellusveneen sukelluspallon mehistöön. Alaiseksi, sillä Malkin on virkaiältään muutamaa kuukautta vanhempi.

Miksi Jegorova. Malkin mietti annettua tehtävää. Meren pohjan rotkossa noin 550 metrin syvyydessä kulkee salainen Venäjän ja Yhdysvaltain välillä viestejä välittävä punainen linja. Sillä on tarkoitus estää mahdolliset vahingossa annetut sotaan johtavat ohjusten laukaisut. Mutta kuten salainen poliisi on saanut tietää, pohjan ylemmässä rinteessä kulkee myös uusi sininen kaapeli, Kiinan ja USA:n välinen. Ja sen kaapelin viesteistä pitää saada selko. Se on tiedustelupuolelta tullut käsky. Ehkä itse Lideriltä saakka. Juonivatko nuo maat keskenään. On saatava oma viestilinja siniseen kaapeliin kiinni. Onneksi mittalaitteet olivat huomanneet uuden kaapelin tuonnin.

Jegorova on varmaan saanut sabotoinneista riittävää oppia. Ja varmaan kaksi sukellusvenemiestä ovat FSD:n miehiä, tottuneita sabotaaseihin hekin, Malkin mietti. Ja Malkin itse on mukana vihittäväksi salaisiin temppuihin. Se tie tasoittaa myöhemmin leveämpien hiha- ja olkamerkkien saamista. Siis jos homma hoidetaan kunnolla. Ettei hommaa, urakkaa ryssitä.

45

Tieto sinisestä kaapelista huolettaa lännen tiedustelua. Siitä halutaan saada selkoa. Kaapelin jättö ja reitti on varsin helposti selvinnyt, ikään kuin sitä ei suuremmin olisi haluttu piilotella. Reitillä oleva varmaan miljoonien vuosien saatossa syntynyt jyrkkäreunainen saari on mataloitunut ja muodostaa nyt pelättävän matalikon. Ei ihme, että hippilaiva ja sen saattajat pysyttelevät matalikosta kaukana.

Sinisestä kaapelista ei saa selkoa. Sitä näkyy pätkä jossain suurten lohkareitten välissä. Kun Aura varovasti nousee rinnettä ylöspäin, kaapeli näkyy syvässä halkeamassa. Sen jälkeen kaapeli taas katoaa näkyvistä. Valoa heijastuu näihin syvyyksiin aivan liian vähän. Syvenpänä veden sameus sakenee.

Nopea nousu liki pintaa ja piiskan kamera kuvaamaan. Tulee kiire. Ydinsukellusveneen varustukseen kuuluva sukelluslaite, sukkulan näköinen, näkyy tulevan lähemmäs.

Aura peruuttaa minisukellusveneensä nopeasti kauemmas. Kovin syvälle ei tee mieli mennä. Koeponnistukset ovat luvannet kampela-mallille yli sadan metrin syvyyden, mutta englantilaiset kokeneet sukelusvenemiehet olivat sanoneet, että on parempi, siis turvallisempi piipahtaa korkeintaan 80 metrin syvyydessä. Sekin vain piipahtamalla, ei viipymällä.

Olisikohan vanha tulivuori ollut maaston muovaajana. Erilaisia pilareita näkyy ympärillä, samoin syvempiä rotkoja ja syvänteitä.

Pilareitten taakse piiloon. Odottamaan mitä tapahtuu.

Ei tunnu tapahtuvan mitään. On vaarallista ryhtyä kuikuilemaan ympäristöön, ei tiedä mihin ydinveneen sukkula on menossa.

Vedessä tuntuu odottamattomia äkillisiä virtauksia. Välillä paussi ja kohta taas merivesi selkeästi vatkautuu.

Mitä on tekeillä. Pitäisi lähteä katsomaan, mutta varovaisuus pakottaa rauhoittumaan ja odottamaan.

Vatkautuminen vahvistuu. Virtaukset heijaavat Auran venettä. Jotain outoa tapahtuu, mutta mitä.

Pakko päästä katsomaan. Piiskan kameralla ei saa kunnon kuvaa lähistöltä, vesi väräjää ja vääristelee kuvaa. Kauempana on lisää pilareita ja suuria kiviä. Niitä kohti varovasti. Piiska on koko ajan ylhäällä. Sen verran on hämärää, että kunnolla ei ympäristöstä saa selkoa.

Aura ajaa varovasti eteenpäin. Sitten säikähtää kunnolla. Edessä näkyy ydinsukellusveneen sukkula, sukelluslaite. Sen toimintakädet, waldot, heiluvat. Sukkula näyttää kiilautuneen jyrkän rotkon reunojen väliin. Näkee että tekokädet yrittävät yltää jyrkänteen reunaan, mutta eivät ylety. Sukkula näyttää olevan kiinni rotkon seinämien välissä.

Aura huomaa rotkon pohjalla kiiluvan sinisen kaapelin. Ovat varmaan yrittäneet yltää waldoilla siihen, mutta ovatkin kiilautuneet kiinni. Olisiko vahva virtaus painanut laitetta alas.

Sukkulan etuseinä on poispäin Aurasta. Aura ei näe sukkulan sisään, niinpä sukkulan sisällä ei näe taakse. Varmaan siellä on ihmisiä. Näkyy kun sisältä yritetään heijata laitetta, jotta se kallistuisi ja tekokädet pääsisivät auttamaan.

Ei näytä auttavan.

Aura miettii ratkaisukeinoja. Sukkula on kuin korkki pullossa. Pitäisi heijata eestaas, jotta pääsisi irti. Vaarana siinä kyllä on, että siten jumittuu yhä tiukemmin. Mutta pakko on yrittää. Jos liukuu sukkulan alle ja nostaa varovasti. Se voisi auttaa. Hyvin varovasti, ettei oma sukellusvene vahingoitu.

Se taitaa onnistua. Aura itsekin jännittää omia hartioitaan yrittäessään nostaa sukkulaa. Varovasti. Hitaasti. Taitaa liikkua. Kohta liikkuu enemmän. Sukkula nousee hitaasti ahdingostaan. Pitää välttää äkkinäisiä liikkeitä, jotta mikään ei menisi rikki.

Sukkula nousee muutaman metrin ja kääntyy sitten katsomaan, mikä auttoi sitä pääsemään pälkähästä.

Aura siirtää venettään vähän kauemmas. Sukkulan etulasin läpi häämöttää ihmisiä. Lasi on paksu, se vääristää kuvaa, mutta Aura on melko varma, että sukkulassa on tuttuja, tutuiksi käyneitä venäläisiä. Se hyvin itseään muuttava naisupseeri ja tuo mies, tutulta näyttävä sotilas.

Aura väläyttää tervehdyksenä nopeasti ajovaloa ja painuu syvemmälle. Sukkula pysyy paikallaan. Miettivät varmaan mitä on tapahtunut ja mitä tulee nyt tehdä ja toimia.

Sukkulan sisällä vallitsee epäuskoinen tunnelma. Pidetään selvänä, että tuntematon pieni sukelluslaite on juuri pelastanut heidät. Mutta miten siihen pitäisi suhtautua. Jos auttaja oli vieras sukelusvene, niin kenen, ja miksi se auttoi eikä jättänyt heitä menehtymään. Nopea neuvottelu sukkulan sisällä varmistaa, on parempi ettei puhuta tästä kennekään. Heidän kuitenkin olisi pitänyt vangita tai tuhota tuo auttaja, kuka se sitten onkaan.

Sukkula nousee ylemmäs. Löytää uudestaan sinisen kaapelin. Tarttuu siihen waldoilla kiinni, ja huomaa saaneen saaliikseen vain kymmenmetrisen pätkän. Sinisessä kaapelissa on kiinankielistä tekstiä. Toinen vanhemmista sukellusvenemiehistä osaa sen verran lukea kiinaa, että tulkitsee tekstin. Hyvää ja onnellista tulevaa lohikäärmeen vuotta, kaapelissa lukee.

Kaapelin pätkä suljetaan tiukasti waldon nyrkkiin. Olisiko koko sinisen kaapelin esiintuleminen pelkkää hämäystä ja Kiinan suoranaista kiusantekoa, härnäämistä.

Ja lisää pohdittavaa ilmaantuu pian koko saattueelle ja aika paljon lajemmalle.

46

Aura miettii, miten saisi formuloitua raportin äskeisestä mahdollisimman lyhyeksi ja selkeäksi.

Tilanne lähivesillä näyttää jämähtäneen paikoilleen. Hippilaivan kannella näkyy oleilijoita juomia nauttimassa. Ydinsukellusvene on paikoillaan, samoin suuri tankkeri. Sen verran tapahtuu, että ydinvene näyttää niiaavan, painuu sukelluksiin niin, että vain tornin yläpää näkyy. Aura arvaa ydinveneen sukkulan lipuneen paikalleen. Kun ydinvene nousee taas ylemmäksi, sukkula on lavetillaan. Sukkulan kuomu aukeaa ja neljä henkilöä siirtyy sukkulasta sukellusveneen tiloihin.

Aura pysyttelee veden alla. Piiska saa olla koko ajan pinnan yläpuolella, piiskaa on mahdotonta erottaa pilvisen päivän hämärissä. On syytä olla tarkkana, on huomioitava kaikki mitä tapahtuu.

Aura hätkähtää. Saattuetta lähestyy kaksi suurta Venäjän armeijan helikopteria. Ensimmäinen laskeutuu hippilaivan kopterikannelle, laskee sisuksistaan koppalakkisia ja leveitä kultapunoksia kantaneita miehiä, nousee ylös ja parkkeeraa ydinsukellusveneen kopterikannelle. Yhdellä henkilöllä näkyy olevan musta kauhtana, komea kultainen iso risti kimaltelee rinnuksilla. Sen täytyy olla pappi, varmaan piispa tai joku muu korkea prelaatti. Kaksi koneesta laskeutuvista miehistä on siviilipuvuissa.

Toinen helikopteri tekee samat temput, mutta sen sisuksista ilmaantuu kaluunaherrojen ja parin siviilipukuisen lisäksi kolme puhtaan valkoisia lääkärintakkeja kantavaa henkilöä, kaksi miestä ja yksi todennäköisesti nainen tai sitten kapoisempi mies.

Kohta helikopterit palaavat vuorotellen möhkäleen kannelle. Näyttää että lähdössä on ainakin yksi henkilö enemmän kuin oli tullessa. Väki siirtyy kopteriin tiukassa muodostelmassa, vähän

251

näyttää, että myös jonkinlaista tönimistä esiintyy. Valkotakkisten tukena on ronskin näköisiä miehiä.

Heihettelijöitä ei kannella näy.

Nyt jos koska olisi ollut hyvä olla kärpäsenä hippilaivan neuvotteluhuoneen katossa, Aura miettii. Nyt ei auta odottaa sovittua viestien lähetysaikaa, tieto on saatava liikkeelle heti.

Raportti aiheuttaa liikettä Ison-Britannian sotilastiedustelun tiloissa. Moskova hälytetään olemaan valppaana. Jos laivalla on jotain mullistavaa tehty, kohta siitä ehkä kerrotaan Moskovan tv:n uutisisssa. Kerrotaan, jos maan johto niin päättää.

Uutiset tulevat ajallaan. Presidentti puhuu. Näkyy olevan Kremlissä niin tutussa työhuoneessa. On vanhentuneen näköinen, näyttää hyvin meikatulta mutta silti rasittuneelta.

- On suurten muutosten aika. Historia sen tulee todistamaan, Lider aloittaa. Ääni on käheä, jotenkin masentuneen kuulloinen. Voima puuttui. Kädet jotka kuvatessa aina ovat levollisesti pöytää vasten näyttävän vapisevan ja hiplaavan toisiaan. On jotenkin vanhan miehen oloinen. Vai ikäisensäkö näköinen, varmaan moni katselijoista ajattelee. Tv-kuva viipyy käsissä, kuinka ne tuollaista tohtivat. Onkohan totta, kuten salaa puhutaan, että Liderillä on tv:sä yleensä irtokädet, vahakädet näkyvillä. Ne eivät liiku, tietenkään, joten eivät vapisekaan.

Liderin ääni vaimenee. Ei kuulu mitään. Kamera siirtyy kuvaaamaan valtakunnan vaakunaan, kaksipäistä kotkaa.

Mitä nyt, jotain tapahtuu. Kolme kuuluisaa lääketieteen akateemikkoa ilmestyy presidentin vierelle ja siirtyy siitä Venäjän suuren kartan eteen. Akateemikot tunnetaan presidentin henkilääkäreinä, ovat lääketieteen professoreita.

- On ilmoitettava Venäjän kansalle, että federaation presidentti on terveydellisistä syistä estynyt..., arvokkaimman näköinen akateemikoista aloittaa. Sitten tulee äkillinen lähetyskatkos, ruuduissa näkyy vain välähteleviä psykedelisiä kuvioita.

Aura sai uutislähetyksen monitoriinsa. Äkkivilkaisu piiskan kameralla. Hippilaivalla on nostettu Venäjän suuri valtiolippu liehumaan. Vieressä oleva suuri ydinsukellusvene näyttää kuin ravistelevan hartioitaan, vesi ympärillä vatkautuu.

Boris Malkin miettii, että sinisen kaapelin raportti saattaa jäädä joksikin aikaa heitteille, tulee muuta ajateltavaa. Suuri helpotuksen huokaus puuskahtaa rinnasta, ehkä piakkoin pääsee tutustumaan tyttäreen. Vai pitäisikö sittenkin jäädä näille pelipaikoille, jos vaikka jotain uutta saisi aikaan, ehkä normaalia nopeammin leveämmät nauhat, ehkä maallisia rikkauksiakin. Neuvostoliiton hajotessa rikkauksia keräsivät ne, jotka ehtivät ensiksi. Jotka olivat paikalla valmiina, varastivat eniten, sanoo maanalaisen opposition julkaisu. Kyllähän se totta on, niin tapahtui, mutta ei siitä sovi puhua saati kirjoittaa, asioita tuntevat sanoivat.

Mitä yksittäinen henkilö voi tehdä. Valtion rattaat pyörivät yhteen suuntaan isoimman käskijän mielen mukaan, kuka se sitten vuorollaan on. Voi käskijöitä olla enemmänkin, mutta ne ovat hännystelijöitä ja haluavat toimia kuten arvelevat isoimman pomon toivovan. Jos asettuu vastahankaan vaarantaa paitsi oman myös läheistensä hengen. Miten silloin käy Annan ja pikku-Lenan. Ja maman ja muiden. Vastuu painaa hartiat lyttyyn, Boris Malkin huokaa.

Amiraali Sarah Towson miettii, mitä venkuroita pitää käyttää ja mitä byrokratian rattaita pitää väkisten vääntää, jotta Aura voitaisiin nimittää aliluutnantiksi brittien laivastoon. Perinteet ovat brittilaivastossa tiukilla. Koulutuspolku on tärkeä, vaikea sitä on murtaa.

Ydinsukellusvene Belgorodin babyn eli ison sukellusveneen sisuksissa olevan pienemmän sukellusveneen Losharikin tv-tuotannon kuvaaja Juri M miettii, että taisi tulla tehtyä turhaa urakkaa, kuvattua taas eri puolilta presidentin saattuetta ja toimintaa äsken niin drooneilla kuin suurilla zoomkameroilla tulevaa historiadokumenttia varten. Dokumenttia on valmisteltu jo vuosia vaivoja ja rahoja säästämättä. Nekin videokuvat jäävät ehkä käyttämättä. Huolisivatko tulevat historian tutkijat näitä Vladimir Suurta ihannoivia videoita. Vaan minkäs näille tapahtumille mahdat, et mitään. Joilla on voimaa ja valtaa tekevät omien mielteinsä mukaan. Kaiken. Entä jos ottaisi videoista salaa kopiot, lännen televisiot saattaisivat maksaa niistä hurjasti. Se kyllä täytyy tehdä ehdottoman salaa. Jos jää kiinni ei varmasti mitään hyvää seuraa.

Kauempana Suomessa kevyen usvan kattaman suurehkon järven rannalla röyhyää sauna. Pääskysiä kirmaa ilmassa, jokohan ne alkavat suunnitella maasta pois lentämistä.

Eläkkeellä oleva Supon virkamies Lars Larson tulee kuistille vilvoittelemaan. Vanhan salakuljettaja Volte Laitisen saunan löylyt olivat taas erinomaiset, ei liian polttavat vaan armollisesti hikeä ja hyvää mieltä pukkaavat.

Isäntä Volte pyytää nyt Larsia avuksi, ulkonuotioon pitää saada kunnon roihu. Alkaakin jo hämärtää.

Lars Larson kantaa muovikassissa Volten Venäjältä tuomia savukekartonkeja. Palamaan tupakka on tarkoitettu, Volte murahtaa ja työntää parikymmentä kartonkia nuotioon. Kun tupakka ei meinaa kunnolla palaa, narauttaa Volte votkapullon korkin auki ja lorauttaa lähes koko pullollisen Stolishnajaa sytykkeeksi. Se auttaa, roihu on komea. Loppupullollisen Volte tarjoaa Larsille. Tämä ottaa kunnon huikan ja ojentaa loput pullosta isännälle. Kulaus vain kuuluu ja pieni asiaan kuuluva ähkäys, ja pullo on lopussa.

- Siinä menivät naapurimaan tuliaiset, Volte sanoo.

- Taisi olla jo aikakin, Lars Larson lisää siihen.

Nuotio palaa komeasti. Miesten siirryttyä sisälle hiilloskin jo hiipuu. Rauha ja hyvä tahto vallitsevat tupakan vielä hieman tuoksahtaessa. Kohta haju loppuu. Alkavan syksyn usva kietoo saunan ja sen ympäristön pauloihinsa. Poissa on paha maailma.